胖妞秀色可餐 下

一筆生歌 著

風文創 698

目錄

第二十九章 鬧事……005
第三十章 黑子……015
第三十一章 吳家找麻煩……025
第三十二章 發覺心意……035
第三十三章 新吃食……047
第三十四章 我有喜歡的人了……057
第三十五章 開鋪子的打算……067
第三十六章 給錢……077
第三十七章 招徒弟……089
第三十八章 出事了……099
第三十九章 醒來……109
第四十章 留下……119
第四十一章 答應……131
第四十二章 改觀……141
第四十三章 書林說話……151
第四十四章 吳方氏上門……161
第四十五章 回鎮上……171
第四十六章 開業……181
第四十七章 失去機會……191
第四十八章 醉酒……201
第四十九章 做油紙袋……213
第五十章 發工資……223
第五十一章 郊遊……233
第五十二章 拜師南宮先生……243
第五十三章 認乾娘……253
第五十四章 張青山出事……263
第五十五章 雜貨鋪子開張……273
第五十六章 成婚……283
番外……295

第二十九章 鬧事

李何華的臉色很難看，卻一點都不示弱。

「我說過了，我家的東西沒問題，你休想栽贓陷害！」

張鐵山一看現場，心裡就明瞭事情的經過，這是有人來砸場子！

張鐵山眼眸沈了沈，快步走到李何華身邊，眼睛擔心地在她身上檢查。「妳沒事吧？」

看見張鐵山，不知怎麼地，李何華心裡繃著的弦突然鬆了，深藏在淡定面容下的害怕也減少許多。

「他們來吃飯，非說我做的東西不乾淨，裡面有蟲，要我道歉，還要我賠二十兩銀子，要不然就要天天來砸我的攤子。」

李何華知道，這些人是故意來找麻煩的，可她不知道為什麼，難道是她在無意中得罪了誰？

張鐵山聞言，眼裡閃過一道暗光，在李何華胳膊上輕輕撫了撫。「別怕，我在。」

一句話讓李何華的眼眶有點泛紅。在現代，她也只是個剛畢業的年輕小姑娘，家人都寵愛她，有什麼事都是哥哥幫她解決，莫名來了這裡，什麼都要自己扛，強迫自己堅強，因為沒有人幫她，一切只能自己來。現在突然有人出來幫她，她的心瞬間發酸了。

張鐵山看著李何華紅紅的眼睛，一股怒氣從心裡湧出，看向鬧事的幾個男人的眼神讓人膽寒。

對面幾個男人被張鐵山看得心裡一突，下一刻又覺得自己很莫名。對方只有一個人，他們可是有好幾個人，怕什麼！

於是，他們更加肆無忌憚，指著張鐵山放狠話。「我告訴你，你少多管閒事，否則要是出了什麼事，你可別後悔！」

張鐵山面無表情，問對方。「你們想怎樣才算完？」

幾人以為張鐵山認慫了，不由得意一笑。剛剛指著李何華說話的男人道：「這家的東西不乾淨，裡面有蟲子，誰知道我們身體有沒有吃壞！她跟我們道聲歉，再賠償二十兩銀子的醫藥費，我們就當這事沒發生過，不然的話……」

後面的話沒說出來，張鐵山卻明瞭他的意思，眼神也更加冷了。「可我們攤子的東西從來都是乾乾淨淨的，做了這麼久也沒人發現不乾淨，怎麼就你們發現了呢？」這話很明顯是在說他們栽贓陷害。

幾個人不由怒從心上起。剛剛還以為這人比那肥婆娘識趣，原來一樣不認栽！

看張鐵山也不願意乖乖給錢，其中一個男人怒道：「我看這兩人就是黑心老闆，專坑我們這些老百姓！既然不願意賠償，那咱們也別客氣，給我砸！」說著便拿起地上的板凳就要繼續砸。

張鐵山眼神一沈，飛速上前，朝著這人就是一腳，速度快得讓人看不見，瞬間將剛剛還囂張無比的男人踹得倒退好幾步，一下子倒在地上，手上的板凳也砸了下來，將自己砸得嗷嗷直叫。

圍觀的人發出陣陣驚呼，對方其他人也驚了一下，反應過來後，瞬間怒了，衝上來就要圍攻張鐵山。

「啊——」李何華驚叫了一聲，眼睜睜看著張鐵山被幾個男人同時攻擊，心跳都停了一拍。

張鐵山看著衝上來的男人，眸子一沈，率先伸出腿，踹中第一個衝來的人，那人摔在地上哀號；接著，他一把抓起腳邊的板凳，掄起胳膊，朝著圍攻上來的人打去。轉眼不過瞬間，幾人就被全部打中，抱著胳膊和腿叫疼。

簡直是壓倒性的勝利！

李何華揪著的心瞬間放了下來。她剛剛真怕張鐵山被打到，沒想到他一人就打倒這一群人，不過她還是不放心，趕忙上前問道：「張鐵山，你沒事吧？」

張鐵山淡淡地搖頭。「我沒事，別擔心。」

李何華上上下下掃視著，確定他身上真的沒有傷痕，這才鬆了口氣。

就在這時，周圍突然響起一陣低呼聲，李何華還沒反應過來，身體就被轉了個方向，瞬間落入張鐵山寬闊的胸膛裡。

李何華還沒回神，就聽到一聲撞擊聲，還有張鐵山的悶哼，下一秒，瓷器碎裂的聲音傳來。

「張鐵山，你怎麼了？」李何華心一跳，想轉到他身後看他的背，剛剛應該是瓷碗砸到他的背上了。

張鐵山卻拉住她。「沒事，沒怎麼樣。」來不及再說別的，轉過身看向還躺在地上的幾人，一字一頓地問：「剛剛誰砸的？」

幾人被張鐵山嚇得瑟縮，全都搖頭，示意不是自己幹的。

笑話，現在可不是硬氣的時候，他們今天算是踢到鐵板了，本來以為是個好差事，沒想到卻反被人打了，回去一定要向那人多要點錢，今天這事太虧了！

其中有一個人搖頭慢了一拍，因為就是他砸的。

開地面。

張鐵山看向這人，眼神猶如凶獸，一步步走向他，一隻手就將他從地上提起來，雙腳離

了，饒了我吧！」

這人被勒得呼吸困難，嚇得忘了剛開始的威風，哇哇大叫。「好漢饒命啊！我再也不敢

張鐵山卻將他越舉越高，似乎是想把他狠狠摜到地上，嚇得此人更大聲求饒。

看這人快堅持不住了，張鐵山才開口，聲音冰冷。「你希望我饒了你？」

男人使勁點頭。「饒了我吧……饒了我吧……」

張鐵山道：「饒了你們可以，但攤子是你們砸的，這損失你們必須賠償，否則……」

幾人嚇得一哆嗦，在張鐵山手裡的人率先喊道：「賠！我們賠！」再不賠他就沒命了。

張鐵山手上的力道並沒有鬆開。「現在就掏錢出來，三兩銀子。」

幾人一聽要三兩銀子，都想大喊這是在敲詐，可又不敢真說出來。要是今兒個不賠錢，估計命也要玩完了。

幾人對視幾眼，最後都決定給。反正這錢要找雇他們的人要，不能算他們自己的。

幾人哆哆嗦嗦地掏出錢湊了湊，湊足三兩銀子，放在地上。「好漢，銀子在這兒，你放了我們吧！」

張鐵山看了眼銀子，將手上的人一扔，厲聲道：「滾！以後要再敢來這裡撒野，就不是這麼簡單的事了！」

幾人一句話都不敢說，忍著痛爬起來就跑，瞬間就沒了蹤影。

張鐵山將地上的銀子撿起來，遞給李何華。「這些錢足夠妳買新的東西了，別難過。」

見他現在只擔心她被砸了攤子難過，李何華心裡酸澀難當，忍不住道：「都什麼時候了你還擔心這個，你的背怎麼樣了？剛剛的碗砸得不輕呢！」

要不是張鐵山替她擋下，估計現在她已經血流如注了。

張鐵山看她如此擔心自己，背上火辣辣的感覺瞬間沒了，只覺得熨貼無比。「我皮糙肉厚，沒事。」

李何華才不相信他的話，立刻就決定收攤回去，給他請個大夫。

直到這時，一直嚇得在旁邊躲著的曹四妹、大丫和大河才敢走上前來。

曹四妹問道：「妹子，妳沒事吧？」

李何華搖搖頭。「我沒事。」

曹四妹咬了咬下唇，眼裡閃過難堪。剛剛來人砸場子，一個個人高馬大的，凶得很，她真的很害怕，不敢上前，同時下意識地拉著想上前幫忙的大河，沒讓他上去幫忙。

那群人這麼凶，大河還是個孩子，這麼瘦的身板，上去也是無濟於事，還可能被打成重傷，大河要是出了事，她沒法向列祖列宗交代。

可荷花妹子對他們一家這麼好，她卻……

「妹子，我剛剛……」

李何華知道曹四妹想說什麼，提前打斷她。「大姊，不說了，張鐵山受傷了，先把攤子收了吧！我要給他請大夫。」

曹四妹想說的話說不出口，只好低下頭幫李何華一起收拾攤子。

李何華在心裡嘆了口氣，讓曹四妹他們先回家，後天再來，她則和張鐵山一起回小院。

看著兩個人的背影，曹四妹一家三口心緒如麻；站在人群裡的顧大峰也懊惱地垂下頭。剛剛他怕危險，不敢出來，他已經沒機會了吧？

顧大峰挫敗地轉身離開。

回到家，李何華立刻拉著張鐵山坐下，顧不得男女有別，伸手就去扯張鐵山的腰帶。

張鐵山瞳孔一縮，下意識抓住李何華的手，輕聲問：「妳做什麼？」

李何華皺眉。「你把上衣脫了我看看，你的後背肯定受傷了。」

張鐵山臉色僵了一瞬，手掌緊緊握拳，呼吸也一瞬間急促，但在李何華清澈目光的注視下，還是慢慢鬆開手，任由李何華將腰帶解開，然後將上衣脫下，接著是裡衣，直到光著上身。

以前幹活沖涼時不是沒有光過上身，可是此時，張鐵山卻覺得渾身不自在，心裡好像在冒火，動都不敢動。

李何華不知道張鐵山此刻的煎熬，也沒有其他的心思，她只想看看他的傷。

張鐵山果然傷得不輕，後背紫了一大塊，還帶著血絲，看起來恐怖極了，一看就知道有多疼，可這人卻絲毫沒有表現出來。

李何華心裡更加感激，同時也很愧疚，都是因為她，他才會受傷。

「張鐵山，你在這裡等著，我去給你請大夫。」說著就要匆匆出去。

張鐵山一把拉住她。「這點傷搽點藥酒揉一揉就行了，不用請大夫，就算請大夫，大夫也是搽藥酒，相信我，我有經驗。」

李何華想起張鐵山經常打獵，很有經驗，聽他的應該沒錯，便迅速回房將之前買的藥酒拿出來。

「我給你揉吧！不過我不太會，可能揉得不好。」李何華說道。

張鐵山背對著李何華，嘴角勾了勾。「沒事，只要用點力氣揉開就行。」

李何華點點頭，倒了些藥酒在手上搓熱，再揉在張鐵山背上。張鐵山只在剛開始那一瞬僵了下身體，接下來就毫無反應，好像一點也不疼似的。

李何華知道揉藥酒其實很疼，為了減少些疼痛，她開始和他說話。「張鐵山，你剛剛將那群人打得那麼慘，就不怕他們報官嗎？如果他們咬死了我的吃食不乾淨，我可能就得賠錢了吧？」

張鐵山笑笑，反問：「妳看他們從頭到尾說要去報官了嗎？」

李何華想想，好像還真沒有。

張鐵山繼續道：「他們不敢報官的，那幾個人是鎮上的小混混，官府裡的人都認識他們，他們自己也是收錢辦事，怎麼敢報官？」

原來是這樣啊！

李何華恍然大悟，可隨即又想起幕後之人。到底是誰收買這些人來找她麻煩呢？

李何華想來想去，覺得最有可能的就是同行，估計是眼紅她家生意好，想找她麻煩。

除了這個推測，她真的想不出其他人。

張鐵山顯然也想到了這點，眼神沈了沈，半晌後說道：「放心，以後我都會在，妳別怕。」

李何華呼吸停了一瞬，低下頭繼續手上的動作，好似沒聽到這句話。

揉好後，她道：「張鐵山，你中午到現在都沒吃，一定餓了吧？你再忍一會兒，我給你燉點雞湯喝，我現在去街上買隻土雞，對身上的傷恢復有好處。」

張鐵山一把拉住李何華的胳膊。「妳別忙活了，怪麻煩的，隨便做點吃的就好。」其實他是不放心她一個人出去，就算知道那群人剛剛確實已經跑了，可他還是怕有萬一。

李何華搖搖頭。「不行，家裡沒有什麼補身體的東西，我得做點好的給你補一下，我很快就回來，一點都不麻煩。」

張鐵山很想說，這點小傷連血都沒流，壓根兒不需要補身體，只要幾天就會康復了；可看李何華泛著擔憂的眸子，嘴裡的話又咽了回去。

他站起來道：「那好，我陪妳一起去吧！妳一個人出去我不放心，那幾個人不知道還會不會再回來，有我陪著才能放心。」

李何華一驚，她的確沒想到這點。仔細想想，那群人就是特意來找她麻煩的，現在任務沒完成，說不定不會善罷甘休，要是看她身邊沒人保護，很有可能再次對她下手。

李何華剛想說「好吧！一起去」，猛然間發現自己的手被張鐵山握在手裡，臉不由自主紅了，趕忙將手抽出來。

張鐵山像是沒發現李何華的無措一般，順勢放下手，神色如常地道：「走吧！把門鎖好。」

李何華眨了眨眼，看張鐵山已經自顧自地走出門，只好努力壓下心裡那股不自在，跟在張鐵山身後。

不知道是不是因為張鐵山在，這次出門什麼事都沒發生，順順利利地買完雞回到家。

張鐵山二話不說拿著刀去殺雞，李何華鬆了口氣。說真的，她還真沒有親手殺過雞，硬要她殺雞，她也是怕得很。這次本打算硬著頭皮上的，現在張鐵山直接就將她的問題解決了。

李何華去廚房燒了點熱水，準備燙雞、拔雞毛。剛燒好，張鐵山便拎著死透的雞進來了。

「給我吧！我來處理。」李何華伸手去接張鐵山手裡的雞。

張鐵山手一抬，避開了。「我來吧！熱水太燙了，別把妳的手燙傷了。」說著便將雞放在盆裡，倒入熱水，燙了一會兒後，俐落地開始拔雞毛。

李何華站在旁邊，什麼事都不用做，最後只得去外面收拾推車上的東西。

她收拾得心不在焉，聽著廚房裡的動靜，心裡亂糟糟的。

第三十章 黑子

她覺得張鐵山今天很不對勁，好像對她的行為很……很……她不會形容，但就是感覺不太正常。

一個普通關係的男人為妳出頭就算了，可為什麼要拉妳的手，還怕妳被熱水燙傷？難不成是因為紳士風度？可這個時代有這東西存在嗎？

李何華覺得張鐵山對她的行為滿曖昧的，可是想想，又覺得這想法很荒謬。她現在可是頂著李荷花的皮在生活，這女人簡直就是可惡的代名詞，張鐵山對她更是厭惡至極，怎麼可能喜歡她呢？

再說了，就算撇開原主的惡行不談，就是她現在這副長相和身材，像張鐵山這麼有型的男人會看上她？她一百個不信。

所以，她真的想多了吧？說不定張鐵山是看在書林的面子上，才對她照顧有加；畢竟書林現在這麼依賴她，且她對書林也十分好，張鐵山很有可能是投桃報李，才對她這麼有紳士風度。

李何華腦海裡彷彿有兩個人在打架，一時間亂糟糟的。

這時張鐵山從廚房裡走出來。「雞我打理乾淨了。」

李何華回過神，眼神閃了閃，趕忙收起思緒，低頭「哦」了一聲。「我去做雞湯，你休息一會兒，別忙活了。」

張鐵山看出李何華的不自在，抿抿唇，沒再跟著她進廚房幫忙。

李何華鬆了口氣，她還真怕張鐵山繼續幫她忙，到時候她腦子裡又要亂七八糟地想東想西。幸好張鐵山接下來都沒有做什麼其他舉動，吃完飯後便去接書林回來，然後便告辭離開了。離開前，他還特意囑咐她要將門鎖好，晚上注意安全。

其實不用張鐵山叮嚀，她也會這麼做，誰知道那群人會不會來陰的？她有什麼事就算了，可書林還在呢！書林千萬不能有事。

想來想去，李何華還是覺得書林跟她住不安全，於是道：「張鐵山，你帶書林回家住吧！他住我這裡我不太放心，還是跟你一起比較安全。」

此話一出，張鐵山還沒說什麼，小傢伙就立刻撲上去，緊緊抱住李何華的大腿。

李何華無奈，知道小傢伙捨不得她，可現在安全最重要，她不能拿小傢伙的安全開玩笑，哪怕是一絲一毫的危險也要排除。

她將小傢伙抱進懷裡，親了親他的臉蛋。「書林，你今晚回去跟爹爹住一晚。你看你都這麼多天沒跟爹爹回家住了，奶奶和小叔叔好長時間沒見到你，他們很想你的。」

小傢伙眨巴眨巴眼睛，還是摟著李何華的脖子，拚命搖頭。

他要和娘一起。

李何華嘆了口氣，繼續哄道：「奶奶和小叔叔很疼你，現在他們想見你，你卻不願意回去，你這樣是不是很傷奶奶和小叔叔的心？你跟爹爹回去住一天，讓奶奶和小叔叔見見你，好嗎？」

小傢伙搖頭的幅度變小了點。

李何華眼看有戲，正要再接再厲哄勸，懷裡的人卻被張鐵山抱走了。

張鐵山抱著書林，和他互看，輕緩卻堅定地道：「書林，爹有沒有說過，你是男子漢？」

小傢伙眨巴眨巴眼睛，臉上莫名嚴肅了不少。

張鐵山繼續道：「你要知道，保護娘親是男子漢應該做的，現在娘一個人睡覺會害怕，所以你要留下來陪著娘，知道嗎？」

小傢伙像是找到不回家的好理由，眼睛一下亮了，立刻轉身朝李何華張開雙手要她抱。

李何華氣得瞪眼。「張鐵山，你在說什麼！」

張鐵山看向瞪著自己的女人，卻一點不覺得她凶，反而覺得很有趣，嘴角勾了起來。

「就讓書林陪妳吧！妳放心，那群人不敢過來的，我跟妳保證。」

李何華還是生氣。本來都快勸動小傢伙回去了，可他一句話便破壞了，萬一真的發生危險，小傢伙的安全怎麼辦？

看李何華還在生氣，張鐵山將懷裡的小傢伙往她懷裡塞去。「好了，我向妳保證，妳和書林都會平安無事的，所以別生氣了，好嗎？」

最後一句說得好像在哄孩子一般，讓李何華又不自在了，只好摟著書林不說話。

張鐵山笑笑，擺了擺手。「好了，你們娘兒倆進去吧！我走了。」說完便往巷子外走去，不一會兒便沒了蹤影。

李何華噘了噘嘴，只好抱著書林回家，將門鎖好，只不過晚上還是提心弔膽，就怕發生什麼事，一夜都沒怎麼睡踏實，總是睡睡醒醒。

一夜無事，李何華沒睡好，在雞剛打鳴時就醒了，在床上實在睡不著，乾脆起床做事。

她打算做個灌湯包，再加一樣雞蛋餅，這兩樣東西之前都沒有做給書林吃過，剛好今日時間充裕，可以多做一些，讓書林帶去給顧夫子和顧錦昭那個小傢伙吃。

李何華拿來麵粉，熱火朝天地忙起來，等到準備工作做好，正準備燒火，卻聽見門外有狗叫聲。

這條巷子明明沒有狗，哪來的狗叫聲？難道是聽錯了？

李何華又仔細聽了聽，的確有狗叫聲，雖然不大，但她沒有聽錯，那聲音就在她家門外。

李何華一驚，放下手裡的東西，躡手躡腳地走到灶膛後，拿起燒火棍來到院子裡，再悄悄來到門後。

「汪汪……嗚嗚……」

是的，就在門外！李何華咽了咽口水，抓緊手裡的燒火棍，心跳得好像要跳出來似的，可為了安全，她還是硬著頭皮將身子貼在門後，厲聲開口。「是誰在門外！」

話音剛落，門外便傳來回應。「是我。」

是張鐵山！

李何華緊繃的心一下子鬆了，燒火棍也落在地上，她顧不得撿，第一時間打開門，果然見張鐵山站在門外，旁邊蹲著一條半人高的大狗，看起來很嚇人。

李何華驚訝地問：「張鐵山，你怎麼這時間來了？」

張鐵山笑笑。「早上起得早。」起得早？現在天才剛濛濛亮，他從村裡走到鎮上都要大半個時辰，他到底是多早醒的？

李何華打量了下張鐵山，這才發現他的雙眼通紅，眼圈發黑，鬍子也冒出了頭，看起來有點頹廢，一看就是沒休息好。

「張鐵山，你昨晚沒休息好嗎？」

張鐵山抿抿唇，點點頭。「的確是沒怎麼睡好，不過沒什麼要緊的。」說著便拍了拍腿邊的狗。「這是我給妳帶來的狗，這狗很聰明，也很厲害，以後妳養著，給妳看家護院，這樣妳就不用怕了。」

李何華愣住，沒想到張鐵山還記掛著他們的安全問題，且這麼細心，一晚上就給她找來一條大狗。

李何華的確很需要一條看家護院的大狗，想了想，最終沒有拒絕，只是心裡不知道該怎麼感激張鐵山才好，口頭上的表達已經沒有任何意義了。

李何華決定，以後每天都給張鐵山加餐做好吃的，以此為報。

將一人一狗迎進來，重新關上院門，李何華這才好好打量自家的新夥計。這狗個頭十分大，體積也壯觀，一身毛皮特別油亮，看起來威風凜凜；最特別的是眼神，非常凶狠，一般人絕不敢上前惹牠。

也不知道張鐵山從哪兒找來的狗，真的太棒了！

「張鐵山，你從哪兒弄來的狗？這狗看著好凶啊！」

張鐵山笑笑。「這狗的確挺凶的，不過不會咬主人，反而跟主人很親。牠的母親以前是我養大的，一共生了三個孩子，牠們幾個也跟牠們的母親一樣，看家護院本事很強。」

其實這狗並不是普通的土狗，而是狼狗，牠的娘是他親手養大的，只不過後來他去打仗時，大狼狗快要不行了，他娘也養不了這麼多狗，他便只留了一條，剩下兩隻全送到羅二家裡養著。

只不過等他回來時，大狗已經老死了，家裡那隻小狗也被李荷花弄得不見蹤影；不過送去羅二家的兩隻狗倒是長得很好，很像牠們的娘，剽悍得很，是看家護院的好手。

昨天發生那事，他便想起養在羅二家的兩隻狗。要是養一隻在她這裡，就可以保護他們，那她和書林就不用怕了，所以他便趕回村裡，去了羅二家，將其中一隻牽走了。

由於心裡放不下母子倆，他沒有休息，趁著夜色直接將狗帶來鎮上，守在她的院門外，一人一狗守護著屋子裡的母子倆到天亮。

直到聽到屋子裡的動靜，他知道是她起來了，才拍拍狗頭，讓牠發出點叫聲，李何華才發現了他們。

不過，昨晚在這兒守了一夜的事，他並不打算告訴她。

李何華看著凶巴巴的大狗，卻不覺得害怕，反而覺得很親切。

以前她就喜歡狗，現代的家裡還養了一隻哈士奇，雖然讓人很崩潰，不過她還是很喜歡牠。

雖然遺憾現在沒辦法再見到家裡那隻哈士奇了，但現在又來了一隻，以後更會成為她和小傢伙的保鏢，她瞬間就喜歡上這隻新成員。

「對了，牠叫什麼名字啊？」李何華突然想起還不知道新傢伙的名字。

張鐵山摸了摸大狗的頭。「牠叫黑子。」

剛說完，黑子便大聲「汪」了一聲。

李何華一下子便笑了。「牠好聰明呀，知道我們在叫牠的名字呢！」

張鐵山看她這麼高興，也跟著笑起來。

李何華越看黑子越喜歡，很想抱著揉一揉，便忍不住問道：「那我現在可以摸摸牠嗎？牠不會排斥我吧？」

張鐵山笑笑，將黑子往李何華那邊推了推。「沒事的，摸吧！黑子以後就是妳的狗了，不會排斥妳的。」

有了張鐵山的話，李何華放心地將手伸出去，輕輕摸了摸黑子毛茸茸的腦袋。

黑子果然沒有任何排斥，反而還在她的手裡蹭了蹭，乖得很。

「張鐵山，牠還蹭我呢！」

張鐵山勾起嘴角。「嗯，牠將妳當成主人，以後都會跟妳很親近。」

李何華更高興了，立刻就拍拍黑子的頭。「黑子，走，我給你煮肉吃！」

黑子彷彿聽懂了李何華的話，搖著尾巴跟在李何華後面走。

張鐵山看著一人一狗，眼裡都是笑意，接著便開始修理昨天弄壞的桌椅，不出半天就修好了。

不光李何華喜歡黑子，書林也很喜歡，抱著黑子都不想撒手，雖然一人一狗都不說話，但就是相處得很和諧。

今早去學堂時，小傢伙還戀戀不捨，眼神中表達出想把黑子也帶進學堂的意思，還是她千哄萬哄才哄好。

李何華想著家裡面沒人，讓黑子單獨在家會孤單，便將牠帶到攤子上。她怕牠會嚇到客人，讓牠乖乖趴在她的腳邊，看起來倒是沒了殺傷力，客人們看到只會好奇，並不會感到害怕。

昨天的事並沒有影響到攤子的生意，大多數人還是相信李何華的，所以今天的生意依然很不錯，這讓在不遠處看著的吳家母女倆恨得牙癢癢。

吳梅子氣得跺了跺腳。「娘，她又開業了，生意一點沒少，鐵山哥還在給她幫忙呢！」

吳方氏也是氣不平。她原本以為會看到李荷花生意慘兮兮的樣子，沒想到對她一點影響都沒有，害她白高興了一場。

真是氣死人了！

吳梅子看著李何華面帶笑容的樣子，恨不得上去撕爛她的臉。憑什麼這個女人把她的臉毀了，害她一輩子被人嘲笑，而她卻活得好好的，還賺著大把大把的錢；就連鐵山哥現在都不討厭她了，憑什麼這個女人能得到這一切！

「娘，您快想想辦法，她根本一點事都沒有，鐵山哥還一大早就幫她忙活生意，再這樣下去，我真嫁不成了！」

吳方氏心裡也急，她都已經厚著臉皮去找張林氏兩次了，可每次都被拒絕，她能怎麼辦？真是一家子忘恩負義的白眼狼！

但看女兒挫敗的樣子，吳方氏也不忍，嘆了口氣，拍拍她的胳膊。「梅子，妳別急，娘又沒說沒別的辦法。」

吳梅子眼睛一亮，急急抓住吳方氏的手。「娘，您快說，有什麼辦法？」

吳方氏撩起吳梅子用來遮掩傷疤的頭髮，忍著心裡的氣，怒道：「妳忘了，妳這傷可是李荷花那女人弄的，她害了妳一輩子，讓妳到現在都嫁不了人，難道她不得賠償嗎？」

聞言，吳梅子的眼睛瞬間亮了起來。

第三十一章　吳家找麻煩

第二天，李何華剛剛收攤，便迎來一批不速之客，正是吳家一家人。

李何華看著不請自來的幾個人，心裡咯噔了下，立刻有了不好的預感。

吳方氏直接領著兩個兒子和吳梅子進了院子，掃視一圈後，皮笑肉不笑地道：「妳這日子過得真不錯啊！還有錢住這麼好的院子，看來賺了不少錢啊！」

李何華不想理這人，她還記得她剛穿越來的時候，就是這婦人找她的麻煩，還害她傷了手。

她一點也不想跟這人客氣，直接皺起眉頭。「你們來幹什麼？我家不歡迎你們，有事就說，沒事請快點離開。」

吳方氏哼笑一聲，沒有要走的意思，拍了拍自己的袖子。「既然妳這麼乾脆，那我們也不跟妳囉嗦。妳還記得我家梅子吧？」說著便將吳梅子拉到身前，讓李何華好好看看。

看見吳梅子，尤其是她臉上那道疤，李何華心裡莫名不安起來。

這姑娘她見過，之前還隱約猜測這疤十有八九是原主的傑作，所以今天這家人是為了這個來找她算帳的？如果真的是原主的傑作，那麼她還真逃不了干係，畢竟她現在就是李荷花，原主的一切責任與義務都是她該做的。

好不容易清靜了一段日子，又不得安寧了。她有時真懷疑自己是不是上輩子太對不起原主，所以這輩子才來替她還債。

吳方氏見李何華不說話，將吳梅子往她跟前又推近了一點。「妳怎麼會不記得我家梅子呢？我家梅子這疤可是拜妳所賜，這一輩子就被妳給毀了，到現在都嫁不出去，妳好好看看吧！」

果然是這樣。

李何華心沈到了谷底。她沒有原主的記憶，並不知道當時發生何事，也不知道後續是如何處理的，她只知道，按照原主的性格，的確有很大可能是她幹的，這家人也不可能平白誣賴她，所以這事，估計是真的。

站在一旁的張鐵山聽到這裡，也聽出吳家人的來意。

雖然當初他不在家，但回來後他娘已經跟他說過這件事的前因後果，事實的確如吳家人所言，是李荷花跟吳梅子起口角衝突時，用手裡的鐮刀劃的。後來吳家人來找麻煩，李荷花已經賠了三兩銀子。

現在吳家人是嫌三兩銀子太少，又打算來要？

如果是以前的李荷花，他不會管這事，畢竟這是她自己造的孽，讓人家好好一個姑娘的臉毀了，的確是該賠償；可是現在，他清楚知道她不是李荷花，她並沒有任何過錯，她已經為李荷花承擔太多了，包括當初被吳方氏找麻煩，也包括他對她的厭惡，這些本不該是她承受的。以前他不知道就算了，現在知道了，他便不想她再為了李荷花犯的錯受委屈。

張鐵山看向吳家人。「你們現在想怎麼樣？我記得，之前李荷花已經賠過你們三兩銀子當作了結了吧？」

李何華聽到張鐵山這話，心裡突然有了數，也猜出吳家人是想再次要錢，便道：「對啊！我之前已經給過你們三兩銀子，這事就算完了，為何現在又提這事？難不成你們還想敲詐？」

吳方式嘴角扯了扯，語氣不善。「喲，妳還好意思說？妳毀了我女兒一輩子，弄得她現在都嫁不了人，妳覺得三兩銀子夠賠償我女兒的一生嗎？當初我們看妳實在沒錢，才不得不算了，現在妳生意這麼好，手裡也有不少錢，難道不該再多賠償我們一點？妳自己摸著良心說，我們這要求過分嗎？」

說實話，要是從客觀角度看，毀了一個女人的容，賠三兩銀子的確不夠，多賠點也沒什麼，可吳家人明顯就是故意來找她麻煩，不想讓她好過罷了。

既然當初給了三兩銀子，吳家人至今也沒再要過錢，這事應當就算解決了，可現在又來要錢，這道理說不過去。難道因為她現在賺錢了，就要多賠點？那以後她若賺更多的錢，是不是還要一直賠？按照吳家人的樣子，說不定還真的會做出這事。

可要是不給的話，吳家人說不定會天天來鬧，要是鬧得她做不了生意，日子還怎麼安生？

李何華想著到底該怎麼解決，這時張鐵山先一步開口了。

「吳嬸，您這樣怕是不好吧？李荷花弄傷您女兒的臉，的確該賠償，但是賠多少當時就該定好，當時你們收了三兩銀子就不再追究，現在這事都過去好幾年了，又來重新要錢，換成是您，您願意嗎？」

李何華內心點頭不已，張鐵山說的話也是她想說的。

吳方氏聽到這話，臉色有點不好，皮笑肉不笑地看著張鐵山。「鐵山啊！我記得你已經休了這女人吧？現在你和這女人完全沒關係，這事就不關你的事，可你現在反而來幫她說話是什麼意思？你娘要是知道的話……」

張鐵山的臉色絲毫沒有因為吳方氏的話有任何改變，只是淡淡道：「嬸子，我怎麼樣就不勞您操心了，咱們還是說正事吧！」

吳方氏暗惱，嘴角的笑差點維持不下去，忍了又忍才道：「好，你不想聽嬸子勸你，那嬸子就不說了，免得你嫌嬸子多管閒事，咱們來說賠償的事。鐵山，你摸著自己的良心說，李荷花毀了我女兒的面容，害她現在都嫁不出去，僅僅三兩銀子就夠了？如果是她李荷花被我女兒毀了容，我們只賠三兩銀子，你願意嗎？」吳方氏說著，瞪向李何華。「換作是妳，妳願意嗎？」

李何華皺眉，不客氣地反問吳方氏。「妳既然嫌棄三兩銀子少，那當初妳收下幹麼？收下後又來說少，這道理說不過去吧？妳既然問我，那我也問問妳，要是妳女兒毀了我的容，我多次找妳要錢，妳願意嗎？」

吳方氏被李何華用她自己的話駁了回來，氣得一噎，差點想撕爛她的嘴。

這李荷花真的變了，沒想到現在的她這麼伶牙俐齒，以前不是三句話說不到就撒起潑來嗎？她們便能順勢鬧大，讓周圍人看看，進而博取同情，讓圍觀的人都去譴責李荷花，並從中獲得好處。

現在怎麼變得這麼能說會道，而且都不撒潑了呢？

吳方氏被堵得說不出話來，懶得再這麼扯下去，乾脆破罐子破摔。「妳不要強詞奪理，現在是妳傷了我女兒的臉，妳就要賠償！不管你們怎麼狡辯，三兩銀子是不行的，妳現在必須重新賠給我們，我們也不要多，再賠我們十五兩銀子就好，我們以後就真的不追究了。」

李何華快被這家人氣笑了，十五兩銀子還叫不多，那多少才叫多？雖然她現在賺了不少錢，可也知道對農家人來說，十五兩銀子算是很大一筆錢了，農家人存半輩子都不一定能存到十五兩銀子，就連她現在的存款，也沒有十五兩銀子呢！

這家人擺明了是敲詐。

原本她還有些心軟，想著畢竟毀了人家的臉，再賠一點錢徹底解決這件事也不是不可以；可吳家人這態度，壓根兒就是獅子大開口，根本不是為了真心談事情而來。她還真不想給了，憑什麼她要替原主揹這麼沈重的黑鍋？況且這鍋也不是非揹不可。

李何華難得地來了氣。她們要是繼續鬧，那她就陪著鬧好了。

想好以後，李何華堅定地拒絕。「我已經賠過錢了，沒有再賠的道理，你們想要錢，不可能！」

見李何華拒絕，吳梅子既失望又興奮，失望的是沒辦法得到這麼一大筆錢，興奮的是這樣她就有希望嫁給鐵山哥了。

既然她拒絕給這筆錢，那她就能要求另一種賠償，於是，吳梅子偷偷扯了扯她娘的衣袖。

雖然來之前就想過，李何華大概不會願意賠這麼一大筆銀子，但此刻吳方氏還是無比肉疼。要是李荷花真賠了，他們家可就發了！

被自己女兒扯了袖子，吳方氏才從肉疼中回過神，立刻轉了話題道：「既然妳不願意賠這筆錢，那妳說，我女兒因為這傷嫁不出去該怎麼辦？要不是因為這臉上的傷，我女兒不知道能給我找到多好的女婿，這事情妳得負責吧？」

李何華皺眉。這吳家人莫不是要找她解決吳梅子的婚姻大事吧？她能怎麼解決，難不成去找個男人娶吳梅子？

這吳家人在想什麼呢？

見李何華皺眉不語，吳方氏暗笑一聲，瞥了眼站在一旁的張鐵山，眼裡隱約帶點笑意。「看來妳是出不起這錢了，既然這樣，我們也不是不講理的人家，既然你們不捨得賠錢，我們給妳另一個選擇——讓鐵山娶我家梅子，這事也就算了，以後我們不會再找妳了。」

李何華懵了，一時反應不過來吳方氏在說什麼，過了好久才弄懂她的意思。

吳方氏這是在說，只要張鐵山娶了吳梅子，他們吳家人就不再找她的麻煩了？

吳梅子喜歡張鐵山，想嫁給他，這是肯定的，但這關她什麼事？她跟張鐵山已經什麼關係都沒有，用賠錢來要脅張鐵山娶吳梅子？這什麼邏輯？

李何華下意識地看向張鐵山，就見這男人面容陰沈地盯著吳家人，那神色可不好，這是生氣了吧？

李何華趕緊說道：「我說你們也太沒道理了吧，我和張鐵山現在什麼關係都沒有，你們憑什麼拿這事要求張鐵山做事？」

吳方氏冷哼一聲，在心裡將李何華罵了好一通，直接對張鐵山道：「我說鐵山，你現在一個人是不行的，總要再娶一個。你和我們梅子也算是知根知底的青梅竹馬，我們梅子溫柔賢慧又體貼，你要是娶了我們梅子，絕對不吃虧。你看，只要現在你娶了我們梅子，就能找個知冷知熱的人，又能免了李荷花的麻煩，豈不是一舉多得？你覺得呢？」

吳梅子羞澀地瞥了張鐵山一眼，低下頭，不好意思再看，羞答答地等著張鐵山回應。只是低著頭的她，哪裡看得到張鐵山眼裡的寒意都快凍死人了。

原本張鐵山看在同村的分上，已經很有耐心應付了，可是此時，他心裡的怒氣已經止不住，他一點都不想再跟吳家人客氣，直接繃著臉道：「嬸子，我已經拒絕過很多次，我是不可能娶吳梅子的，你們怎麼說都不可能；至於賠錢，那就更不可能了，你們有本事就去官府告我們好了。現在你們可以走了，要是不想走，就不要怪我強行送客！」

「你！你怎麼說話的！」吳方氏見張鐵山說話這麼不留情面，氣得指著他直顫抖。

吳家的兩個兒子聽到張鐵山這麼不留情面地說他們家梅子，臉色也很難看。其中臉色最難看的就數吳梅子了，她沒想到張鐵山會當著這麼多人的面給她難堪。她臉色發白，眼圈迅速泛紅，可憐兮兮地望著張鐵山，似是不敢相信他會這麼對她。

李何華在一旁看得無語，她覺得這吳家母女倆也是極品，跟原主是一類人。不過，既然張鐵山替她出手了，那她就看著吧！這時候還是不要說話了，相信張鐵山能解決就好。

張鐵山的解決辦法就是，一聲令下，叫了一聲黑子。

黑子立刻「汪」了一聲，從後面躥出來，後腿微曲，隨時準備撲上去撕咬。牠眼睛盯著吳家人，喉嚨裡發出陣陣嘶吼，極是嚇人，就連李何華也被嚇了一跳，她都不知道黑子還可以這麼凶呢！

吳家人被黑子嚇得後退好幾步，臉都白了，眼裡滿是恐懼。

「張鐵山，你……你要幹什麼？」吳大柱忍著害怕，站到其他人身前質問道。

張鐵山神色沈沈。「我再說一遍，你們要是再不走，我就讓黑子請你們走，你們自己選擇。」

黑子配合地朝吳家人猛吠，嚇得吳家人腿直打顫。

吳大柱強忍著懼怕。「你……你竟然這麼對我們。鐵山，我們可是從小一起長大的……」

張鐵山絲毫不為所動，只叫了一聲。「黑子！」

黑子像是接到命令，猛然往前撲去，身子瞬間張開，帶著凌厲的氣勢直撲吳家人而去。

「啊——」吳家人嚇得放聲尖叫，轉身就往門外跑。

黑子跟在後面攆，卻始終保持一點距離。直到吳家人跑出了巷子，張鐵山才大喊一聲「黑子」，不一會兒黑子就回來了。

張鐵山拍了拍黑子的頭，看向李何華。「沒事了，以後他們要是再來找麻煩，妳就叫黑子出馬。」

李何華高興地點點頭，蹲下身摟住黑子，使勁揉著黑子的頭。「黑子，謝謝你，你怎麼這麼厲害！」

黑子像是回應一般，「嗚嗚」了兩聲，惹得李何華又摟著牠一陣親，完全沒看見張鐵山的臉色有點發黑。

張鐵山看李何華都快跟黑子親上了，抿抿唇，開口道：「以後吳家人再來，妳什麼都別理會，只管趕跑就是了；要是他們敢鬧，就直接報官，我認識衙門裡的捕頭，到時候打個招呼就行。」

沒想到張鐵山還認識衙門裡的人，李何華放開黑子站起身，驚喜地看著張鐵山。「好，我知道了，以後要是他們來搗亂，就要麻煩你了。」

這下好辦，她完全不用擔心了，吳家人要是敢來她攤子上搗亂，她就報官抓人。

張鐵山用拳頭抵著唇，「嗯」了一聲。

第三十二章　發覺心意

再說吳家人，一家人被黑子嚇得魂不附體，一路狂奔，跑得衣服、頭髮都亂了，別提有多狼狽，直到跑出鎮子許久才敢停下來。

「娘，李荷花那女人真的太過分了，竟然這樣對我們！」吳梅子一邊整理衣服，一邊怒道。

吳大柱在一旁也生氣得緊，不過他是氣張鐵山。原以為張鐵山會看在一起長大的分上，對他們客客氣氣的，誰知他一點情面都不講，直接放狗咬他們。可他也知道自家妹子對張鐵山的心思，對張鐵山的抱怨並沒有說出口。

吳方氏簡直氣炸了肺，扠著腰，對著鎮上的方向狂罵一通，罵了好一會兒才停下。她恨恨地朝地上吐了口口水，怒道：「走，回家！我要去找張林氏好好說道說道，讓她看看她的好兒子幹的事情！」憑張林氏那麼討厭李荷花，她就不信她會允許張鐵山這樣！

吳家幾人對視一眼，都默默地跟上。

張鐵山回家時，吳家人才剛走，所以張林氏現在的臉色很不好看。

張鐵山一看張林氏的臉色，心裡大致明白發生了什麼事，但他並沒有急著開口，自顧自地放下東西，去打了盆水洗手。

張林氏看他一點都沒有要解釋的意思，先耐不住了，開口問：「你吳嬸子他們剛走沒一會兒，你沒什麼話要對我說嗎？」

張鐵山洗著手，漫不經心道：「說什麼？」

看他這樣子，張林氏拍了下桌子，氣道：「你現在是鐵了心地想娶那女人了？」

張鐵山將水倒掉，點點頭。「對。」

張林氏看他這麼坦然地承認，氣得胸口發悶。「你太傷我的心了！你這樣對得起我和你弟弟，還有書林這麼多年吃的苦嗎？你難道忘了我們怎麼被她欺負的？嗚嗚……」

眼看他娘又要哭起來了，張鐵山開口打斷。「娘，該說的我上次都已經說了，我不想再說第二次。娘，我說過的話絕對說到做到，您若是不同意，那我們只能分開住了。」

張林氏一頓，難以置信地看向大兒子。

分開住是什麼意思？他的意思是如果她不同意，他就不和她這個娘一起住，要和那個女人單獨住在一起？他竟然為了那個女人不要老娘？

張林氏指著張鐵山哭罵。「你就這麼對待把你拉扯大的娘？你竟然為了個女人要拋棄親娘啊！我怎麼就生了你這個孽子！」

張鐵山捏捏眉心。他又不是不管他娘了，只是不住在一個屋簷下而已，免得媳婦和娘都不自在，怎麼就變成他拋棄親娘了？

他娘的這招還是一如既往地讓人頭疼，以前他爹就受不了他娘這招。

張鐵山聽張林氏哭罵了小半個時辰，見她還停不下來，才沈下臉道：「好了，娘，適可而止啊。」

張林氏的哭罵聲一頓，見兒子沈下臉，真不敢再鬧了。

對於張鐵山發火，張林氏還是怕的。與其說是她將兩兄弟拉拔長大，其實並不是。張父去世時，張鐵山已經是個小少年了，那時張林氏懦弱、沒本事，只知道哭，還是孩子的張鐵山便承擔起責任，賺錢養母親和弟弟，大大小小的事情都是他在操心。

可以說，張鐵山才是張家的大家長，而張林氏是典型的出嫁從夫、夫死從子的人，她對張鐵山是又愛、又敬、又怕。

見張林氏停止哭泣，張鐵山徑直去了廚房。他現在還餓著，廚房裡應該有晚上的剩飯、剩菜。

見兒子去了廚房，張林氏也跟了上去，過了好一會兒才清清喉嚨。「那這事情我不說成了吧？可是你看，你把書林送去鎮上這麼久了，我好長時間沒看到書林，我想我孫子想得都睡不著，你把書林帶回來給我看看，成嗎？」

張鐵山咀嚼的動作一頓，看了眼他娘祈求的眼神，低下頭繼續吃。

他娘的確想念書林，書林也好久沒回來，就連青山都說過好幾次想書林了。雖然他娘現在提這個，也有對李荷花挑刺兒的想法，但讓他娘見見孫子，無可厚非。

張鐵山這次沒反對，點了點頭。「書林過兩天就休沐了，到時候我帶他回來。」

張林氏點點頭，這才回去睡覺。

第二天，張鐵山將這事跟李何華說了。

李何華也能理解，在書林休沐的前一天，帶著黑子和張鐵山一起去接他。

學堂的大門打開，許多孩子揹著小書箱從大門裡出來，奔向自家父母。書林走在最後，等孩子們差不多走光了才見他出來。

小小人兒揹著小書箱，慢吞吞地挪著步，一步一步走得可認真了，好似走路是多麼重要的事情般，那小表情，看得人心都要化了。

李何華忍不住開口喊道：「書林——」

小傢伙聽見她的聲音，立刻抬頭，看見她的面容時，眼睛睜大，好似在發光，小嘴巴微微咧開，高興壞了。

小傢伙加快腳步，將帶著他出來的顧夫子丟在身後，直直往李何華身邊跑，結果跑出幾步，又突然煞車。

只見小傢伙低下頭想了想，又轉過身去，對著顧之瑾拱起雙手，小腰微彎，給夫子行了個禮，頗為像模像樣，就是小身子做起來沒有那種莊重感，反而有種莫名的喜感。

顧之瑾嘴角輕勾，輕抬了下手，示意他起身。「好了，快過去吧，你娘在等你呢！」

小傢伙聽見夫子的話，再次轉過身，邁著小短腿朝李何華奔去，小書箱裡的東西隨著他的跑動，咯噔咯噔的響。

李何華控制不住激動的心情，也朝著小傢伙飛奔而去，一下子將他抱起來轉了一圈。

「書林，我的乖寶貝，你剛剛真棒，還學會給夫子行禮了！」

小傢伙眨巴眼睛，伸出小短手抱住李何華的脖子，像貓咪般蹭了蹭。

黑子也狂奔過來，繞著母子倆轉來轉去，好不親熱。

「書林，你看黑子也來接你了，你要不要下來跟黑子玩？」

書林點點頭。

李何華一將他放下，他便立刻抱住黑子的頭，在黑子的腦袋上蹭來蹭去。黑子也對著書林的腦袋蹭了蹭，嘴裡「嗚嗚」地叫著。

看小傢伙現在這麼高興，李何華瞅向張鐵山，示意他跟書林說帶他回家的事情。

張鐵山接收到李何華的眼神，走了過來，將書林抱進懷裡，捏捏他的小鼻子。「你個小傢伙，看見爹跟沒看見一樣是吧？是不是把爹忘了？」

小傢伙迅速眨了兩下眼睛，像抱李何華那樣抱住張鐵山的脖子，將臉埋進他脖子裡。

他可沒有把爹忘了。

張鐵山笑著拍拍他的後腦勺。「好了，爹原諒你了，但奶奶和小叔叔不行啊！他們很想見書林呢！你跟爹回家住一天，見見奶奶和小叔叔好不好？」

此話一出，小傢伙一下抬起頭，再次拋棄他爹，伸出小手朝李何華張開。

娘快抱我走，爹爹要搶走我。

李何華看小傢伙迫切的小模樣，無奈又好笑。他爹只是要帶他回家住兩天而已，小傢伙卻表現得好像要被拐走一樣，張鐵山這個爹當得不行啊！

李何華並沒有抱書林，而是溫柔地道：「書林啊，奶奶想你，小叔叔也想你，他們再見不到你，就要想得生病了，生病很痛苦，書林不想奶奶和小叔叔痛苦，對不對？」

小傢伙伸直的小手僵了僵，懵懵地看著李何華。

李何華再接再厲。「你看，只要你回去住一天，奶奶和小叔叔就不用痛苦了，等他們好了，你就能立刻回到娘身邊，還跟現在一樣，好不好？」

小傢伙的胳膊往後縮了一點，似乎在猶豫。

「還有，你不是一個人回去的，還有黑子陪你一起。你帶黑子去上水村玩一玩，黑子原來的家也在那裡，牠也想家了呢！」

小傢伙的胳膊又往後縮，小眼睛可憐兮兮地眨巴著。

「娘知道書林是最乖的，對不對？」

小傢伙嘴巴癟了起來，委屈壞了，看得李何華也想哭。

她趕緊用袖子擦擦眼睛，帶著書林跟顧夫子告辭，這才回家給書林收拾了些東西，將兩人一狗送出巷子。

李何華忍著心裡的不捨，對書林道：「娘給書林做了很多好吃的，都在包袱裡，有薯條、蛋糕、糖葫蘆，還有肉鬆，等你吃完了，就能回來看娘了。」

小傢伙眼睛都濕潤了，小嘴癟著，但卻忍住不哭，小模樣別提多可憐了。

李何華心都要碎了，不敢再看，飛快說了一句。「張鐵山，你快帶他回去吧！我走了。」說完便低頭往巷子裡走去，一點也不敢回頭，生怕看見書林哭，怕自己都要後悔了。

直到衝進家裡關上門，李何華才靠著門板咬了咬唇，好一會兒才恢復心情。

看著偌大的院子只有自己一個人，再也不見小傢伙的身影，突然想念得不得了。

怕自己再想書林，李何華只好進廚房開始準備明天做生意的食材。過了一會兒，謝嫂子來了，她便拚命和她聊天，讓自己分心。

這晚，沒有小傢伙在身邊，李何華失眠了。第二天天沒亮，她就爬起來磨豆漿，反正也睡不著。

她一邊費力地推著石磨，一邊在腦子裡想著書林。

不知道小傢伙昨晚和誰一起睡，是張鐵山還是張林氏？不知道小傢伙有沒有不習慣？她還記得以前小傢伙不愛吃飯，只吃她做的飯，回去是張林氏做飯，也不知道小傢伙願不願意吃？

李何華腦子裡都是擔心。

就在這時，敲門聲響起，驚得李何華從思緒中回神。

一大早的是誰啊？

李何華邊往門處走邊問：「誰？」

門外傳來回應。「我。」

李何華張大眼睛。

張鐵山？他怎麼又來了？書林不在，他來做什麼？

李何華驚訝地開門。「張鐵山，你來幹麼？」

張鐵山沒有回答她的話，徑直從門外進來，然後捲起袖子，二話不說就開始推磨。

「張鐵山，你幹什麼呢？」

張鐵山只回答了三個字。「磨豆漿。」

她當然知道他在磨豆漿，她的意思是，為什麼他今天會來磨豆漿？今天書林不在，他不是該在家裡陪書林，跑到她這裡幹什麼？

李何華心裡驚疑不定，之前那些亂七八糟的想法又一次襲上心頭，還越來越不受控制，心裡亂得不行。

她忍不住對他道：「張鐵山，現在書林不在，你不用來幫我了，在家好好陪書林吧！以後也別來了，我會找人幫忙的。」

張鐵山的行為讓她不得不亂想，之前覺得是因為沾了書林的光，怕她一個人忙不過來而忽略了書林。

可書林今天不在，他為什麼還來？

她一個單身女子在家，他這樣跑來，肯定會讓人誤會。她不信張鐵山沒想到這點，可他依然來了。

難道張鐵山真的對她……

但張鐵山不是很討厭她嗎，怎麼現在又喜歡她了呢？

不應該啊……

可是他的種種行為都告訴她，他就是喜歡她，她無法自欺欺人。

張鐵山這人是不錯，長得有型，有責任感，也有擔當，這樣的人當老公絕對沒得挑，但她卻無法接受，她還記得她現在頂著的是誰的身分。

儘管她連戀愛都沒談過，婚姻對她來說更是遙遠，但她也知道，婚姻不是兩個人的事，而是兩個家庭的事。有個好婆婆和好小叔很重要，婆婆、小叔不喜歡妳，就算妳男人再好那也是白搭，這樣的人可不能嫁。

所以，張鐵山再好，她也不能考慮，張林氏那裡她就hold不住。

張鐵山靜默片刻，看著李何華的眼睛。「我想每天都來，我不想回去。」

李何華的心一慌，有些無措。「張鐵山……」

張鐵山上前一步，拉著李何華的胳膊，聲音低沈。「妳明白我的意思，是嗎？」

李何華抽出胳膊。「張鐵山，我不——」

她話還沒說完，就被張鐵山打斷。「我娶妳，好不好？」

李何華的心漏跳一拍，怔怔地看向張鐵山，說話都不索利了。「張鐵山……你在說什麼？我……你已經休了我，現在這樣是幹什麼？」

嗡——

「妳知道的，我休的是李荷花，不是妳；我要娶的不是李荷花，是妳。」

李何華大腦空白了一瞬，臉瞬間變白，難以置信地看著張鐵山，囁嚅著。「你、你在說什麼？我聽不懂。」

「妳知道我在說什麼。我知道妳不是李荷花，我把妳們分得很清楚，我喜歡妳，喜歡真正的妳，不是別人。我想娶妳、疼妳、寵妳，妳給我一個機會，好嗎？」

李何華被嚇得再次後退兩步，還沒從剛剛的衝擊中回過神來。

張鐵山是什麼意思？他知道她不是原來的李荷花？他怎麼知道的？他是不是在開玩笑？可張鐵山的神情哪裡像是開玩笑，他是真的發現了。

李何華有點懵。這麼久以來，她除了對書林盡到一個母親的義務，在其他方面，她完全按照自己的性格來做事，絲毫沒有模仿原主，所以讓人懷疑其實挺正常的。

但一般人根本就不可能往借屍還魂這方面想，就算覺得奇怪，也說不出什麼所以然來，所以她從不擔心被識破的問題，誰知現在卻被張鐵山識破了。

李何華儘量讓自己冷靜，腦子開始思考。既然張鐵山已經知道了，她也無力改變，只能這樣，她相信張鐵山不會嘴碎地去和其他人說，就算說了人家也不會信，她倒不擔心被當成怪物。

見李何華冷靜下來，張鐵山問道：「妳能給我一個機會嗎？」

李何華閉了閉眼，搖搖頭。「對不起，我們不適合。」

就算他知道她不是原主，她也不能答應他。雖然他不會將對原主的厭惡轉到她身上，也不會再像剛穿越來時那樣討厭她，但有無感情暫且不提，光張鐵山的娘和弟弟，她就不能接受他，她不想受婆婆和小叔的氣。

張鐵山抿著嘴，不說話。

「你走吧！以後別再來了。」李何華下完逐客令，直接進房將門關上，同時打定主意，以後都要和他保持距離。

第三十三章　新吃食

李何華想著自己拒絕張鐵山後，他應該就不會再出現了，誰知第二天他直接來到攤子上，手裡還牽著書林。

「我把書林給妳送回來了。」

李何華以為以後都沒機會見到書林了，昨天哭了一整晚，沒想到他又把小傢伙送回來了。

小傢伙看見李何華，委屈壞了，邁著小短腿往她這邊跑來，還沒到跟前就張開小胳膊求抱抱，弄得李何華啥都丟了，一下子衝過去將人抱起來，緊緊地摟在懷裡。

「書林，你回來了，想不想娘啊？」

小傢伙拚命點頭，一雙小胳膊抱得更緊了。

他好想娘。

李何華在他的小臉蛋上親了一口。「娘的小書林回家看奶奶，有沒有好好吃飯、睡覺、照顧自己啊？」

小傢伙眨眨眼，把頭埋在李何華脖頸裡不動彈了。

李何華了然，肯定是沒有好好吃飯、睡覺，不然他就會點頭了。

張鐵山拿著書林的東西走過來，對李何華道：「書林不吃我娘做的飯，這兩天就靠妳給他帶的吃食填飽肚子，我娘怎麼哄都沒用。」

他娘為這事都快氣哭了，而他沒說的是，這兩天書林老是想往外跑，每次都被他娘發現了抱回來；但是下次他還是跑，跑的時候還知道帶著他裝吃食的小包袱，同時不忘帶著黑子，一看就知道小傢伙是想跑回來找李何華，沒奈何沒有成功。

李何華聽到張鐵山的話，並沒有轉頭去看他，也沒有回答他的話，只是看著懷裡的小人，問道：「是不是啊，書林？都不肯吃飯？」

小傢伙沒抬頭，小貓般地蹭了蹭，討好李何華。

張鐵山再次出聲道：「妳做點東西給他吃吧！他中午也沒吃，現在估計餓了。」

過午時都快一個時辰了還沒吃？那肯定餓壞了，李何華趕緊將懷裡的小傢伙抱到桌邊坐下，點著他的小鼻子。「你個小壞蛋又不吃飯！娘給你做碗排骨麵好嗎？」

小傢伙眼睛一亮，點點頭。

李何華笑著刮了下他的小鼻子，轉身開伙。

她將熬好的排骨湯倒進鍋裡，煮開了之後放入麵條，接著調味，快起鍋時丟入燉好的排骨，再加點小白菜，一碗排骨麵便做好了。

李何華只做了一碗，並沒有給張鐵山。要是之前，她肯定也會給他做一份，但現在就不太適合了，萬一他因此不願放棄怎麼辦？

李何華心裡默默嘆了口氣，將排骨麵端到書林面前，挾起一筷子餵他。

書林乖乖張嘴，一口吃下去，咀嚼地特別歡。雖然不說話，但是表情明晃晃地表示吃得很滿意。

李何華看小傢伙滿足的樣子，臉上笑著，心裡卻很擔憂。

現在她都明確拒絕張鐵山了，他還會把書林放在她這裡嗎？就算他大發慈悲允許，張林氏會一直讓自己的孫子待在外面？不用想也知道不可能，不說在這封建的古代，就是現代社會，也沒有奶奶願意這麼做。

難道她拒絕了張鐵山，代價就是要和書林分離？可她捨不得，那比割她的肉還疼。

李何華也不知道能怎麼辦，只能走一步、算一步，若真的不行，她就天天去學堂看小傢伙。

她心事重重地給小傢伙餵完麵條，才開始收攤。

張鐵山還是一如既往地伸手幫忙，直接將李何華和大河都搬不動的東西搬上推車，無論李何華怎麼拒絕都沒用。

李何華只能採取無視的方法對待他，怕他又像往常一般推起推車送她回去，她直接將書林往推車上一放，自己抓起推車的把手推了起來。

大河見今天是李何華親自推車，機靈地跟著李何華一起推，讓她沒那麼費力。

張鐵山站在原地，看著李何華推著推車的背影，眉頭蹙了起來，但還是跟了上去，一直跟到院子裡。

大河直接告辭，張鐵山卻站在院子裡不動。

李何華也不理他，徑直將小傢伙抱進屋裡。「書林，現在是要跟黑子玩還是要去畫畫？」

書林眨眨眼，邁著小短腿跑進書畫室裡面。

這時就只剩下她和張鐵山了。

李何華抿抿唇。「張鐵山，你還不走嗎？我要關院門了。」

張鐵山眼神深深地看著李何華。「妳給我個機會好嗎？我知道，妳住在我家那段時間，我對妳很不好，我家人也對妳不好。對不起，我那時真的不知道妳已經不是那個李荷花了，我們只是太厭惡她了。但是，我張鐵山發誓，以後會對妳好，只要我能給的都會給妳，絕不讓妳受委屈，也不會讓我的家人給妳氣受，一切我都會處理好，妳相信我，好嗎？」

說實話，李何華沒想到張鐵山會說出這樣一番話。看來他沒有光想著情愛，而是站在她的角度為她考慮，把她會受到的委屈都想到了。這一刻，李何華相信，張鐵山對她是真心的。

但是，真心不代表就會幸福，他雖然說得很好，也想得很好，但是說不會受委屈就真的不會受了？有時候女人間的戰爭，男人根本不懂，也解決不了。

李何華很感謝張鐵山的這份心意，也很感謝他沒有因為她是個異類，就將她當成異類，反而還喜歡她；但是，她還是無法接受，所以她道：「張鐵山，謝謝你的厚愛，但是我沒辦法接受你，我現在的身分就是你的前妻，是那個惹人討厭的李荷花。你知道我不是她，但是別人不知道，也不能知道，最起碼你的母親和弟弟就不知道，他們心裡依然是厭惡我的，以後也不會改觀，在這樣的情況下，我們怎麼可能開心幸福？」

李何華笑了笑，繼續道：「我一個人過得挺好的，我能賺錢，能養活自己，無拘無束。我相信，你能找到一個很好很好的妻子，祝你以後幸福。」

張鐵山看著她，心一點一點被噬咬，有點疼，有點麻，聲音也低沈下去。「如果妳怕我娘為難妳，我會分開住，不讓妳和我娘住一起；至於自由，我不限制妳，妳想做什麼我都支持，還會幫著妳，我張鐵山說到做到。」

李何華嘆了口氣，笑著搖搖頭。「張鐵山，咱們不可能的，別說了，你回去吧！以後真的別來了。」

張鐵山的眼神迅速暗淡下去，半晌無聲，再開口，聲音有點沙啞。「那……書林呢？妳不想一直照顧他嗎？」

李何華的心一顫。

她最怕的就是書林的問題，可是，他還是擊中她了。

她也想給書林一個健康快樂的家庭，也想天天照顧他，可若為了孩子就勉強自己，最後過得不快樂，這樣難道就是為了孩子好？

李何華顫著聲問道：「張鐵山，你要把書林帶走了嗎？」

說完，她自嘲地笑了笑。孩子本來就是人家的，哪有一直給她帶的道理？她都拒絕人家了，難道還能要求人家把孩子送給她？

李何華難過地背過身去，聲音帶著哭腔。「我知道了，你再給我三天時間，三天後再來接他可以嗎？」

張鐵山無奈嘆氣。「我什麼時候說要把書林帶走了？書林還是會住在這裡。」

雖然被拒絕挺難受的，但他沒那麼脆弱，更不會放棄。他相信慢慢來，遲早會打動她的。

李何華一愣。她都拒絕他了，他怎麼可能還願意把孩子留給她？

李何華轉過身來，結果已經不見張鐵山的身影，他已經走了。

從那天起，張鐵山就沒再出現過，這讓李何華鬆了一口氣。

他應該是放棄了吧？

不過，張鐵山不在，她和大河就忙不過來了，兩個人忙得腳不沾地，水都沒時間喝一口，但還是跟不上來客的速度。

李何華這才知道，張鐵山默默地幫了她多少忙。

李何華打算再招個小二，心裡倒是有一個不錯的人選，那就是謝嫂子的兒子謝遠，是個十三歲的小少年，個頭不矮，也很勤快。

她去徵求謝嫂子和謝遠本人的意見，結果謝嫂子和謝遠都同意，第二天就上了工。

既然現在又招了個人，人手就夠用了，李何華打算再增加兩種新吃食，這樣才有新鮮感。

她之前就想好了，打算賣麻辣香鍋，再加個麻辣燙。這兩樣東西好吃不用說，最重要的是做起來容易，只要將蔬菜、肉片等準備好，客人點的時候直接下鍋就行，還可以好幾個人一起吃，跟在酒樓點菜差不多，但是卻便宜很多。

每次做新菜前，李何華都會先做給家裡人嚐一下，這次也不例外。

晚上，她便做了一鍋麻辣香鍋，她、書林和謝嫂子共吃一份，配著米飯，簡直香得讓人欲罷不能。

李何華自己也享受得不行，書林更是一口氣吃了兩碗飯，小肚子撐得鼓鼓的。

最後，三人將一鍋麻辣香鍋全吃完了，連裡面的湯底都沒了。

書林控制不住地打了個飽嗝，小身子隨著打嗝一顫，險些沒坐穩，看得人忍不住笑。

李何華伸手將他抱進懷裡，揉著他的小肚子。「你個小笨蛋，幹什麼吃這麼多，娘又不是不給你做了。」

書林被揉得又打了一個嗝，然後瞇起眼，很是享受。

李何華低頭問懷裡的小人兒。「書林，今晚的香鍋好吃嗎？」

小傢伙睜開微微瞇著的眼睛，點點頭。香鍋好吃得不得了！

李何華刮刮他的小鼻子。「那娘明天再給你做一鍋，你帶去學堂吃，順便也給錦昭和夫子嚐嚐咱們家的新菜品，好嗎？」

小傢伙想也不想就點頭。

「那好，娘明天給你做一份微辣的香鍋，再給你和錦昭一人帶一塊紅豆糕、雞蛋糕外加一個蘋果，好不好？」

小傢伙的眼睛亮如星辰，李何華都能想像得到，兩隻小傢伙吃得滿嘴是油的樣子。

第二天，李何華開始推薦新吃食。

要推廣新吃食，肯定要有人帶頭吃，所以李何華便對經常光顧的一位老客人推薦起來。這位老客人叫嚴老，家裡是做生意的，現在生意都交給兒子，他則清清閒閒地享福。老人家平時沒什麼愛好，就是好吃，他特別愛吃美食，別人要是說了什麼好吃的，他肯定要去品嚐。

自從他第一次無意中來這攤子吃過一次飯，此後便三天兩頭地來，不光自己吃，還會打包打走。

可以說，嚴老爺子是李何華的忠實粉絲。

老爺子看見新吃食，自然有興趣，仔細弄清楚是什麼之後，立刻就點了一份。

李何華手腳麻利地拿出一份配好的香鍋食材出來，開伙、放油、加調料，不出一會兒，一份麻辣香鍋就做好了。

「老爺子，這是您的香鍋。」

老爺子先聞了下香味，覺得味道好極了，比之前吃的炒飯和蓋飯都香，而且看著更有食慾，他立刻拿起筷子，挾了一筷子菜送進嘴裡。

老爺子慢慢地咀嚼著，好久才嚥下去，接著又扒了一口米飯吃下，又再挾了一筷子菜吃進嘴裡，雖然還是慢條斯理，但臉上的享受表情，傻子都看得出來。

其他人看到香鍋長什麼樣，又見老爺子如此表情，紛紛動了心，不少家境不錯的老客人也要求來一份。有人聽說麻辣燙和香鍋差不多，便要求來一份麻辣燙，一時間，這兩樣新吃食都賣得非常好。

就連兩個小傢伙都每天指定要吃香鍋，讓她哭笑不得。

不過因為生意太好，麻煩也隨之而來。

這天，李何華正在做菜，突然聽見瓷器碎裂的聲音，攤子上的人都向聲源處看去。

只見隔壁攤子的女攤主正扠著腰，指著大河怒道：「你是不是故意來我家搗亂的啊？好好的路你不走，非得走到我家這邊來，還故意打碎我家的碗，你什麼意思啊？」

大河急了。「我沒有故意打碎妳家的碗，是妳家的板凳橫在過道中間，把我絆倒了，這才碰到妳家桌子的；而且妳家的碗怎麼放在邊緣啊！這不一碰就掉下來了嗎？」

女攤主怒目橫眉。「我家的碗放在我家桌子上，我想放哪兒就放哪兒，關你什麼事？你現在打碎我家的碗，還怪我家的凳子，我家的凳子本來就放在這裡，要不是你們家占了那麼多位置，能碰到嗎？」

李何華聽到這裡，看看那橫在兩家過道中間的板凳，心裡就知道這是在故意找碴呢！

第三十四章　我有喜歡的人了

自從增加新菜色後，攤子上的生意更好了，導致桌位不夠，很多人來得晚便只能排隊，等別人走後才有座位吃飯。

之前李何華重新訂製了兩張桌子和八把椅子，可惜位置還是不夠，但已經沒有場地給她加桌子了，現在的桌椅都快和隔壁做生意的那兩家連在一起。

為此，隔壁兩家很不高興，不止一次含沙射影地罵過人。女攤主還時常酸言酸語，意思無非就是嫌她擋了他們家的生意。

李何華不想與他們發生衝突，便不理會。

今天因為客人太多，大河和小遠給客人端飯菜時沒地方走，有時便會從兩家攤子中間的小道上走。小道比較窄，不太好走，可隔壁這家還把板凳橫在過道中間，大河走過去時碰到板凳，便絆了一下。

隔壁女攤主拽著大河的衣服不讓他走。「咱們今天非得說道說道，你家這是什麼意思！」

李何華走過去，對隔壁女攤主道：「大姊，打爛的碗咱們會賠，這事情就不要吵了好嗎？」

「那可不行，咱們得好好說道說道。妳家小二還怪我家板凳放在這裡，我家板凳本來就在這裡，要不是妳家攤子往這邊移，能碰到我家板凳嗎？我還沒說妳家擋到我家的事，妳家倒先來找我家的麻煩了！」

「大姊，這路本來就是共有的，我家是往這邊移了一點，可沒有占到妳家的地方。這過道的確是變窄了，影響到妳家的地方，還請大姊見諒。做生意講究和氣生財，大家都讓一步，生意都好做，妳說對不對，大姊？」

李何華說話很客氣，可攤主卻不領情。「什麼和氣？這過道這麼窄，都影響到我家做生意，妳還希望我跟妳和氣？現在都打碎我家的碗了，我要是不計較，以後哪來那麼多碗給妳打碎！」

儘管知道攤主是心裡不舒坦，故意找碴，可李何華也不想吵，不如直接解決問題。「那大姊，妳想怎麼辦？」

女攤主道：「賠我錢是肯定的，但妳家這攤子必須往後退，妳要是一直這樣，是準備再接著打碎我家的碗嗎？妳這樣我怎麼做生意？」

李何華皺眉，有點為難。再退後除非撤桌子，可撤桌子空間就不夠了。

「大姊，妳也看見了，我家這桌子沒法撤，也沒法後退；不然這樣，以後我家小二不會從過道這邊走，一定不碰到妳家的東西，這樣也不會耽誤妳家做生意，妳看行嗎？」

女攤主卻依然不認同李何華的話，乾脆地拒絕。「不行，妳這樣就是影響我們做生意，妳家的桌子必須退後，妳要是不退，咱們大家都別做生意了！」

李何華能好脾氣地和人說道理，可要是遇到不講理的人，她也不想多浪費口舌，直接道：「大姊，我和妳好好說，可妳要是這樣，咱們就沒什麼好說的了。我家的攤子並沒有占到妳家的地方，到底有沒有影響妳家做生意，妳自己心裡清楚，反正我家攤子不會後退。」

說完，李何華掏出五文錢放在隔壁的桌上。「這是賠給妳家的碗錢。」

李何華給完錢，便轉身回去做生意，可隔壁攤主卻不想就此罷休，將李何華給的錢扔到地上，還一把拽住李何華的胳膊不讓她走。

「我呸！五文錢就想了事？妳休想！妳今兒個要是不把桌子後退，妳就別想做生意！」

李何華被拽得一個踉蹌，後退兩步才站穩，胳膊使勁往回拽，可這攤主卻死死地拽住就是不放。「妳別想走！今兒個——啊——」

女攤主的話還沒說完，拽著李何華的手便被人強行捏著甩開，痛得她臉都變形了。

女攤主捂著手，看向站在跟前的男人，又驚又怒。「你幹什麼！」

張鐵山沈著臉，將李何華往自己身後拉。「妳不是要解決事情嗎？妳跟我談。」

張鐵山人高馬大，本就氣場強大，再加上臉上的表情太嚴肅，就更加嚇人了。女攤主一看他這樣，首先就慫了幾分，後退兩步，轉頭去看自家丈夫。

女攤主的丈夫也慫了，壯著膽子道：「你幹什麼動手？」

張鐵山沈著聲音道：「是你媳婦要用動手來解決問題的，所以我才跟你用同樣的辦法，有什麼問題？」

男攤主一噎，想起剛剛是自家老婆先動手的，沒話說了，只好道：「是你家將這過道弄得這麼窄，影響我家做生意，我們當然要好好理論。」

張鐵山道：「那你說說，怎麼影響你家做生意了？我記得沒多放桌子之前，你家也沒什麼人來吃飯吧？現在還是沒什麼人，這是怎麼個影響法？」

要不是場合不對，李何華都要忍不住笑了。沒想到張鐵山這人臉上面癱，嘴上卻這麼毒，這麼輕易就說出人家生意慘澹的事情，看那對夫妻倆臉色難看成那樣。

「你……你……」夫妻倆氣得臉都綠了，可卻說不出反駁的話來。因為在李何華攤子擴大前，的確就沒什麼生意，一直是這樣，他們只不過是嫉恨李何華生意好罷了。

張鐵山又道：「既然你說是我們家影響你家做生意，那我們可以往後退，但要是往後退了，你家的生意沒有變好，就說明是你們故意找碴，到時候可別怪我不客氣。」

張鐵山的話讓夫妻倆面色一變，嘴裡的話再不敢輕易說了，因為就算是李何華的攤子往後退，他家的生意也不會變好，到時候不擺明了是故意找碴？要是這人再反過來找他們麻煩怎麼辦？

張鐵山看這夫妻倆猶豫不決的樣子，冷哼了一聲，不再理他們，直接拉著李何華走回灶臺前。「妳專心做妳的飯，其他事有我。」

要是只有李何華一個女人，那夫妻倆肯定不會善罷甘休，可張鐵山太嚇人了，那兩人就不敢再說什麼，只能背地裡恨得牙癢癢，詛咒他們無數遍。

李何華被張鐵山牽回來，心猛跳起來，趕忙將手縮回來。

張鐵山抿抿唇，沒說什麼，繼續回到之前待的地方，沒再打擾李何華。

看張鐵山這樣子，李何華心裡越發不是滋味。他又一次幫了她，這個人總是在她需要時出現在她身邊，讓她欠他一個又一個的人情。

可她卻不能接受他，她真的不知該拿他怎麼辦才好？

收攤後，李何華讓張鐵山進了院子。「張鐵山，今天謝謝你幫我的忙。」

張鐵山不說話，知道李何華還有下文，便等她繼續說。

李何華抿抿唇，道：「張鐵山，我跟你真的不可能，你以後別來了好嗎？」

張鐵山靜靜地看著她，許久才緩緩道：「妳說妳一個人能過得很好，真的嗎？沒有男人保護妳，妳處處難行。就拿今天的事來說，他們看妳一個弱女子獨自撐起一個攤子，所以才敢和妳鬧，要是有個男人在，他們絕對不敢這麼輕易鬧起來。這只是一次，以後呢？以後妳的生意越做越好，只會招來越來越多的妒忌，到時妳能保證不被人欺負？這就是妳說的一個人可以過得很好？」

李何華臉色僵硬，儘管不想承認，可心裡卻不得不承認。

張鐵山說得對，這個世道沒那麼多法律來保護妳，也沒那麼多規範來維護女人。就像她，三番兩次被別人找麻煩，要不是有張鐵山在，她就算可以用自己的腦子不吃虧，也得受點皮肉之苦。

不光是這樣，女人身邊沒有個男人，總是會被別人指指點點，她雖然不說，但也知道現在的左鄰右舍都在背後議論她，就因為她一個人帶著孩子，沒有男人。

謝嫂子和她說過，讓她自己注意，可她能怎麼注意，總不能天天躲在家裡不出門吧？這個世界，對單身女子是如此不容易。

可是，她卻不想在張鐵山面前示弱。「張鐵山，你說得對，我一個女子的確容易被欺負，可這不代表我就要嫁給你，難道嫁了人就沒問題了？」

張鐵山看著李何華，神情是前所未有的認真。「我不知道嫁給別人會不會有問題，但是我敢說，若是嫁給我，我會盡我所能替妳撐起一片天，讓妳無憂，讓妳開心，替妳解決所有問題，只要妳願意相信我，不要拒我於千里之外。」

李何華的心狠狠地跳了一下，那雙眸子裡的情意讓她不敢再看，只能狼狽地移開視線，掐著自己的手心才讓自己冷靜下來。

她知道，張鐵山是個固執的男人，他認定的事情很難改變，之前說的一切理由都不足以讓他放棄。

想讓他放棄，除非……

李何華深吸一口氣，咬著牙道：「張鐵山，我不會嫁給你，因為我有喜歡的人了。」

一句話讓張鐵山整顆心迅速下沈，拳頭在袖子下緊緊握著，好半晌才讓自己平穩地說出話來。「妳……妳真的有喜歡的人了？」

李何華不敢看向他過於深邃的眼，只能看著自己的手，裝作自然地道：「是啊！我有喜歡的人了，所以沒辦法接受你，你以後別來了。」

對面的人半晌無聲。

李何華忍不住抬頭看去，就見張鐵山抿著唇，眼睛一眨不眨地盯著她，好像在審視著什麼。

李何華再次移開視線。「你回去吧！我要去忙了。」

張鐵山卻沒有動。「我不相信妳說的話，妳並沒有其他喜歡的人。」這麼多天，她除了做生意就是帶書林，根本沒跟其他男人有過多接觸，所以他不信她說的是真的，也許她只是故意找藉口來拒絕他罷了。

「我騙你幹什麼？我真的有喜歡的人了。」

張鐵山卻緊追不捨。「那妳喜歡的人是誰？妳不說出來，我就當妳是故意騙我。」

李何華有些急。這個男人怎麼這麼難搞？一般人遇到這種情況早該走了，他怎麼還打破砂鍋問到底？關鍵是她的確是騙他的啊！她哪裡說得出來？

李何華只好道：「我喜歡誰是我的私事吧！為什麼要告訴你？」

張鐵山抿抿唇，堅持道：「我不相信，除非妳說出來。」

看張鐵山的樣子，若不跟他說是誰，他肯定不相信她的話，那今天的溝通又是白費工夫，看來要讓他相信並放棄，必須要說出一個名字。

可要說誰？她在這裡認識的男人基本上都是來攤子上吃飯的客人，總不能說客人的名字吧？她跟客人沒什麼接觸，張鐵山一看就看出來了。

若要說個喜歡的人，必須找個可靠點的，還要時常接觸的，且能讓張鐵山難以懷疑那種。

李何華在腦子裡迅速想了一遍，發現唯一能騙過張鐵山的就只有「顧夫子」。她因為書林的原因時常和顧夫子接觸，兩人很熟，而且顧夫子夠優秀，的確是讓人喜歡的那種類型，若說她喜歡顧夫子，那張鐵山肯定無法質疑。

可這樣似乎不太好，感覺挺褻瀆顧夫子的，萬一不小心傳到顧夫子耳裡就尷尬了。

李何華天人交戰了好一會兒，最後還是決定拿顧夫子當擋箭牌。

按照張鐵山的性格，他應該不會跟其他人說，這樣也不會傳到顧夫子耳裡。萬一真的不幸被顧夫子知道了，到時她只能解釋一下再好好道個歉。

想罷，李何華直視著張鐵山。「好吧！既然你不相信，我就告訴你，希望你不要對其他人說。我喜歡的人你也認識，是顧夫子。」

說出了開頭，接下來的話就好編了，李何華裝出甜蜜害羞的樣子道：「我從剛來鎮上時就喜歡上顧夫子了，那時他經常來我這兒買吃的，他人很好。」說完這句，李何華露出微微羞澀的表情。「可我知道顧夫子太好了，不是我配得上的，所以我一直默默地將喜歡放在心裡；不過，雖然我和顧夫子不太可能在一起，但我會在心裡默默喜歡他，不會再嫁給別人了，這就是我拒絕你的理由。現在你知道了，以後就別來了，你是個好男人，好好找個喜歡自己的女人過日子吧！」

這一番話說得李何華自己都差點信了，她完全將一個暗戀者的甜蜜與苦惱都表現出來，差點就能拿奧斯卡，張鐵山這下不會不信了吧？

張鐵山的確相信了，所以心沈到了谷底，同時像有根針一下一下地刺著，泛著疼，喉嚨更像是被什麼東西堵住似的，什麼話都說不出來。

要是李何華說出其他人，他不一定會信，可說顧夫子，他卻無話可說，所以他的心才會發疼，臉色迅速沈了下來。

她真的有喜歡的人了……顧夫子為人師表，斯文俊逸，待人溫和，家境也殷實，的確很招人喜歡，比他這個農家漢子好了無數倍。要是讓女人選擇，大概所有人都會選擇顧夫子吧！

第三十五章　開鋪子的打算

李何華知道她說顧夫子是有用的，張鐵山已經信了，可看他臉上的表情，她的心卻不太好受，莫名地堵得慌。

可她做得是對的，早點讓他放棄對誰都好。

「張鐵山，你回去吧！以後別來了，等到書林放假，你再來接他回去，要是……要是你什麼時候不想把書林放我這裡了，你……你就跟我說……」李何華說著便說不下去了，揉了揉眼睛，轉身就要進屋。還是她先走吧！

張鐵山卻在她轉身離開時開口了，聲音發澀。「既然……既然妳沒想過和他在一起，可不可以考慮一下其他人？」比如他？

李何華腳步一頓，用盡力氣使勁搖了搖頭，然後快步進屋，留下面色灰暗的張鐵山獨自在院子裡站了好久才轉身離開。

李何華看著他的背影，深深吸了一口氣。

以後大概都不會有什麼糾葛了吧！這樣挺好的，她還是努力賺錢吧！起碼要做到人家都不敢欺負她，就算她只是一個單身弱女子，別人也不敢欺負……

第二日，張鐵山果然沒有再出現，李何華笑笑，將一切都拋到腦後，專心經營攤子。

從昨天的事看來，擺攤真的不是長久之計，以後沒有張鐵山的保護，誰知道他們會不會暗地裡再找麻煩？而且現在的桌位還是太少，不少客人都抱怨沒座位坐。

李何華覺得，最好的辦法就是開店鋪。

她最終的目標的確是開間鋪子，但之前她手裡的存款不多，所以想著多擺一段時間，晚些開店也無所謂，所以這事便一直沒提上日程。

現在想要開店，首先要做的就是打聽有沒有適合的店面。

收攤後，李何華便去鎮上找店面，沿著主幹道兩旁一家一家地看過去，一個都不放過。可惜的是，一連找了幾天都沒有找到適合的，有的空鋪子人家不對外出租，有的已經被人先訂下了，總之，一個願意談的都沒有。

李何華心想，還得重新想辦法，接著便想到從客人入手。不少老主顧家裡條件不錯，有很多都是做生意的，也許他們手裡有相關的信息。

晚上，李何華拿出一張紙，用毛筆在上面寫了一條求租鋪子的訊息，並言明凡是介紹鋪子成功者必有重謝。

寫好後，李何華便將紙張貼在鋪子最顯眼的位置，但凡來吃飯的客人都能看到。有的客人不識字，李何華便將上面的內容口頭告知，並請相熟的老客人幫忙留意。

客人們都很好說話，紛紛表示要是看見適合的鋪子肯定跟她說。

李何華暗自祈禱，希望她的客人們能帶給她好消息，她則需要趁這段時間再多賺點錢，到時候裝修鋪子等等都需要錢。

這日，快要收攤時，老主顧嚴老爺子又來了。

李何華忙放下手裡的東西，招呼道：「老爺子，您今天來得算晚，要是再來遲一點，我就收攤了。您今兒個要吃點什麼？我給您做。」

嚴老爺子找了個座位坐下。「給我來份麵條吧！」

李何華應好，手腳麻利地做了一碗麵條，親自端給嚴老爺子。「老爺子，您的麵條好了，慢用，有什麼需要的叫我。」

李何華正打算繼續去收拾東西，卻被嚴老爺子叫住。

嚴老爺子問道：「妳想找間鋪面開店是吧？」

「是啊！不瞞您說，我現在這攤子地方太小，想要擴大都沒地方擺桌椅，所以就想著開間店，接待的客人多一些，菜色也能多一點。」李何華說著，嘆了口氣。「可這鎮上都找不到適合的鋪子，老爺子，您要是有不錯的，給我留意一下，到時候我好好謝謝您。」

嚴老爺子摸了摸下巴上的鬍鬚，笑道：「我今兒個就是來給妳送消息的，我這兒倒是有間好鋪子，看妳要不要？」

李何華眼睛一亮，急忙道：「老爺子，您快跟我說說，我現在正急呢！」

嚴老爺子看李何華這麼急切，也不繞圈子了。「我堂姪兒一家本來在鎮上開間小酒樓，地方不大，位置倒是不錯，可他請不到好大廚，做的菜口味不行，他也不會管，撐了兩年就幹不下去了。現在他打算去城裡投奔他兄弟，再重新做生意，所以現在的酒樓打算賣掉，攢做買賣的本錢。我想起妳在找鋪子，所以便來問問妳。」

說實話，聽說是間小酒樓，李何華心動得不行，可再心動也架不住現實條件不允許，她身上的錢只夠租店鋪，買間酒樓那是遠遠不夠的。

李何華無奈極了。「老爺子，謝謝您給我提供這個訊息，可是跟您說句實話，我身上的錢只夠租，買是買不起的，您家親戚是真的只賣不租嗎？」

嚴老爺子眉頭微皺，搖頭道：「他只賣不租，他現在想攢本錢，租是不行的。」

李何華徹底失望。「那就不行了，我真的買不起。」

看李何華失望的樣子，嚴老爺子也跟著失望。他非常希望李何華能夠單獨開一間酒樓，到時候環境變好了，配著美食，更是一大享受。

嚴老爺子道：「我們都是熟人了，我不會騙妳的，要是能買下來，最好不要錯過。我家堂姪兒那酒樓是真的不錯，上下兩層，後面還有後院，什麼都齊全，地段尤其好，就在大街上，絕對不愁客人，要不是我那姪兒沒辦法招到好廚子，又不會管事，也不可能開不下去。」

嚴老爺子繼續道：「而且價格是真心不錯，酒樓不算大，比不得其他的酒樓，再加上我堂姪兒急著脫手，所以價格真的挺便宜的，整間酒樓只要兩百四十兩就行了。」

兩百四十兩？這價格的確不算貴，可對她來說，也是遙不可及。現在別說兩百四十兩，就連一百兩她都拿不出來。

李何華深深嘆了口氣。「老爺子，我非常想買，可我手裡是真沒錢，所以只能遺憾了。」

嚴老爺子也覺得十分遺憾，他相信要是李何華盤下來的話，生意一定會非常好。要是他家裡的生意現在還是他做主的話，他一定會借一筆銀子給這丫頭。可惜，現在家裡的生意是兒子和兒媳做主，最近又在囤貨，正是需要錢的時候，這麼一大筆銀子，兒子和兒媳肯定不願拿出來，所以他也沒法幫這丫頭，只能道：「那妳再想想吧！實在不行也沒辦法強求，只能說明妳和這酒樓沒緣分。」

李何華扯扯嘴角。

因為沒錢，李何華不得不痛心地放棄嚴老爺子推薦的酒樓，繼續尋找適合的鋪子，可惜的是，一直沒有什麼消息。

因為鋪子的事，李何華著急上火得飯都吃不下，瘦了不少，看得大河和小遠都忍不住心疼了。

小遠道：「荷花姨，您每天要幹那麼多活，不吃東西身體受不了。」

看著小遠關心的眼神，李何華覺得心裡暖呼呼的，笑著道：「沒事的，荷花姨正好減肥呢！」

「荷花姨，您現在一點都不胖，您現在挺好的，可以不用瘦身了，多吃點飯吧！」

大河也點點頭。「荷花姨，您現在可瘦了，苗條得不得了，所以真的不要再瘦了，多吃點飯，天天這樣怎麼受得了？」

李何華笑了。「哪有你說得那麼誇張？我現在不算苗條，還需要再瘦一點。」雖然她這段時間瘦得厲害，但體重絕對跟苗條搭不上邊。

大河卻道：「可我真的覺得您現在這樣很好了，太瘦了有什麼好？我就覺得胖點好看，我還想長胖呢！」

李何華哭笑不得，不過她也能理解大河的想法。這個時代缺衣少食，老百姓大都瘦得皮包骨，長胖才是幸福的表現，所以大河才覺得她現在的體型好。

看他倆一個勁地勸她吃飯，李何華笑了。「好了，你們倆別擔心我了，我多吃點行了吧！」

兩人這才滿意。

這時，小遠感覺不對，抬頭看了看天色。「荷花姨，我看天色變黑了，好像要下雨了。」

聞言，李何華抬頭看去。天的確是變黑了，像是大雨要來了，明明上午的時候還豔陽高照呢！

這個季節的天氣就是多變。

李何華忙道：「那咱們趕快把攤子收了，萬一下雨就不好了。」

三人立刻著手開始收攤，李何華收拾鍋碗瓢盆，大河和小遠抬著桌椅往推車上放。

這時，天變得更黑了，還突然颳起了風，街上其他攤子都在吆喝著收攤，不一會兒街上的攤子便少了大半。

大河抬著沈重的桌椅，想快點搬走，可他的身板太瘦，力氣不夠，只覺得吃力得不得了，不一會兒汗就出來了；再看看小遠，跟他的情況差不多。

這時，大河就想起了張鐵山。他還記得張鐵山在的時候，壓根兒不用其他人幫忙，他一個人就能迅速將一堆桌椅收拾好，輕鬆得不得了，要是他在這裡，肯定三下五除二就能搞定。

「荷花姨，要是鐵山叔在這兒就好了，他力氣可大了。」大河說完，想起張鐵山已經好多天沒出現了，疑惑地問：「對了，鐵山叔怎麼這麼多天都沒來啊？以前他不是天天都來幫忙的嗎？」

李何華聞言，手上的動作一頓，抿抿唇道：「人家有自己的事情要忙，哪裡能天天來幫忙？你們倆快點啊！街上都快沒人了，這雨說不定說來就來。」

大河「哦」了一聲，沒再多說什麼，和小遠一起將桌子搬上推車。

見他不問了，李何華吁了口氣，繼續收拾。

可惜今天他們的運氣不太好，還沒收拾多少，大雨就落了下來，一點準備時間都沒有。豆大的雨滴落在地上，同時也落在人身上，不過片刻，地上就濕了。

李何華急了，喊道：「大河、小遠，咱們得快點，先將不能淋濕的東西收回去，其他的管不了了。」

說完，李何華瞥到那張租鋪子信息的紙張，顧不得其他，趕緊跑過去拿。要是濕了，就得再寫一遍。

可紙張貼得有點高，李何華一下沒拿下來，再要去拿，紙張卻被一隻大手拿了過去，迅速摺疊好遞過來。

李何華抬頭，入眼的是張鐵山健碩的身影。

李何華一下子頓住了。

張鐵山將紙張一把塞進李何華懷裡，快步走了過去，將沒來得及收的椅子全部放到桌子上，然後一下子舉了起來，兩步跨過去放到小推車上，眨眼間就全部搬完了。

見大河和小遠都愣愣地看著他，他皺著眉道：「還愣著幹什麼，趕快收東西啊！」

大河和小遠被吼得回神，「哦哦」兩聲，趕緊接著先前的動作。

李何華抿抿唇，將嘴裡的話咽下去。現在不是說話的時候，先收拾東西再說。

因為有張鐵山幫忙，攤子很快就收拾好了，張鐵山一人推起推車，迅速地推進巷子裡，很快就將所有東西運回屋子。

小遠家近，先跑回家了；大河家遠，便在李何華這裡等雨停了再走。因為大河在，李何華不好跟張鐵山說什麼，只得拿乾毛巾給他們擦一擦，然後進廚房裡煮了點薑湯讓大家袪寒。

大雨來得快，去得也快，等到薑湯喝完，雨也停了。

大河看太陽出來了，不再多停留，跟李何華和張鐵山告別後就匆匆回家。

家裡只剩下李何華和張鐵山，李何華這才跟他說話。「你今天怎麼在這兒？」

張鐵山眼睛盯著桌面，半晌才抬起頭看她。「不是今日，每日都在。」

李何華嘴巴微張，驚訝地看著張鐵山。

張鐵山笑笑，笑容裡帶著苦澀。「我沒想打擾妳，我就是每日順便來看看妳有沒有遇到什麼事？今日我看妳實在來不及了，所以才出現的。」

李何華張了張嘴，卻不知道該說什麼。

張鐵山看她這樣，聲音突然提高了。「妳說妳喜歡他，可是他能給妳什麼？他能在妳需要幫忙時，彎下腰給妳幫忙嗎？他能在妳遇到困難時，及時趕到幫妳嗎？他能在妳有危險時，保護妳嗎？他什麼都辦不到，妳這樣值得嗎？為什麼不找個能夠照顧妳、幫助妳的人？」

張鐵山本來真的想過放棄，他試著不再去見她，可他發現太難了，他做不到。他總是在心裡找理由，說服自己去鎮上看一看她，他告訴自己，他只是看看就好。

每天他看她拚命忙碌，很想去幫忙，可卻沒資格。本來今天他也打算像平時一樣看一眼就回去，誰知突然下起大雨，她來不及收拾而手忙腳亂的樣子，讓他心疼，然後便不受控制地再次出現在她面前。

第三十六章 給錢

他知道她心裡念著顧夫子，可顧夫子卻照顧不了她，她依然需要一個人支撐所有。如果是他，他可以幫她、照顧她、保護她，不用她一個人面對所有事情。

他覺得不甘心，他的確不如顧夫子優秀，可他會對她好，顧夫子做不到的事，他可以做到。那麼他為什麼要放棄？就算她不喜歡他，但他相信，總有一天她的心會被捂熱的。

這一刻，張鐵山又給自己不放棄的理由。

面對張鐵山的問題，李何華心裡微澀，她突然不想再跟他多說什麼，低下頭，指甲掐手心，開口送客。「這個不用你管，我願意這樣。天晴了，你回去吧！以後別來了。」

張鐵山坐著沒動，看著李何華的臉。「妳和他沒有成婚，我就有機會。妳現在喜歡他，不代表以後就喜歡他，妳怎麼知道妳不會喜歡上其他人呢？妳別拒我於千里之外，我會照顧妳、對妳好，要是最後妳還是不能接受我，我就真的放棄。」

張鐵山的話語裡，帶著難以忽視的祈求，李何華幾乎不敢相信，張鐵山這個漢子，竟能如此放低姿態。

李何華感覺心臟揪了起來，有點難受。

她真的不值得他如此的……

她的心很亂，感動在胸腔裡蔓延，可理智告訴她不可以。

「張鐵山，我和你真的不適合，你回去找個好女人，開心地過日子吧！你這樣讓我很困擾，再這樣下去，我會覺得你很討厭。」李何華狠下心說出重話，心裡也不好受，但這樣能讓他放棄的話，她寧願當壞人。

果然，張鐵山的臉色一瞬間僵掉，說不出話來。

兩個人都沒有再說話，靜靜地坐著，空氣中安靜極了。

過了許久，張鐵山才再次開口，聲音沙啞。「我想對妳好，如果這樣會讓妳討厭，那妳就討厭我吧！」

李何華抬頭，又一次無言以對。

這個男人怎麼可以這麼執著，執著到讓人無可奈何！

見李何華皺眉不語，張鐵山也不再多說什麼，伸手從胸膛裡拿出一個巴掌大小的布包，遞給李何華。「妳不是想買酒樓？這裡面是我打獵掙來的錢，拿去用吧！雖然不夠，但我會再多打點獵物，很快就夠了，妳別急。」

他知道她想開店做生意，也知道有間酒樓很適合，她需要兩百四十兩。

他想幫她買下來。

李何華當然不會拿他的銀子，立刻拒絕道：「張鐵山，這是你的銀子，我不能收，你拿回去吧！我不買那間酒樓。」

張鐵山又將袋子往前遞了遞。「我知道妳很想買下那間酒樓，要是錯過這次機會，說不定很快就被別人買去了。這個時候妳就不要再拒絕，先把酒樓拿下來要緊。」

李何華堅定地搖頭。「我不要，你拿回去。」

張鐵山無奈地嘆了口氣，語氣中帶了點誘哄。「這樣吧，我不是送給妳，算我借給妳的，妳先拿去應急，等妳將酒樓盤下來，一定能賺錢，到時候再還我好了。」

李何華知道他是在哄她，但就算他說得再有道理，她也不能同意。怎麼能一邊拒絕人家，一邊還接受人家的錢，那她成什麼人了？就算她鋪子開不成，她也不要他的錢。

「張鐵山，我不要你的錢，你回去吧！我要去忙了。」

張鐵山抿著唇，默默不語地站了起來，卻沒有拿起那個袋子，直接離去。

李何華急了，趕忙抓起袋子追出去，可是哪裡還有張鐵山的人影？

這人怎麼這樣啊！

李何華氣得一跺腳，抓著袋子不知道該怎麼辦才好？最後只能拿回去，心想等下次再還給他，反正她不會用。

看李何華進去了，張鐵山才從巷口的一家鋪子裡走出來，轉身朝村裡去。

他給的錢遠遠不夠，想要盡快湊夠錢，必須得獵到大的獵物才行；雖然那東西危險，但也要試試，要是獵到了，錢的問題一下子就能解決。

李何華手裡拿著張鐵山給的銀子，寢食難安，只想著趕快還給他，誰知道之後幾天他根本沒有出現。

李何華做生意之餘，朝周圍瞟了好幾圈都沒看到人影，不由鬱悶地嘀咕。「不是說天天都在，怎麼想找他的時候就不在了？」

她只好將錢天天帶在身上，萬一什麼時候遇到他，直接將錢還給他。

這天收攤後，李何華帶著自己新做的古代版泡芙去接書林放學。泡芙是給顧錦昭那個小傢伙帶去的，他現在可是書林的好兄弟，書林跟他在一起後，變得活潑不少，李何華很喜歡他。

到了書院，學生們大多已經走了，顧之瑾領著書林站在門口，旁邊是歪著身子跟書林說話的顧錦昭，沒奈何書林不怎麼理他，只睜著眼睛朝門外看，顯然是在等娘親。

看見李何華出現，書林眼睛一亮，本來乖乖被夫子牽著的手立刻不安分了，扭啊扭地想掙脫，恨不得立刻撲到李何華懷裡。

顧之瑾也看到李何華，淡淡朝她一笑，鬆開書林。

書林得到自由，立刻邁著小短腿往李何華這邊奔來，張開小手臂，一副求抱抱的樣子。

李何華一把將小傢伙抱起來，在他肉肉的臉蛋上狠狠親了一口。

小傢伙滿足地摟著李何華的脖子，將自己的小腦袋安心地放在她的肩膀上，乖巧得不得了。

李何華抱著書林走向顧之瑾，對他打了聲招呼，然後笑著看向顧錦昭。「錦昭，今天也出來送書林啦？」

顧錦昭昂著頭看著她，一副理所當然的樣子。「當然了，我要陪著書林，不然我不放心。」

李何華被他小大人的口氣逗笑，將手裡的油紙包遞給他。「謝謝你一直這麼照顧書林，嬸嬸又做了新吃食，快嚐嚐吧！」

顧錦昭的眼睛立刻盯在油紙包上，都快發光了，不過小傢伙倒是很懂禮貌，嘴裡客氣地道：「謝謝嬸嬸，又讓您破費了。」說完，似乎覺得還不夠，立刻又接了一句。「這怎麼好意思～～」

可是你的眼睛並不是在說不好意思啊！小傢伙～～

李何華被顧錦昭口嫌體正直的表現逗得差點內傷，費了好大的勁才忍住沒笑，努力維持嚴肅的樣子道：「沒什麼不好意思的，你可是我們書林的好朋友呢！嬸嬸給書林的好朋友做吃食很正常，所以別不好意思，快拿著吧！」

顧錦昭聞言，雙手接過油紙包，說道：「既然嬸嬸這麼說，那錦昭就不推辭了，多謝嬸嬸。」

李何華感慨，真是個小人精啊！

顧之瑾無奈地看了眼自家姪子，對於他虛偽的客套頗為無語。每次說得好聽，可眼睛都快黏上人家的吃食了，他怎麼就養了個吃貨出來？

顧之瑾對李何華道謝：「多謝妳了，又讓妳破費。」他是真心實意地感到不好意思。

李何華搖搖頭。「沒事，夫子別這麼客氣，就是順手多做點的事，不是什麼大事。」

顧之瑾笑笑，沒有再多客氣。

這時，懷裡的小傢伙看她和夫子說完話了，伸出小手摸了摸李何華的臉，引起她的注意。

李何華看向他，問道：「怎麼了？有什麼事要和娘說嗎？」

小傢伙點點小腦袋，伸手從懷裡掏啊掏的，半晌終於將他的小荷包掏了出來。他慢條斯理地打開荷包，從裡面掏出幾塊碎銀子給李何華看。

小小的手心上放著幾塊碎銀子，粗略一看差不多有四、五兩。這可是一筆大錢，小傢伙是從哪裡弄來的？

李何華趕忙問道：「書林，你哪來這麼多錢？」

書林眨巴眨巴眼睛，拍拍自己的小胸膛，然後用小胳膊劃了一個大圈，意思是好高、好大的樣子。

什麼意思？李何華看向顧夫子。

顧夫子見李何華詢問，便如實道：「應該是書林的爹爹送來的。中午休息時他來學堂，抱著書林說了幾句話，應該是那時候給的。」

顧之瑾大約知道李何華與張鐵山的關係，但這麼久了什麼都沒問，只說該說的事，沒有讓人有任何的不自在。

李何華沒想到找了幾天的張鐵山竟然來書院了，忙向書林確定。「書林，這錢是爹爹給你的嗎？」

書林點點小腦袋，拍拍自己的小胸脯。

是他的爹爹給的。

果然是張鐵山。他這幾天都沒有出現，卻來了書林這裡，還給書林這麼多錢，這錢一看就不是給書林的，而是給她的。看來是知道她不會要他的錢，所以特意用這一招繼續給她錢。

李何華心裡一時滋味難言。

才短短三天，他就賺了好幾兩銀子，這肯定是他打獵掙來的，可要掙這麼多，他得打多少獵物？就算她不懂打獵，也知道數量肯定不少，辛苦更不必說。

她都一而再、再而三地拒絕他了，他難道是傻子嗎？

不行，這錢一定要趁早還給他。

李何華看向顧之瑾。「夫子，書林他爹爹還有說什麼嗎？」

顧之瑾搖頭。「沒有，他只是單獨和書林說了一會兒話，半刻鐘後就離開了，其他什麼都沒說。」就是看他的眼神很不對勁，身為男人，他隱約有點懂……

李何華皺了皺眉，心裡嘆了口氣，只好先帶著書林回家。

叔姪兩人目送母子倆走遠後，顧錦昭捧著香噴噴的油紙包，忍不住偷偷拿了一個泡芙出來吃。入口又香又甜，好吃得眼睛都瞇在一起，吃完一個忍不住舔了舔唇，回味無窮。

太好吃了！

顧錦昭想了想，割肉般地又拿了一個出來，遞給顧之瑾。「二叔，給您一個吧！」

顧之瑾垂眸看看自家姪兒，又看看那黃燦燦的一小團，本想拒絕，最後還是接了過來，放入口中，品味那綿軟香甜的滋味。

「好吃吧？」顧錦昭問道。

顧之瑾淡淡「嗯」了一聲。的確很好吃，她做的東西沒有不好吃的。

顧錦昭得意起來。「那是，書林的娘做的，能不好吃嘛！」說完，突然長長嘆了口氣。

儘管知道自家姪兒一定又想作妖，但顧之瑾還是給面子地問道：「你又怎麼了？幹什麼嘆氣？」

顧錦昭無奈地搖著小腦袋，嘆息道：「唉~~書林的娘怎麼那麼好呢？可惜我沒有。」

儘管知道小傢伙是故意嘆息給他聽的，但顧之瑾還是心臟一縮，淡淡的疼惜縈繞而上。

大哥跟他不同，不喜讀書，但從小就很有經商天賦，爹娘早早就將家裡的生意交給他打理，一家人本來其樂融融；沒想到大哥在去北方押貨的途中，慘遭山賊毒手，嫂子受不了這個事實，也跟著去了，留下嗷嗷待哺的小姪兒跟著他與父母長大。儘管家人都疼他，但還是彌補不了親生爹娘的那份愛，後來爹娘年紀大了也去了，如今姪兒就只剩他一個親人。

顧之瑾摸摸自家姪兒的小腦袋，剛想好好安慰一下小傢伙，這傢伙便轉了話題。「二叔，書林的父母不在一起了吧？書林的娘是不是被書林的爹休了？」

顧之瑾眉頭一皺，斥責道：「你說這個幹什麼？這話不能隨便亂說，知不知道？」

顧錦昭扁扁嘴。「我知道啦，我就是跟你說說嘛！其實我都明白，書林的娘就是被休了，跟書林的爹爹不是夫妻了對不對？唉，我真不明白為什麼，書林的娘那麼好，書林的爹怎麼會休掉書林的娘呢？要是我，肯定捨不得。」

顧之瑾被姪兒的話逗得哭笑不得，都不知道該怎麼斥責這孩子了。

顧錦昭瞅了瞅自家二叔，眼珠子滴溜溜地轉了一圈，突然問道：「二叔，書林的娘非常非常好，對不對？」

顧之瑾不知道這孩子又在打什麼主意，只好點點頭算是回答。書林的娘的確是個很好的女人。

見顧之瑾點頭，顧錦昭賊兮兮地笑了。「二叔，既然您沒有媳婦，那您把書林的娘娶回來給我當二嬸吧！這樣書林就是我的親弟弟，書林的娘就是我的二嬸了。」最重要的是，這樣他就能天天吃到書林的娘做的吃食了，還不用不好意思。

顧之瑾神色一頓，臉色有片刻不自然，但很快嚴肅臉色，狠狠敲了下顧錦昭的小腦袋。

「別胡說，你現在什麼話都敢亂說了？」

顧錦昭捂著腦袋，不服氣道：「我怎麼是亂說呢？書林的娘可以嫁給別人啊！您沒有媳婦，為什麼不能娶書林的娘當我的二嬸？書林的娘比那些喜歡偷偷看著您臉紅的姊姊好多了，難道您不這樣認為？」

說完，顧錦昭想起什麼，突然生氣道：「二叔，您不會是嫌棄書林的娘胖吧？我跟您說，您這樣不好，雖然書林娘比其他人胖了一點點，但是一點都不醜，您不能因為這樣就覺得人家不好！」

顧之瑾簡直要被自家姪兒氣死了。這孩子，怎麼什麼都知道，還一本正經教訓起他這個二叔來了，真是沒大沒小。

不過，他也知曉自家姪兒的脾性，知道教訓他是沒用的，只好認真道：「二叔沒有嫌棄書林的娘胖，只是因為成親要考慮的事情太多了，不是你想得那麼簡單。你還小，不懂，等你長大就懂了。」

又是他還小不懂，每次都這麼說！他看不懂的是他二叔吧！真的跟奶奶以前說的一樣，讀書讀傻了，唉，愁死人了……

顧之瑾搖了搖頭，腦子裡卻不禁想起李何華。

其實她真的是一個很好的女人，溫柔淡然，獨立又堅強，是個特別的女子，誰要是能娶到她，絕對是一生的福氣。

他不明白這麼好的女子為什麼會被休離？要是他，絕對不捨得，這樣的女子，是該被好好地疼寵的。

如果他真的娶她呢？

顧之瑾發現，對於這個想法，他竟一點都不排斥，相反地，還有淡淡的歡喜。她一定是個好母親、好嬸嬸，更是個好妻子，如果能娶她的話……

意識到自己在想什麼，顧之瑾立刻搖搖頭。

他在想什麼呢？這簡直就是對人家的褻瀆，枉他還是書林的夫子。

都怪顧錦昭這個小傢伙亂說，害得他也頭腦不清醒了。

第三十七章　招徒弟

回到家，李何華將書林給的錢放到張鐵山給的那個錢袋裡，繫起袋口，看著鼓鼓囊囊的袋子，有點生氣。

這張鐵山腦子是不是壞了？別人都拒絕他了，他還巴巴地湊上去給人家拚死拚活賺錢。打獵這麼危險，都不要命嗎？

李何華將書林抱進懷裡，對他道：「書林，以後你爹再給你錢，你記得搖頭知道嗎？」

書林疑惑地眨眨眼，雖然不懂為什麼，但知道要聽娘的話，還是乖乖地點頭了。

之後李何華依然將錢袋放在身上，卻一直沒有等到張鐵山，結果幾天後書林再次掏出幾塊碎銀子遞給李何華。

李何華捂著額頭，無奈地點點書林的小鼻子。「爹爹今天是不是又來看書林了？」

書林點點頭，從小書箱裡掏出一隻布老虎給李何華看。

李何華問道：「這也是爹爹帶給你的？」

書林點點頭，將布老虎放在臉邊蹭了蹭，很是喜歡。

李何華將小傢伙抱進懷裡。「娘不是讓你不要拿爹爹的錢嗎，怎麼又收了？」

書林眨巴眨巴眼睛，露出些微苦惱。

李何華懂了，書林肯定搖頭拒絕了，但張鐵山還是給了。他的固執，她是見識過的，連她一個大人都拿他沒辦法，書林一個小孩子能怎麼辦？

李何華只好將銀子再次放入錢袋裡。算了，她就暫時當個銀行吧！給張鐵山收著，以後全部還他，反正她是不會用他一分錢的，她要靠自己的努力攢錢買鋪子。

轉眼又到了書林休沐的日子，張鐵山竟然沒有來接他，也沒有來看他，李何華只好將書林帶到攤子上玩。

顧錦昭知道後，牽著自家二叔的手到攤子上來了，想跟書林一塊兒玩。

李何華自然歡迎，用盤子裝了三樣新糕點，端到兩個孩子和顧之瑾所在的桌子。「這是今天新賣的糕點，你們嚐嚐，吃完了我再給你們拿。」

兩個小傢伙眼睛一亮，顧錦昭立刻嘴甜道：「謝謝嬸嬸。」說完拿起一塊馬蹄糕放進嘴裡，臉上的表情很享受，簡直可以去拍食品廣告了。

書林看見顧錦昭的動作，也跟著拿起一塊塞進自己嘴裡，咀嚼的幅度比平時大了不少，顯然也很享受。

李何華看得好笑。這兩個小傢伙真是太可愛了。

這時，顧之瑾突然問道：「老闆，妳想開鋪子？」

李何華見顧之瑾正看著她寫的租鋪公告，如實道：「對，我想租間鋪子做生意，擺攤不太方便，現在場地也不夠用。」

顧之瑾點點頭。「老闆妳這生意太好了，鋪子的確比攤子方便。那妳找好鋪子了嗎？」

李何華嘆了口氣，搖頭回答。「沒，鎮上的鋪子不太好租，我找了好久都沒找到。」

顧之瑾對這方面也不是很瞭解，疑惑地問：「這麼難找嗎？難道一個都沒有？」

李何華微微苦笑。「還真沒有，找了這麼多天，倒是有一間酒樓要轉讓，不過太貴了，我盤不下來，只能再找其他的。」

顧之瑾皺眉。

正在旁邊啃糕點的顧錦昭聞言，眼珠子滴溜溜一轉，嘴角一彎，說道：「嬸嬸，您缺多少錢？您可以找我二叔啊！我二叔有錢。」

「錦昭，休得胡言！」顧之瑾輕聲呵斥。這樣的話太輕浮了，很容易讓別人誤會，到時影響老闆的名聲就不好了。

這孩子，總是愛胡說。

李何華知道小孩子童言無忌，也不在意，笑道：「謝謝錦昭的好意，不過嬸嬸很快就能賺夠錢，錢賺夠了就能買酒樓了。」

顧錦昭噘噘嘴，在他二叔的瞪視下嚥下嘴裡的話，「哦」了一聲不說話，低頭吃自己的糕點。

顧之瑾看著李何華，臉色微微不自然。「老闆，小孩子亂說話，妳不要介意。」

李何華擺擺手。「不介意，錦昭也是好意，沒什麼，您別說他。」

顧之瑾抿抿唇，有點猶豫，動了動嘴，終於說道：「其實，妳如果需要錢，我可以……可以借給妳的。」說完，又加了一句。「等妳賺錢再還我就好。」

李何華微怔，輕笑著搖頭。「謝謝您，顧夫子，不過不用了，我也不是非買不可，等我錢攢夠了再買吧！」

顧之瑾微抿一下唇角。「這樣啊！那……那有需要可以找我。」

李何華笑著謝過顧夫子的好意。這份人情她不想欠下，要是她想借錢，幹麼一次、兩次地拒絕張鐵山的錢？

她還是想等自己掙夠錢再買。

說到張鐵山，李何華看了眼正和顧錦昭玩的書林，內心有點疑惑。今天是書林休沐，之前不是說書林休沐時都會接他回家去嗎，怎麼沒來接呢？不會碰到什麼事吧？

算一算，張鐵山已經五、六天沒出現了，之前他可是每隔兩、三天就會去書院一趟，將銀子塞給書林，讓書林拿回來給她。她對他的舉動都習以為常了，也習慣每兩、三天就往他給的布袋裡塞點錢，所以這幾天沒見到他的感覺尤其不對勁。

李何華不知不覺發起了呆，還是書林拉了拉她的衣角才回過神來，忍不住敲敲自己的頭。

自己真是腦子不對勁了，她之前拒絕他那麼多次，現在他不再來送錢，她該高興才對，她在這裡不對勁個頭啊！

在心裡教訓了自己一頓，李何華才將腦子裡亂七八糟的想法拋開。

第二天，李何華剛擺攤就迎來了應徵學徒的人。

來人是一對兄妹，而且是對罕見的龍鳳胎，兩人年紀約十三、四歲左右，瘦成皮包骨，穿著打著無數補丁的粗布麻衣，腳上的鞋破得可以看見腳趾。

兄妹倆很是局促，緊緊握著自己的手，看著李何華的眼神很是緊張，顯然是第一次出來找事情做。

最後還是哥哥站出來和李何華說話，他問道：「請問……請問您這裡是不是在招徒弟？」

看兄妹倆這麼緊張的樣子，李何華露出和善的微笑，儘量讓他們放鬆。「是啊！我們這裡招徒弟，你們想來試試嗎？」

男孩點點頭。「嗯，我和妹妹想來試試，我們……我們行嗎？」

李何華沒有直接說行不行，先笑著問：「你們會廚藝嗎？做過飯菜嗎？」

男孩點頭。「我和妹妹都會做，我爹教我們的，我爹還說我們做得很好呢！」

李何華順勢問道：「你爹？你爹很會做飯嗎？」

提到這點，男孩難得拋開拘束，露出自豪的表情。「我爹很厲害的，他以前在城裡的酒樓做大廚，他做的飯菜可好吃了，只要有空，他就教我和妹妹，可是……」說到這裡，他突然說不下去，眼圈也變紅了。

李何華估計兄妹倆是家逢巨變，不然這兩個孩子不至於像現在這麼潦倒，但這畢竟是人家的家事，她不好多問。

不過，既然這兩個孩子的爹是城裡酒樓的大廚，那廚藝應該不會太差，若是真教了這兩個孩子，兩人肯定是會廚藝的。

李何華沒有再問他們爹的事情，直接道：「那你們一人給我做碗麵條吧！我想嚐嚐你們的手藝再定奪。」

兄妹倆對視一眼，點了點頭。

李何華將爐子火點開，架上鍋，再將麵條、調料拿出來，將位置讓給兄妹倆。

哥哥先來，只見他先往鍋裡放入開水煮沸，燒水的時候，用湯碗舀出一碗煮麵用的高湯，加入醬油、鹽、糖、蒜葉以及一小勺豬油，接著攪拌，做好後放在一旁待用。

這時，鍋裡的水正好燒開，男孩將麵條放進水裡煮。片刻後，撈出麵條，放進高湯裡，一碗簡單的陽春麵就做好了。

看著男孩的動作，李何華露出微笑，心裡暗暗點頭。可以看出這男孩的確通廚藝，小小年紀還挺沈穩，沒有絲毫慌亂，且做飯時衛生習慣很不錯，就是不知這味道……

李何華拿起筷子吃了一口，鹹淡適中，味道鮮美，麵條也算爽口。整體來說，味道和火候都掌握得不錯，如果要打分數的話，能給七分，對於一般人來說，已經很不錯了。

不過，李何華並沒有急著表態，而是看向女孩。「輪到妳了，開始吧！」

女孩有點羞怯，點點頭，走到爐子邊，用跟男孩一樣的步驟做了一份陽春麵。

李何華嚐了嚐，味道也不錯，但是比哥哥差了一點。

李何華在心裡思量片刻，問向女孩。「妳會做糕點嗎？」

女孩睜著大眼睛，猶豫了一下，才輕輕點頭。「我會，不過我只會做紅豆糕，是我爹教我的，其他的我就不會了。」

李何華笑笑，在心裡思量片刻後，將兄妹兩人留了下來，等到收攤時，把兩人帶回家，直接讓女孩進廚房做糕點。

當看到這孩子揉出來的麵團光滑、有筋性的時候，李何華在心裡已經點頭了。看來這兩個孩子的爹的確花了心思教導，接下來只要她好好教就行。

李何華直接拍板道：「做得很不錯，你們倆通過了，我收你們當徒弟，以後你們就跟在我後面學，等到出師了，就單獨負責小吃和糕點這兩部分。」

兄妹倆先是難以置信，接著激動得眼圈都紅了，男孩感激道：「謝謝您，我跟妹妹一定會好好幹的！」

李何華拍拍兩人的肩膀，以示鼓勵。「好。我還沒問你們倆叫什麼名字呢？」

男孩說道：「我叫周青，我妹妹叫周紅。」

「行，那以後我就叫你們小青和小紅，你們也別叫我老闆了，就叫師傅吧！以後我教小青做小吃，教小紅做糕點。」

小青和小紅對視一眼，紛紛開口叫了李何華一聲「師傅」。

李何華突然挺感慨的，沒想到在這裡竟收了徒弟，爺爺要是知道，不知道會怎麼說她，估計會笑罵一聲，然後支持吧！

既然現在都是自己的徒弟了，那該說的也要提前說清楚，於是李何華道：「做我的徒弟，有些規矩要遵守。首先，我教你們的東西，除非我同意，不然不能私下再教別人；然後，在我這兒幹活就要認真好好幹，要是不想在我這裡做了，要提前一個月說，不能臨到頭再說；最後，不能在我這裡做，同時還給別人幹活，這些能做到嗎？」

小青和小紅想都沒想就點頭。「師傅，您放心吧！您說的這些我們一定能做到，要是做不到，隨便您怎麼處置。」

「你們能做到就好，我先說說你們以後的安排。以後你們整天都跟著我，目前在學習階段，所以我一天給你們一人十文錢的工錢，等到之後你們能夠出師了，工錢就不只是這些了。」

對於學徒來說，這樣的待遇簡直是可遇不可求，周青和周紅兄妹倆覺得，有這麼厲害的人願意教他們已經算走大運了，現在還有工錢拿；別的學徒可沒有工錢，而且還要時不時孝敬師傅。

兩人覺得自己簡直在作夢，暈乎乎的，不敢相信這樣的好事真落到自己身上。見兩個孩子態度堅定，李何華也就把他們當成了自己人，問了兩人家裡的情況。得知兩人的父親意外去世，一家人不得已搬回鎮上的老房子住，結果沒多久，母親過不了苦日子，捲走家裡最後的錢改嫁了，只留下他們兄妹倆苦撐著日子。

李何華憐惜地摸摸兩個孩子的頭。「你們以後有什麼事就來找師傅，也可以把這裡當作自己的家，以後不用自己在家裡做飯了，一日三餐都跟著師傅吃，師傅不會少你們一口吃的。」

周青和周紅眼眶不由得紅了。

既然已經決定了，當天下午，李何華便留兄妹倆下來，跟著她一起準備明天的食材還有要賣的糕點。

小紅在她身邊學習做糕點，而小青則學習揉麵和調配各種餡料。李何華將要訣一一告訴他們，說完後就讓他們自己動手試一試，哪裡不對她再指正，兩人算是正式開始學了。

等到書林下學，李何華讓兩人跟在謝嫂子後面幫忙，她則去書院接書林回家。

小傢伙還是一眼就看見等在門外的她，立刻放開牽著顧夫子的手，邁著小短腿朝她跑過來。誰知跑到一半，想起自己又忘了給夫子行禮告別，立刻煞車，小身板晃了晃，撲通一聲摔倒了。

李何華嚇了一跳，立刻朝小傢伙奔過去，顧之瑾先一步到，將小傢伙扶了起來。

李何華急忙問：「書林，怎麼樣？有沒有摔傷？」

顧之瑾檢查了一遍，見沒事便放了心。「沒事，沒受傷，別擔心。」

書林自己也搖搖頭，伸出小手給李何華看，示意自己沒事。

李何華鬆了口氣，伸手將他抱進懷裡。

小傢伙親暱地摟著她的脖子。

李何華點點他的鼻子。「剛剛怎麼那麼不小心？以後要跑慢點，不能急急停下來知道嗎？不然娘要打小屁屁了哦！」小孩子本來步伐就不穩，身子平衡感也不好，容易摔跤，要避免急跑急剎，從前都沒人告訴過他。

書林眨巴著眼睛，下意識摸摸自己的小屁股，怕被打屁股，便噘起嘴，對著李何華的臉頰親了一口，親完後眼睛亮晶晶地看著她。

李何華不由笑了。這小傢伙，還學會活學活用了，昨天才學會親人這一招，今天就知道親她來討好她，以為這樣就不會教訓他了是吧？

李何華抱著他顛了下。「好吧！你親了娘一下，娘就不打小屁屁了。」

小傢伙笑了，露出一口小米牙，有些小得意。

小傢伙從來沒有露出過這麼神氣的表情。

李何華被他的小模樣萌到了，低頭在他的額頭上親了口。

第三十八章 出事了

等和娘親暱夠了，小傢伙想起什麼，轉頭朝四周看，目光搜尋著。

「怎麼了？在看什麼呢？」李何華問。

小傢伙睜著眼睛，結果沒有發現自己想看的，小嘴巴微微噘起。

李何華突然明白了小傢伙的意思，嘴角的笑意漸漸沒了。

小傢伙在問他爹呢！

之前張鐵山都是兩、三天就來看書林，所以書林習慣了隔兩天就見到自己的爹。這次張鐵山這麼多天沒出現，書林心裡不由自主地惦記著，不明白他爹怎麼不來看他了？

李何華心裡也不明白張鐵山到底怎麼了，他為什麼連兒子都不來看了？這都多少天了，就算有事也該忙完了吧！

他那個人壓根兒不是會忘了孩子的人。

李何華摸摸胸口，心頭那股熟悉的慌亂感又一次湧了上來。

這幾天，儘管心裡一遍遍地說服自己他不來才好，沒什麼好奇怪的，可是心裡卻一直惶然不安，總是感覺不踏實。

她不明白這是怎麼了，可隱約覺得跟張鐵山有關，因為一想起他，心裡那種好不容易忽略的慌亂感就會再次出現。

就像此刻，書林提起他爹，她的心便又慌亂起來，很不舒服。

她心頭隱約覺得，張鐵山可能出事了，即使她在心裡告訴自己不要胡思亂想，可就是壓不下這個念頭。

她是不是該去看看到底怎麼了？就算什麼事都沒有，最起碼能知道張鐵山去哪兒了，這樣也能回答小傢伙的疑問。

在心裡想了又想，李何華決定明天就去上水村看看。

然而，還沒來得及去上水村，就有人主動來找她，是張鐵山的好朋友羅二。

「鐵山出事了！」

李何華臉色瞬間發白，那種不知名的恐慌在瞬間將她淹沒。

她無意識掐著自己的手心。「張鐵山，他……怎麼了？」

羅二臉上有著疲憊，鬍子一看就是好多天沒刮，眼下也是一片青黑，話語裡是深深的無力。「鐵山他、他打獵受了重傷，快不行了！」

嗡——

李何華感覺耳朵裡一陣嗡嗚，「快不行了」四個字在她腦子裡迴旋。

羅二顫著唇接著道：「大夫說要準備後事……他在最後昏迷前，說想見妳和書林，希望你們能去看他最後……」羅二說著便說不下去，一個大男人聲音裡帶著哽咽。

李何華眨眨眼，無法相信自己聽到的話。

明明前陣子那人還一趟趟地往她這裡跑，一次次地跟她表明心意，那樣鮮活的一個人，怎麼可能不行了呢？

看李何華呆愣地站著，羅二抹了把臉，催促道：「別發愣了，不管怎麼樣，妳先去書院把書林接回來吧！他想見你們娘兒倆呢！」如果鐵山真的不行了，不能讓他走得有遺憾。

李何華這才從呆愣中回神。

她知道，現在不是想東想西的時候，她現在首先要做的就是去看張鐵山，說不定事情沒有羅二說得這麼嚴重，她不能自己把自己嚇倒了。

李何華深吸一口氣，對羅二道：「好，你等我一下，我把事情安排好就去。」

李何華跟謝嫂子、大河、小遠、小青和小紅說了自己要去上水村的事，讓他們今天先把攤子收了，等她回來再說，然後交代他們跟客人們解釋。

等幾人點頭表示明白後，李何華匆匆回家收拾了點東西，然後帶著所有家當前往書院。

顧之瑾正在課堂裡教孩子們讀書，李何華顧不得其他，直接站在課堂門口喊了一聲。

「顧夫子。」

顧之瑾見李何華站在門口，驚訝了一瞬，來到門口，問道：「妳怎麼來了？是有什麼事嗎？」

李何華點頭。「夫子，家裡出了點事，我現在要帶書林去一趟上水村，要給書林請幾天假，具體幾天不確定，麻煩夫子給書林批幾天假。」

顧之瑾眉頭微皺，擔心地問：「沒事吧？有什麼需要幫忙的嗎？」

李何華搖搖頭。「謝謝夫子，暫時沒什麼要幫忙的。」

聽李何華這麼說，顧之瑾沒再說什麼，將坐在課桌後的書林帶了出來。

李何華來不及多說，抱著書林匆匆出了書院，上了羅二借來的牛車，往上水村趕去。

書林看李何華臉色不好，小眉頭擔心地蹙了起來，伸出小手拉拉她的衣袖，無聲地問娘親怎麼了？

李何華拍拍他的小背脊。「書林，現在娘要告訴你一件事，但你不能害怕哦！爹爹生病了，想見見書林，所以我們現在去看爹爹，書林去了，爹爹就好了。」

聽到要去看爹爹，小傢伙顯然是高興的。他很想爹爹呢！但聽到爹爹生病了，又擔心起來，小手緊緊揪著李何華的衣服不放手。

李何華只能這麼跟孩子解釋，因為現在連她自己都不知道怎麼回事？

趁著趕路，李何華這才有空開口問羅二。「張鐵山到底怎麼了？」

羅二嘆了口氣。「前幾天鐵山去山上打獵，三天都沒回來，嬸子著急，託我們去找，結果我們在山上找到了他，那時他渾身是血，倒在地上昏迷不醒，身邊還躺著一隻死透了的老虎。」

「什麼！老虎？」李何華驚叫出聲。

羅二點點頭。「就是老虎，鐵山他竟然去深山打老虎！」說著，羅二便生氣了。「妳說他是不是瘋了？竟然去深山裡面打獵，而且還膽大包天地打老虎！老虎是能打的嗎？多少獵人被這些野獸吃掉。他以前從不會進深山，也不會碰這些野獸，這回不知道怎麼突然發瘋了！」

張鐵山他竟然去打老虎！

李何華臉色發白，心裡緊緊揪著。

羅二雖然很不喜歡李荷花，但此刻他太擔心張鐵山了，很希望有人可以聽他發洩心裡的憋悶，所以不管之前有多麼厭惡李荷花，只一個勁地道：「我們找到他的時候，血流了一地，臉色煞白，身上到處都是血口子，整個就是一個血人。大家都說熬不過去了，找來的大夫用了一大堆好藥，人也沒醒。大夫說，鐵山要是這幾天還是沒醒來，就要準備後事了。」

說著，羅二的眼眶都紅了，他至今無法接受一起長大的好兄弟要走了的事實。

李何華不相信。「你們去請最好的大夫了嗎？是不是大夫的醫術不夠好？」

羅二撫著額角，艱難地道：「我們請了鎮上最好的大夫來看過了，還連夜去請了城裡的大夫，都說……都說已經盡力了。現在大夫用參片吊著鐵山的命，可是大夫說，醒不醒來全看鐵山自己，他們也沒辦法可想了。」

嗡嗚聲又在李何華耳邊響起。她當然知道，人受著傷，不吃不喝是堅持不了幾天的，就算有人參吊著也堅持不了太久。這個時代沒有先進的醫術，沒辦法讓人一直昏迷下去。

李何華唇抖了抖，顫著聲問道：「他……他昏迷幾天了？」

羅二回答。「已經快三天了，他只在被我們抬回來的當天晚上醒過一次。」

想起當時張鐵山睜開眼對他說的話，羅二此刻忍不住對李何華說了起來。「他睜開眼第一件事就是讓我將他打來的老虎賣了，說是……說要是他不行了，留一部分錢給嬸子，剩下的錢送去給妳，還說……」

李何華忙問：「還說什麼了？」

羅二痛苦地道：「他還說，要是可以，想讓妳帶書林回去看他一眼。」說著，羅二重重捶了一下腿。「鐵山他到底在想什麼？老虎再值錢也不能碰啊！光有錢沒有命能幹什麼？他也不是缺錢的人啊，打那老虎幹什麼！我真的……真是……唉！」

李何華血色盡失。張鐵山他不缺錢，不需要冒著危險去打老虎，他之所以打老虎，除了為了她沒別的原因。

李何華不由自主想起張鐵山對她說的話。他說要她不要擔心錢的問題，他說他來想辦法，原來他的辦法就是去打老虎。

這個男人為了賺錢給她買酒樓，竟然去深山裡打老虎，被老虎攻擊，那該傷成什麼樣子……

李何華的眼淚無意識地流了出來。

書林感覺到臉上滴落的眼淚，抬起頭看見娘在哭，驚得張大嘴巴，小嘴巴發出「啊啊」

的聲音，小手驚慌失措地抬起擦拭她臉上的淚。

娘不哭、不哭，不要哭。

書林擦著擦著，也傷心了，噘起嘴，眼淚從眼眶裡流了出來，甚至發出了「嗚嗚」的哭聲。

這是李何華第一次聽見書林發出聲音，但此時此刻她卻沒心情高興，只怕自己嚇到了孩子，趕忙將臉上的淚胡亂擦一擦，用臉頰蹭著他的臉，安慰道：「娘沒事，書林不哭，你看娘不哭了。」

小傢伙睜著淚眼看著李何華，聽她說不哭了，這才伸著小手去揉自己的眼睛。

李何華連忙阻止，掏出乾淨的帕子給他擦淚。「好了、好了，剛剛娘是被沙子弄痛眼睛才哭了，把書林嚇到了是不是？是娘不好，娘不哭，書林也不哭了。」

小傢伙抽噎著，癟著嘴委屈地打量李何華，見她果真不再流淚，這才停止哭泣。

前面趕車的羅二看到這一幕，心酸酸澀澀的，但更多的是驚訝於李荷花的改變。這還是他認識的那個蠻不講理的潑婦李荷花嗎？

李荷花怎麼可能這麼溫柔？而且他現在才想起來，這個女人怎麼變這麼瘦？原來的肉呢？

對於張鐵山對她的惦記，他心裡原是一百個不解，他不明白自家兄弟怎麼會惦記那個女人，而且還要自己去給她送錢？

可如果是現在的李荷花，他倒是能理解了。

可鐵山現在這樣……可怎麼辦啊？

在無限的擔憂中，車子終於在張家門口停了下來。李何華抱著書林跟在羅二後面走了進去，直接進了張鐵山的房間，一進去就看見木床上躺著的男人，緊閉著眼睛，唇上沒有一點血色，臉也煞白得嚇人，整個人看起來毫無生氣。

從張鐵山敞著的中衣裡，可以看到整個上身都被繃帶纏住，白色的繃帶裡到現在還透著血跡。

李何華不相信那個像山一樣的男人，此刻竟會如此脆弱。

張林氏已經哭暈過好多次了，此刻正被人勸著回房休息，可她不願意，死死地抓著床頭不走。

張青山抱著頭蹲在牆角，整個人被悲傷掩埋。

對於李何華的到來，兩人已經沒有任何斥責的力氣，只有同村其他人面帶訝異地看著她；不過，她現在什麼都不在意了。

李何華用盡所有力氣，抱著書林，一步步朝床邊走去，直到走到床前才停了下來，一眨不眨地看著張鐵山。

李何華將懷裡的書林放到床上。

書林跪著爬了兩步，爬到張鐵山跟前，伸出小手輕輕摸著張鐵山的臉，好像怕自己把爹爹摸碎了。摸著摸著，兩隻眼睛便又紅了，啪嗒啪嗒掉著眼淚，無聲地哭泣。

雖然他不懂爹爹怎麼了，可卻能敏銳地感覺到，爹爹生了很嚴重的病，所以他心裡好難過。

張林氏見孫子回來了，突然來了力氣，一把將書林抱在懷裡痛哭。「書林，你快叫叫你爹，你叫叫他，讓他不要走，不要丟下我們，你讓你爹趕緊回來啊！」

書林掙扎著從張林氏懷裡探出身子，伸出小手朝張鐵山那裡撲。

他要爹爹……

李何華的視線從張鐵山的臉上移開，眼前的一切讓她的心難受得揪在一起。

張鐵山，你怎麼這麼傻？你這是想讓我難受一輩子嗎？你快醒來吧！不要躺著了。

最後還是羅二看不下去，上前將書林從張林氏的懷裡抱了出來，將他放到張鐵山旁邊，然後對張林氏道：「嬸子，讓書林好好跟他爹待一會兒，說不定鐵山就醒了呢！您累了這麼多天，去休息一會兒吧！您老要是傷了身子，鐵山醒來，您也不能照顧他了不是？」

周圍的人紛紛附和，勸張林氏去休息，說張鐵山一定會醒，讓她養好精神再來照顧張鐵山。

在眾人的再三勸說下，張林氏最終還是點頭答應了，被人攙扶著站了起來，看見李何華，什麼都沒說，這樣的態度反而讓李何華鬆了口氣。

羅二又將房裡的七大姑、八大姨一一請了出去，最後，連張青山都被拉了出去，房間裡只剩下李何華和書林。

本來羅二是不會這麼做的，可是經過張鐵山讓他偷偷賣掉老虎，把錢給李荷花的事，羅二心裡便明白自家兄弟的意思。他想讓兄弟無憾，同時也抱著最後的希冀，希望李何華和書林可以喚醒自己的兄弟。

羅二將房門從外面帶上，搬了張板凳坐在門口守著，不讓別人打擾。

房間裡靜了下來，李何華揉揉眼睛，這才慢慢坐下來，伸出手拉起床上男人的一隻手。

他身上的火氣很旺，以前他靠近她的時候，迎面就是一股熱氣，可是現在的他，連手都是那麼地冷。

這一切，都是為了她。

她何德何能，讓他如此對待？

第三十九章　醒來

李何華將張鐵山的大手貼到自己臉上，想讓它暖起來，也許暖起來，他就能醒了。

「張鐵山，你醒醒啊！」

床上的人毫無動靜，除了胸膛微微的起伏。

李何華的胸口堵得厲害，不知為何這麼難受。她一點都不喜歡看到這樣的張鐵山，她認識的張鐵山可以一手舉起一張桌子，可以一手輕鬆地推磨，可以輕鬆地將書林舉在肩膀上坐著，他怎麼能像現在這個樣子呢？

「張鐵山，我和書林都回來看你了，你睜開眼睛看看我們吧！你已經睡了三天，不能再睡了！」

書林眼淚汪汪地抓著張鐵山的胳膊輕輕搖晃，試圖和李何華一起叫醒張鐵山，可他的爹爹沒有給他任何回應。

書林含著淚，無措地看向李何華，張著嘴「嗚嗚」發出似哭似叫的聲音。

李何華心疼地將書林摟進懷裡。「張鐵山，你聽見沒有，書林在哭呢！他開口發聲了，你快醒來看看他吧！他還不會喊爹呢！你醒來教他好不好？」

然而，床上的男人依然沈浸在睡夢裡，只有微微起伏的胸膛能給人一點安慰。

李何華吸吸鼻子，擦擦眼淚，覺得這樣坐以待斃不是辦法。張鐵山不能死，她一定要想辦法救他。

既然連城裡最好的大夫都請來，人參也用上了，說明肯定不是醫術問題，那就真的要看張鐵山自己的求生意志了，如果他想要醒來，奇蹟就一定會出現。

這種時候，需要最重要的人在一邊和他說話，喚起他的求生意志。

李何華決定，在張鐵山醒來之前，她都不走了，她要和書林留在這裡，呼喚他醒來，就算其他人說再難聽的話，也比不上張鐵山的命。

當天晚上，李何華抱著書林坐在張鐵山的床邊，書林的小手一直拉著張鐵山的大手。張林氏和張青山也陪在一邊。

現在這個時候，張林氏和張青山也顧不得李何華了，他們現在最希望的就是有人能夠叫醒張鐵山，就算是他們厭惡的女人也行。

一家人全部圍在張鐵山旁邊跟他說話，就怕一旦停下來，他的呼吸就停止了。

從月上枝頭一直到夜深人靜，張林氏哭累了，再加上年紀大了，實在堅持不住，最後被張青山扶著回去睡覺；而張青山也在又堅持了一個時辰後，受不住，趴在床邊睡著了。

此時，只有書林和李何華還醒著。

要是平時，書林早就睏了，可是此時，小小的人兒努力睜著眼睛看著床上的人，就算再睏也不敢閉眼，只想一直一直看著他爹。

李何華知道小傢伙非常擔心張鐵山，但他畢竟還小，受不住熬夜，便將他橫抱著放在懷裡，輕輕拍著他的小背脊，哄道：「書林乖，閉上眼睛睡一覺吧！你不睡覺爹爹會擔心的，娘會看著爹爹的，爹爹不會有事。」

小傢伙眨眨眼，不捨地轉頭又看了張鐵山一眼。

李何華安撫地在他的眼睛上親了親。「沒事，爹爹就快要醒了，你乖乖睡覺，說不定爹爹看你這麼乖，等你睡醒了就睜開眼睛看你了呢！」

小傢伙聞言，立刻將頭轉回來，埋在李何華懷裡，乖乖閉上眼睛睡覺。不過一會兒，就在李何華的輕拍下睡著了。

李何華親親小傢伙的額頭，將他放到張鐵山身旁與他並排睡著。

此時，夜深人靜，外面只能偶爾聽見一聲狗叫，除此之外，靜得人心發慌。

「張鐵山，你還記得我剛來的時候嗎？那時候我第一次見你，你對我凶得不得了，一開口就是要休了我，我沒地方去，厚著臉皮求你好久，你才答應讓我留下來住一段時間。那時候，我就住在柴房裡，連張床都沒有，真的很可憐，從小到大都沒那麼可憐過。不過，我沒有怪你，我知道你以為我是李荷花，所以才討厭我的。」

想到當時的樣子，李何華笑笑，拉起張鐵山的大手，在手裡輕輕摩挲著。「那時候，我還在背後吐槽過你，說你這個男人真冷硬，一點都不知道憐香惜玉；不過，我那時候那麼醜，你也憐香惜玉不起來吧？

「可是後來，我才知道你其實沒有那麼冷淡，你也是會掏心掏肺對一個人好的，而那個人卻是我。你知道我不是她了，喜歡上的是真正的我，對嗎？其實，我一直不明白你是什麼時候確定我不是她的呢？」

大概是此刻夜深人靜，也或許是沒有別人能聽到，所以讓人格外有傾訴慾望。李何華握著張鐵山的手，說出自己從沒有說出口的話。

「其實，除了剛開始的時候對我不好，之後你對我特別特別好。你幫我打跑了鬧事的混混，幫我找來黑子保護我，幫我阻擋旁邊攤販的找碴，還幫我幹髒活、累活。要是沒有你，我大概得獨自面對許多自己解決不了的麻煩，然後吃很多的虧。張鐵山，其實我心裡一直很感激你。

「可是，你對我這麼好，我卻一次一次地拒絕你，你是不是很傷心啊？有沒有覺得我這個人心太狠了？我也覺得我對你挺狠心的，因為我真的很怕你娘對我的不喜。你知道，現在這個世道，孝道為大，婆婆還是很重要的，所以呀，我怎麼能夠答應你？就只能一次次狠心拒絕你了。」

李何華也不知道自己在說些什麼，就是一骨碌地把心裡的話全倒了出來，反正現在沒人聽到，可以無所顧忌一次。

「你知道嗎？我以為我多拒絕你幾次，你就會死心了。你好幾天沒來找我，也沒去看書林，我以為你放棄了，誰知道你竟然這麼傻，為了給我買酒樓，連危險都不顧，連老虎都敢打。你知不知道這有多危險？就為了我這個一直拒絕你的人，真的值得連命都丟掉嗎？以前我以為你是個沈穩聰明的人，現在我才知道你就是個傻子。」

李何華吸吸鼻子，將臉埋在張鐵山的手心裡，無聲地流淚。

「張鐵山，其實我沒有那麼狠心，你對我的好，我心裡都記得。你知道嗎，以前我就想找個高大威猛又帥氣的男朋友，可以把我親親、抱抱、舉高高的那種，就因為這個，我那些朋友都快笑死我了，說我內心是小公主，可我就是喜歡有男人味的。結果還沒來得及找，就穿越來到這裡，悲慘的揹黑鍋生活便開始了，也再沒心思想高大威猛的男朋友，誰知道卻遇到了你。第一次見你，我就覺得你很有男人味、很帥，要是在現代，我肯定早就答應你，可是在這裡，我卻不敢了。

「我是個膽小鬼，就算你對我掏心掏肺，對我說一切你都可以解決，我也不敢相信你，一次次拒絕你。」

這時，臉下的手被熱淚浸濕，融化了一點冰冷。

李何華靜靜地埋著頭，直到好久好久，久到讓人以為她睡著的時候，才抬起頭，看著面容蒼白的男人，說道：「張鐵山，你知道我不是她，但你知道我真名叫什麼嗎？你肯定不知道吧！我的真名叫李何華，不過我家人都叫我小名糕糕，因為我從小就喜歡吃糕點，開口第一句話就是糕糕，所以我才叫糕糕，是不是有點好笑？」

然而，床上的男人並沒有笑，面容還是如此平靜。

李何華收起笑容，一股無力感從心底深處傳來。

要是張鐵山這次真的熬不過去，就這麼死了怎麼辦？只要一想到這個，她的心就難受得連呼吸都覺得困難。

那時候，她還能像現在這樣若無其事地生活嗎？

不，不可能了。

她多麼希望他能夠立刻醒來。

此時此刻，比起他的生命，她突然覺得自己之前擔憂顧慮的一切，都是那麼不值一提。

李何華伸出手，在張鐵山慘白的臉上碰了碰。「張鐵山，你到底能不能聽到我說的話？如果現在我說，你醒來我就答應你，你能現在就醒來嗎？」

可惜的是，這個男人沒有醒來，看來是沒聽到她的話。

李何華無力地嘆了口氣，在燭火下靜靜地注視著床上的男人。最後，不知道什麼時候，竟然睡了過去，直到感覺到自己的手被輕輕地摩挲著，一下又一下，讓她不得不從睡眠中睜開眼睛。

她看到自己白皙的手上，覆蓋著一隻黝黑粗糙的大手，這隻大手正一下又一下地摩挲著她的手背。

李何華有一瞬間的茫然，下一秒，突然反應過來，抬起頭朝床上看去。

張鐵山睜著眼睛，正看著她輕笑。

「糕糕……」床上的男人輕聲叫道。

李何華來不及注意張鐵山叫她什麼，她只知道，張鐵山醒了！他醒了！

李何華的聲音都帶著顫抖。「張鐵山，你醒了？」

張鐵山帶著虛弱的笑，儘管蒼白無力，但看在李何華眼裡，卻是激動人心。

「張鐵山，你終於醒了！怎麼樣，現在感覺難受嗎？」

張鐵山嘴角的笑越發大了，雖然沒什麼力氣，但還是微微搖搖頭，沙啞著嗓子道：「別擔心，沒事的。」

傷得這麼重怎麼可能沒事？但菩薩保佑，人終於醒了！此刻，李何華才想起要叫人，趕忙朝門外喊。「張鐵山醒了！」

喊完後，張林氏、張青山、羅二，還有一個住在這裡的大夫全都湧進屋裡，圍到床邊，一下子便將李何華擠開。李何華也不在意，只要人醒了就好。

張林氏哭著道：「鐵山啊！你終於醒了，你嚇死娘了知不知道？你要是有事，娘也不活了！」

雖然張鐵山看不見李何華有點失望，但此刻最重要的是安撫家人，便露出微笑道：「娘，我醒了，沒事的，您別哭。」

張青山也紅著眼睛，但他比張林氏理智。「娘，您先讓大夫給大哥看看吧！」

張林氏這才反應過來，忙道：「對對對，趕緊讓大夫看看！大夫，您快給我兒子看看他怎麼樣了？是不是沒事了？」

大夫摸了摸鬍子，走上前去坐下，將手搭在張鐵山的手腕上，閉目診斷起來。

周圍的人全都緊張地看著他，等著他說話。

過了一盞茶的工夫，大夫終於鬆開手，睜開眼睛道：「醒來就好了，現在已無性命之危，以後只要好好養傷，慢慢調理，身體會恢復的。」

一家人聽見這話，全都激動起來，連連說好，張林氏高興得眼圈又紅了。

李何華聽見這話，也是深深鬆了口氣，只想說謝天謝地，菩薩保佑。

書林在李何華開口喊人的時候便醒了，見爹爹醒了，眼睛重新亮了起來，小身子小心地翻過來趴著，輕輕地抱著張鐵山的脖子，在他的臉上親暱地蹭了蹭。

張鐵山微笑，微微側臉，在書林的臉頰上親了一下，安慰兒子。

大夫看沒事了，便開了治傷的方子，吩咐之後該怎麼熬藥、換藥，以及一些注意事項後，便在羅二的相送下回去了。

張林氏顧不得其他，坐到床邊，氣道：「鐵山啊！你知不知道你娘這條老命都快被你嚇沒了？你以前最是讓我放心的，可現在怎麼那麼莽撞，怎麼能進深山裡打老虎呢？那東西是你能打的嗎？你說說你，要是這次沒能回來，你是想娘白髮人送黑髮人嗎？嗚嗚……」

張鐵山碰了碰張林氏的手。「娘，對不起，這次是我莽撞了，現在我已經沒事了，我以後也不會再去深山裡，您別擔心了。」

張林氏還是不解氣，還要再說，卻被羅二攔住了。「嬸子，鐵山剛醒，身子還虛弱著呢！現在不能說這麼多話，還是要好好休息才行。您讓鐵山多休息吧！等他好了您再訓他。」

張林氏聞言，趕忙點頭。「對、對，現在要多休息，我不說了、不說了。」

羅二看了一眼李何華，又道：「嬸子，鐵山都好久沒吃東西了，您去給他熬點粥吧！大夫說現在只能吃點粥。」

張林氏拍著大腿站了起來。「是、是，你沒說我都忘記了，我這就去煮粥。」

張林氏轉身，一眼就看見站在一旁的李何華，瞅了她一眼，眼神算不上友善，也沒有多凶，沒說什麼，匆匆出了房間。

羅二又對張青山說：「青山，你去給你哥熬藥吧！等會兒你哥吃完飯就該喝藥了。」

張青山點頭，也出了房間去熬藥。

張鐵山看向羅二，無聲地笑笑，用眼神示意他低頭。

羅二疑惑地低下頭，將耳朵湊到張鐵山旁邊，聽張鐵山說話。

聽完後，羅二驚訝地望了望李何華，眼神有點複雜，但沒多說什麼，只是在他肩膀上輕輕拍了拍。「我知道了，我會辦好的，你放心。」說著也出去了。

如今只剩下李何華和書林了。

昨晚張鐵山昏迷，李何華說了一大堆話，此刻他醒來，她反倒沒話可說了，頓時有些無所適從。

最後，還是張鐵山先開口。「昨天辛苦妳了。」

李何華搖搖頭。

張鐵山輕扯嘴角。「別站那麼遠，過來坐。」

李何華抿抿唇，走到床邊坐了下來。

書林看李何華來了，便拋棄了他爹，兩下爬到李何華懷裡窩著不動。

張鐵山輕笑，李何華也笑著拍拍懷裡小寶貝的背脊。

氣氛一下子輕鬆不少。

張鐵山手指微動，試探著輕輕抬起，握住李何華放在書林背後的一隻手。

李何華一驚，下意識就要抽離，可張鐵山使了勁，緊緊地握住，讓她抽不開。

李何華顧忌他的傷，不敢掙扎，只好不滿地叫道：「張鐵山！」

張鐵山輕笑，笑容裡有些小無賴。

李何華看得皺眉。這人……才剛剛從鬼門關回來，就能耍無賴！

第四十章　留下

「張鐵山，你知不知道這次有多危險，你怎麼能去……」說到這裡，李何華說不下去了，因為張鐵山是為了她才去的。

張鐵山收起笑容，握緊手裡的小手，說道：「對不起，這次是我大意了，我沒想到會受這麼重的傷。」

他絕口不提是為了她，李何華心裡更難受了，忍不住問道：「你為什麼要去打老虎？是為了我開鋪子，對嗎？」

張鐵山抿抿唇，沒有說話。

李何華氣道：「你怎麼這麼傻！老虎是能隨便打的嗎？我都拒絕你了，你不但不放棄，還為我打老虎，你做事情都不看值不值得嗎？」

「值得！」張鐵山斬釘截鐵地回答，打斷了李何華還想出口的話。

李何華張張嘴，耳根子發熱，臉上也有陣陣熱氣上湧。

張鐵山認真地看著李何華的眼睛。「為了妳，值得的。妳想開酒樓，我就幫妳開；我不會限制妳的自由，只會在妳身後看著妳，我想讓妳知道，跟我在一起，沒妳想得那麼可怕。」

李何華禁不住他這樣的眼神，低下頭，不想讓人看見自己此刻的情緒，但內心的不平靜，只有自己知道。

張鐵山看她低頭迴避，也怕把她逼急了，咽下嘴裡還想說的話，轉而說起其他事。「那老虎我已經叫羅二幫我賣了，可以買下那間酒樓了。」

李何華抬起頭，眉頭輕皺。「我不買酒樓，這錢你自己收著吧！」

張鐵山捏了捏掌心裡的手。「這錢就是為了妳賺的，我已經讓羅二去找那酒樓的老闆了。」

李何華瞪大眼睛。「你……」

「你」了半天也不知道怎麼說，只好道：「這麼多天了，那酒樓估計早就賣掉了，哪裡還能等著你去買，你就別再費心思了。」

張鐵山卻勾起嘴角。「別擔心，我早就和那老闆打過招呼，我給了他一頭鹿，還答應多給他十兩銀子，那老闆答應幫我多留一個月再賣。」

李何華睜大眼睛，不可思議地看著張鐵山。

當羅二再次出現時，帶回來的果然是那家酒樓的房契。他將房契交給張鐵山，而張鐵山看都沒看，轉手就給了李何華。

李何華這才徹底相信，張鐵山是真的將那家酒樓買下來了。

李何華拿著房契，就像拿著燙手山芋。她一點也不想要，因為這是張鐵山拚著命掙來的錢，實在太貴重，她受不起。

李何華拒絕。「張鐵山，這是你出的錢，酒樓是你的，我不要。」

張鐵山拉起她的手。「這房契已經寫了妳的名字，現在就是妳的了，妳自己的東西，如何不要？」

李何華要掙脫，他卻「嘶」了一聲，嚇得她立刻不敢動。

張鐵山嘴角暗暗勾起，輕聲說道：「糕糕，別再拒絕我了，好嗎？」

李何華一驚，下意識睜大眼睛。「你……你叫我什麼？」他怎麼知道她叫糕糕？難道……

想到某個可能，李何華臉上一下子熱了起來。

張鐵山眼裡滿是愉悅，說道：「我叫妳『糕糕』，這不是妳的小名嗎？」

李何華這下不想承認也不得不承認了，張鐵山昨晚聽見了她一個人說的那些話。

她以為昏迷的人聽不見外界的話，所以昨晚才什麼都敢說，沒想到他都聽見了。

那她說的最後那句話，他也聽見了？

此刻，李何華只想立刻離開這裡。

感覺手裡的小手再次掙扎，張鐵山握得更緊，不讓她掙脫，也不讓她逃避。「糕糕，妳說的話我都聽見了，所以我醒來了，妳不可以抵賴。」

在醒來之前，張鐵山一直處於飄忽的狀態，而且越飄越遠，意識也漸漸朦朧，腦子裡的畫面一點一點慢慢消失，身上的疼痛也隨著畫面漸漸遠去，人變得越來越舒適。

最後他的世界裡就只剩下白濛濛一片。

他隨著內心的感覺，往白霧的更深處飄去，卻在身後的東西快要完全消失時，突然聽見一個女子的聲音。

這聲音讓他的心一跳，疼痛感也再次出現。

他不由自主停了下來，不知為何，忍著痛想要聽清那女子在說什麼？結果越聽，他的身子越重，心裡一下子湧進太多的牽扯與不捨，讓他再也動不了，甚至想轉身回去。

當他聽見最後一句「張鐵山，你到底能不能聽到我說的話？如果現在我說，你醒來我就答應你，你能現在就醒來嗎？」時，他的腦子突然疼了起來，一股深深的不捨和不甘蔓延全身，甚至心裡有道聲音在說：不能錯過，不然一定會後悔的。

再睜眼，他看見的就是趴在床邊熟睡的她。那一刻，他覺得身體突然有了力量，身上的疼痛都不算什麼了。

此刻，李何華卻窘迫極了。她不知道她昨晚為什麼會說出那樣的話，但她想，要是此時，她一定打死都不會說的。

看著她窘迫的樣子，張鐵山輕笑出聲，將她的手拉得更緊了。

李何華掙扎。「張鐵山，你放手，我要回去了。」

張鐵山卻不放。「妳要回去？」

李何華「嗯」了一聲。「我本來就是帶書林回來看你的，現在你醒了，我也沒有留下來的必要，我讓書林留下來陪你。」

張鐵山狠狠抿了下唇，語氣卻放軟了。「我才剛醒，妳就要走？妳就不怕我有什麼事嗎？」

李何華反駁他。「大夫說你沒事了，按時喝藥、換藥就行了。」

張鐵山沈默了一下，眼睛低垂，語氣也低落下去。「妳就真的這麼狠心？我才剛醒妳就要走？我以為我為妳做的事情，妳起碼會感動，沒想到妳連多照顧我一天都不願意。」說完，苦笑一聲。

為什麼張鐵山的語氣這麼可憐？為什麼她覺得他口中的自己像個壞蛋？

李何華認識的張鐵山根本不是會這麼可憐兮兮講話的人，他百分之九十是故意這麼說的，目的就是為了讓她愧疚，然後留下來別走。

知道是一回事，但李何華的良心還是痛了。張鐵山的確是因為她才受了這麼重的傷。酒樓的房契是她的，不管她要不要，在這樣的情況下，對人家不聞不問就直接離開，好像的確很壞。

李何華良心有點過不去。

「那、那你想怎麼樣？」

得逞的笑意一閃而過，張鐵山嘴裡的話卻體諒極了。「妳能不能等我傷勢穩定了再走？我想吃妳做的飯菜，這樣也有助於傷快點好。不過，妳要是不願意的話，我也不勉強，畢竟會耽誤妳做生意賺錢。」

李何華覺得張鐵山這人壞起來忒壞，說的話明明很體諒她，可卻把人吃得死死的。他都這麼說了，她還能走嗎？還能殘忍地拒絕嗎？

見李何華憋屈地點頭答應，張鐵山便笑了。

看見張鐵山的笑，李何華真想伸手揍他一拳，完全忘了自己之前迫切希望他醒來的樣子。

留下來就必須考慮睡覺的問題，而張鐵山早已想好了。「糕糕，妳住我的房間，我去和青山住。」

他現在不可能還讓她睡在柴房，只要一想到那時她孤身一人睡在那麼破舊的柴房，他的心就又悔又疼，真想打自己一頓。

李何華趕忙擺手。「不用、不用，我住在哪裡都行，你是病人，不要動來動去，我還是去住原來的柴房吧！」

「不行，柴房不能住，妳住在房間裡。」

李何華皺眉。「你現在不能移動，不然傷口裂開怎麼辦？我去和你娘住吧，如果你娘願意的話。」說實話，她不想跟張林氏住，她寧願住在柴房裡，但張鐵山卻擺明了不讓她再睡柴房，所以只能這麼做了。

張鐵山卻搖頭。「不用。這樣吧，我讓青山來我房裡，他的房間空出來給妳和書林住，把房裡的床單、被子全部換掉。」

李何華見他態度堅決，只好點頭答應。

張鐵山叫來張青山，跟他說換房間的事。張青山看了李何華一眼，裡面包含諸多情緒，卻沒說什麼，乖乖按照張鐵山的話做了。

李何華便將帶來的東西，全部放到張青山現在住的房裡。

安頓好後，李何華進了廚房。既然張鐵山想吃她做的東西，而她也想報答他，就只有儘量讓他吃好、喝好了。

張鐵山剛醒來，不宜立刻吃有油水的東西，該先吃清淡的，李何華便做了小米粥。考慮到其他人光喝粥吃不飽，李何華在熬粥時還順手和了麵，做了些醬香餅，正好可以配著粥吃。

晚飯做好，李何華沒有開口叫其他人，只用一個盛湯的大瓷盆盛了一盆粥，再裝了一盤醬香餅，端到張鐵山的房裡，這是張鐵山和書林兩人的晚餐。

張林氏也在房間裡，正坐在床邊問張鐵山的傷口怎麼樣，看見李何華進來，原本和藹的表情便收了起來，臉色有點沈，倒沒有說什麼。

李何華也沒有跟她打招呼，只是道：「晚飯做好了，我做了粥和醬香餅，張鐵山你剛醒，現在只能喝粥。」
張鐵山笑著點頭，看李何華端著東西走過來，伸手就要接。
張林氏趕忙阻止。「哎哎哎，你別動，你怎麼能動呢！」
看張鐵山那生怕李何華端不穩的樣子，張林氏內心十分不滿，但為了兒子，還是搬來一張凳子，方便李何華放下手裡的東西。
李何華見張林氏在此，並不需要她照顧張鐵山，便朝書林招招手。書林立刻爬到床邊，朝李何華張開雙手求抱抱。
李何華將他抱進懷裡，坐在床邊的小板凳上餵他吃飯。
張鐵山看李何華舀了一碗粥，一勺一勺地餵書林，眼裡閃過一絲失望。真希望她此刻餵的是自己。
張林氏沒注意到張鐵山的眼神，逕自盛了一碗粥，舀起一勺吹了吹，送到張鐵山嘴邊。「來，喝粥。」
這麼大的人了還被老娘餵飯，張鐵山無法接受，伸手要去接碗。「娘，我不用人餵，我自己來。」
張林氏卻板起臉色。「什麼你來，你傷得這麼重，不能動，我來餵你，你小時候不也是我餵大的？」
張鐵山有點無奈，看向李何華，卻看見她嘴角的偷笑，便也跟著笑了起來，不再反抗地張嘴喝下粥。

等喝完一碗粥後，張鐵山便搖頭不吃了。

張林氏道：「鐵山，你才喝一碗粥，太少了，再吃一點吧！」張鐵山平時都是三碗飯的飯量。

張鐵山搖搖頭。「娘，我真不吃了，您去廚房吃飯吧，不然一會兒都該涼了。」

見張鐵山真的不吃了，張林氏才放下碗，起身出去吃飯。出屋時看了李何華一眼，想說什麼，但最後又沒說。

張林氏離開後，張鐵山便將視線投向李何華，看她一勺一勺地餵書林，眼神溫柔。

等到書林吃飽，李何華打算收拾碗筷，張鐵山卻突然開口了。「糕糕，我還想吃。」

「你剛剛不是吃飽了？」

張鐵山很無辜。「剛剛覺得飽了，但現在又想吃了。」說著，將視線移到還剩下不少粥的瓷盆裡，意思不言而喻。

李何華磨牙。這人絕對是故意的。

李何華又盛了碗粥，伸手遞給他。「再吃一碗吧！不能吃多了。」

張鐵山卻不接。「我身上疼，胳膊抬不起來，妳餵我吧！」

明明之前張林氏餵的時候，他打算自己來，現在輪到自己，卻說胳膊抬不起來。他這是連遮掩都不打算遮掩了，就這麼明目張膽！

李何華氣結，可又拿他沒辦法，只好將書林放回床上，自己則坐在床邊，用勺子舀了一勺粥，遞到他的嘴邊。

張鐵山眼裡滿是笑意，張嘴喝下的時候眼睛還在盯著她，喝完後舔舔唇，好像在喝什麼瓊漿玉液般，莫名讓人臉頰發熱。

李何華被他露骨的眼神看得臉上越來越熱，不由暗自後悔。早知道她昨晚就不要說那些話了，現在好了，被這人逮到，變得這麼肆無忌憚。以前好歹還挺君子的，只在行動上幫她，可現在已經沒了含蓄，無時無刻都像要把她吞下去似的。

這男人，怎麼突然就變了呢？

最後，她實在禁不住張鐵山的眼神，便以睏了為由，吃完飯後便帶著書林回房睡覺。

接下來的事情她不管了，她相信張林氏一定會接手。畢竟她要是再去，張鐵山肯定又會提出各種要求，想想就不好意思，所以她才不去。

不過，李何華還是低估了張鐵山，她不去，他自然有辦法讓她去。

李何華正打算帶著書林熄蠟燭睡覺，房門就被敲響了，她打開門一看，竟是張林氏。

李何華不動聲色地問：「有事嗎？」

張林氏只瞥了李何華一眼，便將視線移到在床上睜著眼睛看她們的書林身上，這才有了點笑意。「鐵山想書林陪著他，我來接書林過去，今晚讓他們父子倆一起睡。」

李何華有些訝異。張鐵山不是和張青山一起睡嗎？再加上書林睡不下吧？

不過她沒有問。既然張鐵山想帶著書林一起睡，那就讓書林去睡一晚吧！遂點點頭。

「稍等一下，我去叫書林。」

李何華走回床邊，將書林從被窩裡挖出來，抱坐在腿上，對他道：「書林，爹爹今晚想跟書林一起睡，書林去陪陪爹爹，好不好？」

書林先是呆愣了兩秒，繼而小眉頭微不可察地皺了起來，眼裡又是樂意、又是不樂意。對於陪伴生病的爹爹，他是願意的，但他又不想離開娘，想跟娘一起睡。

書林的小手揪著李何華的衣服，臉埋在她的懷裡眷戀地蹭。

李何華知道小傢伙捨不得她，拍拍他的背，輕哄道：「好啦，別捨不得娘，就一個晚上而已。爹爹生病了，身上痛，看見書林就不痛了，所以書林今晚陪陪爹爹，好不好？」

書林想了想，拉起李何華的手，指著外面，示意她跟他一起去。

李何華刮刮他的鼻子。「不行，爹爹的床太小了，只能睡得下你和爹爹，娘去了沒地方睡，所以書林一個人過去。」

書林噘起小嘴，不高興了片刻，終於點頭。

李何華獎勵般地在他的額頭上親了一口。「我們書林真乖！快去吧！明早起來就能見到娘了。」一說完抱起他朝門口走去，將他交給張林氏。

第四十一章　答應

等書林進了張鐵山的房間，李何華才將房門關上，躺到床上，嘆了口氣。

她真的沒想到還會再回來這裡，當初從這裡離開時，她以為以後都不會跟張家的其他人有任何聯繫，誰想到現在的聯繫會那麼深？

張鐵山現在的樣子，真的讓她有點無所適從，他眼神中那種深深的占有慾，壓根兒沒打算遮掩。

她承認，她對張鐵山不是沒感覺，從第一眼見到他，她就被他的外貌和男人味吸引，但那時只是單純欣賞。

後來，張鐵山看出她的真實身分，一次次幫她，一次次對她好，一次次不放棄，讓她冰凍的心悄悄融化。她不是聖人，也不是鐵石心腸，她只是個平凡的女孩，她做不到無動於衷。

現在，在他全然地付出之後，她到底該怎麼做？她還能硬起心腸再次把他推開嗎？

李何華摀著眼睛，心很亂。

這時，門口又響起了一陣敲門聲，將李何華的思緒打斷。

敲門聲很輕，一下又一下，一共敲了三下便不敲了。李何華還以為是自己聽錯，結果一會兒後又響起了。

這敲門聲不像是張林氏敲的，而張青山也不會在這個時候來敲她的門，但更不可能會是張鐵山，畢竟他還不能動呢！那會是誰？

李何華疑惑，一邊起床一邊問：「誰啊？」

門外沒有回答，又響起了三下敲門聲。

李何華打開門，視線移到下面，就看見一個小豆丁正眨巴著眼睛看著她，不是書林是誰？

李何華驚訝。「書林，你不是跟爹爹去睡覺了嗎？不會是反悔了吧？」

書林搖搖頭，小手抓住李何華的上衣下襬，將她往外拉。

「怎麼了，書林？你要帶娘去哪兒？」

小傢伙小手指指著門外，另一隻手依然拉著她往外走。

李何華只好順著他的力道走，然後便被拉到張鐵山的房裡。房裡沒有張青山的蹤影，只有床上的男人正含笑看著她，眉目溫柔。

「……」敢情連兒子都會利用了？

書林將李何華拉到床邊，先爬上床，然後用烏溜溜的大眼睛看著她，拍拍床沿，示意她坐。

李何華坐下來，捏捏他的小鼻子。「你個小壞蛋！」

書林眨眨眼，一骨碌地爬進她的懷裡。

李何華一邊拍著書林的背，一邊問張鐵山。「這麼晚了，你叫書林找我來有事嗎？」

張鐵山一點也沒有心虛，笑著道：「吃過晚飯就沒看見妳的人，想見見妳。」其實他是跟書林說，娘一個人睡會害怕，讓他去把娘叫來，然後小傢伙就屁顛屁顛地去叫人了。

這人……李何華只覺得熱氣又不受控制地湧上臉，幸好此刻是晚上，燈光暗，不然早就被看出自己的大紅臉。

她氣得瞪他。「你這人……要是不好好說話，我就走了。」

張鐵山眼疾手快地抓住李何華的手不讓她走，卻因為動作過快扯到傷口，痛得臉皺了起來，但抓著的手卻死死不放。

李何華一下子不敢動了，趕忙問道：「你怎麼樣？傷口沒裂開吧？」

張鐵山搖搖頭。「嘶——沒事、沒事，妳別走就行了。」

李何華現在簡直拿這人沒辦法。「你這人……」

張鐵山看著她無可奈何的樣子，儘管疼，嘴角卻隱含笑意，手指微動，由握變成與她十指相扣，看著她的眼睛，認真地道：「糕糕，妳以後別再逃避我了好不好？我會對妳很好很好，妳的一切顧慮都不是問題，我向妳保證，問題我都會解決，絕對不會讓妳受委屈。」

李何華低下頭不說話。

張鐵山摸摸她的頭髮。「糕糕，妳不是對我全無感覺的，對不對？既然這樣，為什麼不能試著接受我？退一步說，如果我真的讓妳失望了，妳再離開我便是，沒必要因為不確定的事拒我於千里之外。我認識的糕糕，並不是這麼膽小。」

李何華低垂的眼睛微眨，心裡泛起了漣漪，她忍不住順著張鐵山的話審視自己。她此刻這樣很膽小嗎？

好像的確挺膽小的，因為揹了原主的黑鍋，擔心張林氏對她的態度，便將張鐵山徹底推離，不願意給他一點機會，不論他對她有多好，不論她對他是否也有感覺。

這樣的退縮真的是對的嗎？

就像張鐵山說的，如果他做不到他所說的、最後讓她失望了，再分開就是，反正她也不在意棄婦的名聲。

那她一直糾結什麼呢？她什麼時候變得這麼彆扭了？

李何華慢慢抬起頭，看向張鐵山，第一次嘗試打開自己的心防。「張鐵山，如果你做不到自己所說的，讓我不開心了，那便放手，對嗎？」

張鐵山呆愣了一瞬，眼裡突然發出光芒，激動地咽了下口水，扣著李何華的手緊得甚至有點發疼。「妳放心，我永遠不會給妳放手的機會；如果真的有一天讓妳不開心了，我自己走。」

這話消除了李何華心裡最後的一絲顧慮，心在此刻徹底放鬆下來，繼而一絲喜悅升起，惹得她笑了起來。

算了吧！李何華，灑脫一點，勇敢一點，沒什麼大不了的。

「張鐵山，你要說話算數。」

張鐵山微微睜大眼睛，似驚似喜，臉上的表情有點傻。「糕糕，妳……妳這是答應我了？不是開玩笑的？」

李何華的臉有點熱，不想理他，低頭在懷裡小傢伙的眼皮上親了親。「寶貝快睡，閉上眼睛。」

小傢伙微微咧開小嘴，看起來有點高興，不過還是聽話地閉上眼睛，乖乖睡覺，只不過嘴角還帶著微笑的弧度。

張鐵山笑起來，靜靜地看著母子倆，等到書林睡著了，才扯了扯兩人相握的手。

「幹什麼？」

張鐵山沒說話，只是輕輕一帶，便將李何華往自己懷裡攬來，將人抱了滿懷。「糕糕別動，我抱抱，就抱一會兒。」

或許是他的語氣太迷惑人，李何華便沒有再動。既然都答應他了，抱一下也不算什麼。

張鐵山抱著乖乖待在自己懷裡的人，覺得自己像在作夢，可懷裡的觸感這麼真實，讓他清楚知道，他不是在作夢，他只是美夢成真了。

張鐵山像是抱著一個稀世珍寶，不捨放手。

李何華靠在張鐵山懷裡，鼻腔裡都是他的味道，一股安心感充斥全身。也許勇敢踏出一步沒什麼大不了的，最起碼此刻，她有個堅實的港灣。

靜靜地靠了一會兒，李何華伸出手指，戳了戳張鐵山的胸膛，跟他說起正事。「張鐵山，我真得回去一趟。」

「嗯？」

李何華無奈地抿唇，從他懷裡退出來，看著他道：「我出來得匆忙，什麼都沒來得及跟攤子上的人交代，要是一直不出現，他們該擔心了。還有那些客人，估計都要以為我不做生意了。」

張鐵山的眉頭這才鬆了一點，思考了一下，說道：「這樣吧，我讓羅二明天跟妳一起回去一趟，妳順便去看看酒樓有什麼地方要裝修，把妳的想法跟羅二說，我讓他請裝修師傅把酒樓重新裝修。等到裝修得差不多，我的傷應該也好了，到時候直接開張，我也能幫忙，不至於讓妳一個人忙。」

李何華想了一下。如果簡單裝修一下，再添置些東西的話，差不多要二十來天，的確夠張鐵山養傷了。他好了，到時候她也能放心地繼續做生意。

不過，本來她打算教小青和小紅廚藝，現在怎麼辦呢？

張鐵山知道她的擔憂，便道：「妳看能不能將那兩個孩子帶到這裡來？如果可以，妳就趁這個機會好好教他們。等到酒樓開張，估計也學得差不多了，畢竟兩個人本來就有廚藝基礎。」

李何華眼睛一亮。對啊，這個方法好！本來她是打算做生意時，讓兩人在旁邊看著她做，等到有空的時候再教，但這樣哪比得上整天教呢？現在她空下來，正好可以利用一整天來教他們，學習的速度肯定很快，在酒樓開張前，兩個人應該能上手。

而且在教他們做糕點的期間，還可以讓曹四妹拿去鎮上賣，不耽誤糕點的生意，還可以順便跟客人宣傳開酒樓的事情。

李何華高興地點頭。「那我明天就去辦。」

第二天，李何華起來後，直接進了廚房，取出放在井水裡冰著的豬肉剁碎，加入鹽、醬油和油，醃製一刻鐘，再放進煮好的粥裡，做了一份瘦肉粥。接著又拿出麵粉，麻利地做了一鍋鍋貼，配粥吃正好。

張家整個院子都瀰漫著香氣，香得讓人想流口水。

一大早就被大哥叫去跑腿的張青山帶著羅二進屋時，首先聞到的就是勾人的香味，不由自主地咽了口口水，眼睛直往廚房看。

自從那個女人搬走之後，家裡從來沒這麼香過，不知道今天又做了什麼美食？

想起昨晚的醬香餅，簡直好吃地恨不得吞了舌頭，他從來沒吃過這麼好吃的餅，吃得肚子溜圓還意猶未盡，到現在都在饞。

羅二也聞到了香味，頓時驚訝。「好香啊！這是做什麼菜？」

來。

張青山搖搖頭，來不及說話便快步進了堂屋，正好看見李何華端著粥和鍋貼從廚房出來。

看見他們，李何華笑了笑。「早飯做好了，你們快去吃吧！」說完端著東西走進張鐵山的房間。

張青山迫不及待地進了廚房，邊走邊對羅二道：「羅二哥，你沒吃早飯吧？快跟我去廚房吃好吃的，保准你吃得走不了路。」

羅二看著張青山迫不及待的樣子，也大步跟在後面進了廚房，頓時濃郁的香味撲鼻而來，灶臺上還冒著熱氣的瘦肉粥和鍋貼散發著誘人的氣息，好像在向他們招手。

張青山二話不說拿了兩個碗，麻利地盛了兩碗粥，將一碗遞給羅二後，便埋頭吃了起來。

香軟的瘦肉粥下肚，羅二驚得眼睛都瞪大了。這粥的美味程度超出他的想像，可這就是一碗普通的粥而已，怎麼可以這麼香？

羅二又挾了個鍋貼送入口中，然後便停不下來了，一個接一個。要不是顧及還有人沒吃，兩人真能將一大鍋粥和一大鍋鍋貼全部吃光。

羅二用盡全部的自制力才停下筷子，忍不住回味了下口裡的滋味，咂了咂嘴。

這竟然是李荷花做的？那個女人的廚藝竟然這麼好？

「青山，你嫂……李荷花的廚藝有這麼好？」羅二忍不住問。

張青山舔舔唇，雖然不想誇那個女人，但卻不能說違心的話。「嗯，她做的東西都特別好吃，她現在還在鎮上開了個吃食攤子，聽說生意特別火紅。」

羅二知道那吃食攤子，本來對於李荷花自己開攤子做生意就夠震驚的了，沒想到她的廚藝竟然好到這個地步。他從前只覺得這女人一無是處，看來是他對她還不夠瞭解。

現在這個女人，真的一點都不像他認識的那個李荷花，變化也太大了，難道是被鐵山休了以後，自我反省變好了？

如果是現在的她，鐵山喜歡她也就不足為奇，對於他冒險去打虎掙錢給她開酒樓的行為，他勉強能理解一點。

唉，兄弟現在對這女人掏心掏肺的，希望他不會竹籃打水一場空。

房間裡，李何華讓父子倆靠在一起，她坐在床邊，一手端著碗，一手用勺子舀粥，先給書林餵一口，等到小傢伙張口吃下去，又舀了一勺遞到張鐵山嘴邊。

張鐵山滿眼是笑，跟兒子一樣乖乖地張嘴吃下去。

本來李何華想讓張鐵山自己吃，誰知這人這麼大了不嫌害臊，非說手疼端不住碗，李何華不想在書林面前揭穿他，便順了他的意，讓他享受一回跟兒子一樣的待遇。

書林看爹爹吃完一勺粥，輪到他了，便張開嘴朝李何華示意。

李何華微笑，舀了一勺再次餵到他嘴邊。小傢伙張大嘴吞了下去，吞完後看了眼自家老爹，那眼神彷彿在說：好了，輪到你了。

張鐵山勾起嘴角，下巴點了點李何華手裡的碗。

李何華暗暗瞪了他一眼，舀起一勺粥餵他，等他吃下去後，用筷子挾起一個鍋貼送進他嘴裡，再挾一個送進書林嘴裡。

父子倆吃得歡，眼睛滿足地瞇起。這時李何華才發現，書林其實長得很像張鐵山，一些小表情、小動作簡直一模一樣。

李何華不由想，有張鐵山的底子在，書林長大後肯定也好看，個頭估計也不會矮，畢竟他爹這麼高。

在李何華的餵食下，父子倆吃得肚子溜圓，一齊癱在床上不動彈了。張鐵山慢慢給書林揉肚子，書林舒服地眼睛又瞇了起來。

第四十二章　改觀

看父子倆這麼享受，李何華也放心了，收拾東西就去鎮上，只不過走之前親了小的，卻被大的按著索了吻，嘴唇都麻了。

到了鎮上，李何華先去看酒樓。

酒樓有兩層，空間不算很大，但對李何華來說已經夠了，而且後面還有後院，跟正常人家的院子沒有區別，面積比她現在租的小院大得多，正好可以住，不用再租房子。對於這一點，李何華很滿意。

之前酒樓就是做生意的，營業沒多久，裝修還算新，所以不用大肆裝修，只要簡單裝潢一下就好。李何華前前後後看了好幾遍，心裡對酒樓的佈置大致有了底。

她打算在一樓靠牆處，單獨闢出一個地方做糕點生意，客人們可以直接在酒樓裡買糕點，同時在外面開個窗，從外面看就像一個單獨的糕點鋪子，客人在外面就可以直接看到林林總總的糕點，也可以直接在外面買。

一樓除去糕點區域，剩下的就做小吃生意。跟之前擺攤一樣，不過桌子可以多擺一點，且每張桌子上要安個木牌，上面寫上數字，代表每桌的桌號，方便對號上菜。

樓上就用來做炒菜生意。李何華打算將樓上隔成一間間包廂，營造良好的用餐服務環境。當然，樓上的消費不同於樓下，樓上打算走高檔路線，每天限量五桌客人，菜的價格自然也不低，但她相信，她做的菜的味道值這個價。

李何華將心裡的打算全部說了出來，對於要更動的地方，也都仔細跟羅二說了一遍，把羅二聽得一愣一愣的，不過還是認真地記了下來，並保證回去後就去找相熟的師傅來裝修。

李何華很感激羅二的幫忙，便道：「羅二哥，這段時間辛苦你了，現在張鐵山不方便，等他好了，我和他請你吃頓飯表達我們的謝意。」

對於她的客氣，羅二還真是不習慣。真不敢相信，以前那個蠻不講理的潑婦，現在竟然這麼有禮，而且腦子裡有許多一般人想不到的想法，比一般男人還能幹。

怪不得能把自己兄弟迷成這樣。

談好酒樓的裝修後，李何華又去找謝嫂子等人，讓他們不要擔心。接著又去了小青、小紅兩人現在的住處，問他們願不願意跟她回村裡？結果兩人想也不想，收拾東西跟著她回去了。

到家時剛好是午飯時間，張家的廚房冒出了白煙，應該是張林氏在做飯。

李何華帶著小青、小紅將買來的東西全部搬進廚房，張林氏看到這麼多東西，想起什麼，眼裡閃過氣憤，唇緊緊地抿著，鍋鏟碰撞鐵鍋的聲音格外刺耳。

小紅和小青緊張地看向李何華。

李何華安撫地對兩人笑笑，示意他們沒事，然後對張林氏道：「這是我收的兩個徒弟，接下來這段時間都要住在家裡，麻煩您了。」要帶兩個陌生人回來住，於情於理都要告訴張林氏一聲，不能悶不吭聲就讓人家住下來。

張林氏看都沒看她，也沒打算理她，只是手裡的鍋鏟揮舞得更用力了。

李何華覺得張林氏今天心情很不好，原因十有八九是因為她，就是不知道為什麼？難道是因為她帶了兩個人回來，所以格外不高興？

李何華想不通，便帶著小青、小紅進了張鐵山的房間。

父子倆看見她回來了，眼睛都亮了，表情簡直一模一樣。

書林立刻從床上爬起來，朝李何華伸手討抱。

李何華上前將小傢伙抱進懷裡，親了親他的小臉蛋，接著看向張鐵山，他正在對她笑。

「回來了？」

李何華不由自主想起早上的吻，耳根子有點熱，裝作沒事般將身後的小青、小紅拉過來。

「這就是小青和小紅，我的兩個徒弟。」又對兩人道：「你們跟大河和小遠一樣，叫他鐵山叔就行。」

兩個人聽話地叫人。

張鐵山摸了摸鼻子，對於自己年紀輕輕就要被這麼大的孩子叫叔，真的挺無奈的。可誰叫他家糕糕在外面輩分高，他的輩分也跟著水漲船高了。

「糕糕，我上午讓青山將柴房收拾出來了，裡面放了一張床，現在能當房間用了，妳安排他們住進去吧！」張鐵山道。

李何華沒想到張鐵山想得這麼周到，將她心裡的顧慮徹底解決了。

她將小青和小紅帶到柴房，裡面果然變了樣子，像一個房間了，正好可以讓小青住，小紅就跟她一起住。

李何華忍不住跑回張鐵山的房間，對他道謝。「謝謝你啊！張鐵山。」

張鐵山伸手點了點她的鼻子。「別對我說謝謝，要謝的話，可以來點實在的。」

李何華輕咳了一聲，為了轉移他的注意力，轉身將自己買來的布拿給張鐵山看。「給你買了布料，可以做身衣服，還給你娘和你弟弟也買了。」

張鐵山眼裡閃過笑意，沒看那些布，而是道：「這個不行。」說完，一隻大手將書林的眼睛覆住，趁李何華沒注意，將她的頭拉下來，在她唇上偷了一個吻。

書林的眼前重新亮了起來，不解地看著兩人。爹為什麼摀他眼睛？而娘的臉為什麼那麼紅，還瞪著爹？

李何華看著書林天真無邪的臉，臉冒熱氣，在張鐵山的手背上狠狠捏了一下，這才轉身出去。

上午，李何華主要教小青做小吃，做出來的吃食正好可以當作午飯；等到下午再教小紅做糕點，做出來的糕點第二天便交給曹四妹去賣。

就在李何華在廚房忙碌時，張鐵山靠在床上，跟張青山說話。

他將李何華買來的布料遞給張青山。「青山，這是你嫂子給你和娘買的布料，你等會兒拿到娘的房間裡，等娘有空了做幾身衣裳。」

張青山看著面前的布料，非常驚訝，以至於沒有去糾結「嫂子」的稱呼。

他沒想到那女人竟然給他買布做衣裳。這布料可是細棉布，農家人哪捨得買細棉布做衣裳？他長這麼大，一件細棉布的衣裳都沒有，就算有錢也不會買。

在他看來，細棉布可是矜貴的東西，沒想到那女人竟然幫他和娘都買了，這也太大方了吧？

張青山覺得自己越發看不懂那個女人了，現在的她怎麼完全不像他認識的李荷花呢？李荷花不搶他東西就算好了，怎麼會捨得買這麼好的東西給他們？

張青山納悶地問：「哥，她為啥給我和娘買這個？她有什麼目的嗎？她是不是想討好你，讓你再娶她？」

張鐵山輕輕搖搖頭，拍拍自己的床沿。「青山，過來坐。」

張青山不知道他哥要幹什麼，但還是乖乖地坐了過去。對於自己的大哥，他是無比崇拜的，很聽他的話。

張鐵山道：「青山，你覺得你嫂子和以前比起來有變化嗎？」

張青山疑惑地看向他哥，不明白他哥為什麼問這個？但在他哥詢問的目光下，還是老實回答。「她變化好大，簡直像變了一個人。」

她的確變化很大，不僅變瘦，也變好看了，而且脾氣很溫柔，原來的潑辣不講理都消失了；加上廚藝一流，現在她做的東西，好吃得讓人欲罷不能。

對了，現在她對書林也特別好，簡直把書林當成了心肝寶貝。

就是不知道他看到的是不是真的？

張鐵山點點頭，眼裡有了笑意。「的確，你嫂子現在變化很大，不光脾氣變了，而且也很能幹，她做的東西特別好吃，自己在鎮上做生意，生意很好，每天賺的錢比我們家一個月的開銷都多。」

張青山不禁驚訝。每天賺的錢比他們家一個月的開銷都多？這得賺多少啊？

張鐵山繼續道：「你嫂子現在這麼好，比你哥能幹多了，她賺的錢也比我多，你說，她幹麼還要故意來討好我們讓我娶她？現在想要娶她的人一大把，她能嫁給比我條件好的，你想想是不是？」

張青山想了想，發現的確是這樣，她不需要討好他們，更不需要巴著他哥娶她。

那她為何給他們做飯，還給他們買布？

張鐵山看弟弟想明白了，才繼續自己的話。「青山，哥跟你說實話，對於以前的事情，你嫂子知道錯了，她很後悔，覺得那時是鬼迷了心竅，現在她清醒了，就完全變了。現在的她很好，不是裝出來的，你也發現她現在變了很多，對吧？」

張青山愣愣地點頭。

「青山，哥現在很喜歡你嫂子，你姪子也離不開她，所以哥想再次娶她回來，但是她因為以前的事情，不太想搭理哥，哥現在是想盡辦法想娶她，所以，你和娘的態度很重要。」張鐵山拍拍張青山的肩膀，認真地請求道：「青山，能不能為了哥，拋棄以前對她的不滿，重新去認識你嫂子？你只要拋開成見，好好觀察，就會發現她現在真的很好。為了哥，也為了你姪子，可以做到嗎？」

他無法將李何華換了靈魂的事情說出來。這世上不是每個人都能接受的，他不能拿她的安全冒險，所以他只能說她知道錯了，下定決心改正。雖然還是要她揹這個黑鍋，有點委屈她，但也沒別的辦法。

青山是他帶著長大的，他知道他其實是個很善良的人，之前對糕糕這麼排斥，是因為真正的李荷花的確惹人厭惡；但只要讓青山看見她現在的好，讓青山知道他現在對她的心意，青山會願意為了他和書林，重新審視她、接納她的。

他相信他的弟弟。

青山比他娘好說服，所以他打算先說服青山，只要青山重新接納她，他娘的心態就會改變。

他娘是個沒有主見的人，喜歡隨大流，簡單來說，就是不會自己堅持某件事情，會隨著周圍人的改變而改變。只要家裡的人都喜歡李何華，那他娘絕對不會一個人堅持太久，最後會慢慢發現她的好，然後慢慢改變態度。

這也是為什麼他敢跟李何華打包票說他會解決的原因，因為他太瞭解他娘和弟弟，早就想好了辦法。

果然，張鐵山說完這番話後，張青山陷入了沈思。

經過這幾天的相處，他看得出來她現在變得很溫柔、勤勞，而且對書林特別寶貝，書林也很依賴她，一刻都捨不得跟她分開，看得他這個二叔都嫉妒。

他不傻，他知道她對書林的好絕對不是裝的，不然書林不會那麼喜歡她；更何況，她現在那麼有錢，也不需要裝給他們看。

如果像他哥說的，書林離不開她，他哥也喜歡上她，想娶她回來，他再繼續討厭她的話，她就不會嫁給他哥，他哥會難過，書林也會受不了；且她畢竟是書林的親生母親，要是他哥娶了別人，後娘哪裡能真正對書林好？

這樣的情況下，他能自私地不給她一個機會嗎？好像不能。

張青山在腦子裡想了很多，最後看著他哥和他姪子，點了點頭。「知道了，哥，我願意拋開之前的成見。如果她現在真的變好了，我就大人不計小人過，原諒她以前的錯，重新接受這個嫂子。」

張鐵山如釋重負地笑了，揉了揉弟弟的頭。「好，大哥謝謝你。」

張青山被謝得不好意思，臉紅了紅，拿起布疋道：「好了，不說了，我出去幹活了。」說完便出了房門。

一出房門，立刻就聞到一股誘人的香味，像是肉的味道，肯定是從廚房傳出來的。

張青山吸了吸鼻子，眼睛不由自主飄向廚房的方向，忘了自己本來要做什麼。

真的好香啊！又做了什麼好吃的？

這時，李何華端著碗筷從廚房出來，看見張青山，笑了笑。「快收拾一下，準備吃午飯了。今天中午吃滷肉飯，青山你去叫一下你娘。」

張青山被李何華溫柔的笑閃了一下，突然感覺不太自在，低低「哦」了一聲，抱著布疋進了張林氏的房間。

李何華難得得到他的回應，有點驚訝，繼而笑了，將手裡的碗筷放在桌上，又將做好的幾大碗滷肉飯端出來，吩咐小青、小紅等人齊了就能吃飯後，便返回廚房盛了一大碗雞湯，端進房裡，裡面一大一小兩個男人正嗷嗷待哺。

果然，兩人看見李何華進來，眼睛一下就定在她身上，讓李何華哭笑不得。

李何華坐到床邊，用勺子舀了一勺湯，對父子倆道：「來，先喝點雞湯，等會兒咱們吃滷肉飯。」

小傢伙最是乖覺，立刻張開嘴喝湯，樂滋滋的。

見兒子喝完，張鐵山才張嘴喝下一勺。父子倆現在有默契得很，一人一勺輪流來，十分公平。

不一會兒，兩人就把一大碗湯全喝完了，李何華端著空碗回廚房，去端兩人的滷肉飯。堂屋裡，張青山、張林氏、小青和小紅正在吃飯，四個人沒有說話，全都低頭苦吃，腮幫子鼓鼓的。

張青山從來沒吃過這麼好吃的飯，滷肉鮮美可口，入口即化，加上香軟的白米，簡直好吃到爆，一口下去便迫不及待地吃下一口，停不下來。

他長這麼大，就這幾天吃的東西最好，簡直是作夢一般的生活。此時，他正好看見從房間裡出來的李何華，第一次覺得，她現在的確很好，擁有這樣好的廚藝，生意那麼好，還肯放棄那麼多的錢不賺，到他們家照顧他哥，還給他們做好吃的，真的……挺不錯的……

張青山下意識看向他娘，就見他娘和他一樣，挖了滿滿一大勺飯送進嘴裡，享受般地咀嚼著，眼裡閃過愉悅之色。

他娘也很喜歡吃她做的東西呢！

可他娘現在還是很不喜歡她，他要不要勸勸？

張青山自己都沒發現，在他哥的勸說下，加上美食的誘惑，他的心態已經漸漸發生了改變。

第四十三章 書林說話

下午，李何華開始教小紅做糕點，廚房裡再次瀰漫著香味。

李何華將每樣糕點都挾了一塊放進盤子裡端去堂屋。堂屋裡，張青山正拿著編籃子的竹篾，一邊編，一邊時不時往廚房看一眼，只覺得饞蟲都快鑽到腦子裡了；但一看見李何華從廚房裡出來，立刻收回視線，裝作認真編籃子的樣子。

李何華差點噴笑，不過半大小子的面子可是很重要的，她要是笑出來那就完了。

她裝作一本正經的樣子，將一盤糕點端到桌子上，對他道：「青山，我做了些糕點，你幫我嚐嚐，要是有不好吃的地方，我及時改進，這樣生意會好很多。」

張青山眼神閃了閃，控制眼睛往糕點上瞟的慾望，看著自己手上的竹篾，裝作不在意地「哦」了一聲。

李何華眼裡滿是笑意，趕快轉身離去。

見李何華離開，張青山立刻將視線黏到桌子上的糕點，看著各式各樣散發著甜香的糕點，眼神都快直了。

不用吃就知道很好吃！

再怎麼說，張青山也只是個十三歲的小少年，自然喜歡吃這種甜甜的東西，現在一下子看到這麼多五花八門的糕點擺在自己面前，心都快要高興飛了。

怕被人看見，他往廚房的方向瞅了一眼，確定沒人，立刻閃電般地伸手拿了一塊塞進嘴裡。下一刻，一股香甜在口腔蔓延，整個人都被甜蜜包圍，一口還沒吃完，下一口就已經迫不及待地塞進嘴裡。

李何華在廚房門後看見這一幕，不由會心一笑。其實張青山就是個半大孩子，心性還有屬於孩子的可愛，之前會厭惡她，不過是厭惡原來的李荷花，她其實並沒有好好地跟他相處過，所以關係才這麼差。現在看來，他還是很好相處的，只要對他真心實意，他就會慢慢感受到她的好。

李何華又端了一盤糕點走進張鐵山的房間，看見她進來，張鐵山勾起嘴角，朝她伸出手。

李何華走過去，將手放到他的手心裡，張鐵山立刻握住，粗糙的大拇指輕輕摩挲著她的手背。

「累不累？要不要睡一會兒？」

李何華搖搖頭。「不累，只是教小青、小紅做，我沒做什麼事。」現在比之前出攤做生意輕鬆多了。

張鐵山輕吻了下她的手背。「以後睡一會兒午覺再忙，多休息。」這女人，就是不知道對自己好一點，非得把自己忙成這樣，這幾天不用忙著做生意，她還是瘦了。

他真的不明白，她怎麼瘦得這麼厲害，臉都快沒有他的巴掌大了。以前他覺得胖不好看，現在他卻看不得她瘦，自己的女人瘦，說明是自己沒本事。

張鐵山摸了摸李何華已經沒什麼肉的臉蛋，眉頭微皺。「以後不光要多睡，還要多吃點，妳現在吃得太少了，瞧妳現在瘦的。」

李何華無語。她哪裡有他說得這麼誇張，比起村裡那些勞苦的瘦女人，她還能再瘦一點。

李何華拍下張鐵山的手，嗔道：「我哪有那麼瘦，你知道我以前幾公斤嗎？」自從跟張鐵山確定關係後，她便不忌諱在他面前說以前的事，她想讓他更瞭解她。

張鐵山聞言，眼裡閃過一道光，猶豫了一下，還是問出口。「能跟我說說妳以前的事嗎？」其實對於她的一切，他都迫切地想知道，可卻不敢問，怕她不想說。

李何華想起以前，剛來時的那種疼痛已經沒那麼強烈了，雖然思念不減，可卻已經沒有深深的孤寂與難過。大概是因為在這裡，她終於不再是一個人，她有了她愛的和愛她的人，他們都陪在她的身邊。

李何華對張鐵山說起現代的一些事情。「我住的地方和這裡完全不一樣，在那裡，大家的生活都很好，有很多娛樂方式，女人和男人一樣接受教育、外出工作，女人可以當老師、大夫，也能做生意。而且，那裡只能一夫一妻，不可以和很多女人或很多男人在一起，還有……」

張鐵山靜靜地聽著，內心泛起了波瀾。對於那個世界，他努力想像，可卻想像不出來，但是他知道，那一定是一個很好很好的世界，不然不會讓她如此優秀迷人。

看出李何華眼裡的思念與憂傷，張鐵山抱著她輕拍。「好了，不難過，雖然妳回不去，但以後有書林，還有我，我們是一家人，一直在一起。」

李何華吸吸鼻子，在他懷裡點點頭。的確，她回不去了，她只能留在這裡，但幸運的是，她在這裡也有了牽掛的人。

李何華拈起一塊糕點，塞進張鐵山嘴裡。「剛剛做的，嚐嚐。」

張鐵山吃下，笑著捏捏李何華的臉頰，誇讚道：「糕糕，很好吃。」

李何華抿嘴笑了。雖然大家都說好吃，可是他說好吃，她便格外高興。

書林看爹誇娘了，娘那麼高興，覺得自己不能落後，便也要學他爹的樣子誇讚一下。於是，他湊到李何華跟前，伸出小手，也跟著捏了捏李何華的臉頰，張張嘴，卻沒發出聲音。

李何華和張鐵山彼此對視了一眼。剛剛小傢伙是想開口說話的。

書林長這麼大從來沒有說過話，李何華原以為是小傢伙不願意開口，後來才知道，小傢伙壓根兒就沒學過說話。在其他孩子學說話的年紀，他卻被自己的娘虐待，從不知道要去學，也沒人教他。漸漸地，他封閉自己，沒有再學過說話，他自己也不願意開口。

這還是第一次，書林主動想張嘴說話。

李何華眼眶不由紅了。她之前一直沒有勉強小傢伙，就是想等小傢伙的狀況變好了再教他，沒想到這一天來得這麼快，他竟然主動想說話了。

張鐵山見狀，輕輕將李何華和書林都攬到自己的懷裡，他拍拍李何華的背。「別難過，書林現在不是好了嗎？妳看，他還想學我一樣誇妳呢！他這麼小，我們現在重新教他，他很快就會了。」

李何華揉揉眼睛，「嗯」了一聲。「我們從現在起就教他說話吧！書林這麼聰明，很快就能學會的。」

她看向正眨巴著大眼睛看他們的小傢伙，忍不住激動地俯身給他一個親親。

她的寶貝一定會越來越好。

小傢伙小嘴一咧，接著像是突然想起什麼，伸手拉了拉李何華的手，再指指他爹的臉頰，無聲地示意她也親他爹一口。

李何華愣住了。

「哈哈！」張鐵山笑出聲來，讚賞地拍拍小傢伙的頭。兒子真棒，教了他一遍就記住了。

李何華氣結。「張鐵山，你跟他說什麼了？他怎麼會……」

張鐵山右手握拳，在嘴邊輕咳一聲。「嗯……沒什麼，我就是教他有什麼高興的事，不要忘了爹。」比如娘親親的時候，也要提醒娘不要忘了親爹爹。

「……」這個臭不要臉的！

她不理張鐵山，拈了一塊糕點餵書林，小傢伙立刻忘了親親的事，樂滋滋地吃了起來。

李何華見狀，便道：「書林，娘想和你玩遊戲，你做得好的話，糕點就全部給你，一塊都不給爹爹，好嗎？」

小傢伙立刻堅定地點頭。

李何華揶揄地看向張鐵山，張鐵山拿手指點點她，眼裡卻滿是寵溺。

李何華覺得要教書林說話，首先要教他的便是勇敢地發出聲音。書林的聲帶沒有任何問題，他完全可以說話，只是習慣了不說而已，唯一一次發聲還是上次張鐵山昏迷時發出的哭叫，可是自從那次過後，他再也沒有發出過聲音。

李何華將書林抱坐在小板凳上，她坐在他的對面，像老師和學生一樣。

「書林，娘現在要和你玩遊戲，你學娘，娘怎麼做你就怎麼做好不好？」

小傢伙點點頭，乖乖地坐著，小手放在腿上，腰背挺直，一副認真聽講的模樣，和書院裡的表現一模一樣。

李何華先張開自己的嘴，示意書林跟著學。

小傢伙眨巴了下眼睛，學著她的樣子張開嘴，露出裡面的小米牙。

李何華首先發出一聲最原始的聲音。「啊——」

小傢伙歪歪頭，嘴巴動了動，哈出一口氣，卻沒發出聲音，見自己跟娘不一樣，小眉頭蹙了起來。

李何華拍拍他的肩膀。「剛剛沒有成功，咱們再來一次，看娘發出的聲音，啊——」

小傢伙兩隻小手扭了扭，再來一次，張開嘴又哈了口氣，依然沒發出聲音。

李何華親了他一口。「咱們一起來，娘喊一聲，你喊一聲，一人一聲好不好？」

小傢伙點點頭，張嘴無聲地哈了一聲，李何華一點都不急，笑得眼睛都瞇了起來，自然地接在他後面「啊」一聲，然後眼神示意他，輪到他了。

小傢伙看娘好像很喜歡這樣玩，漸漸沒了緊張感，把這當作一個好玩的遊戲，張嘴再次哈了一聲。

就這樣，母子倆一次接一次，雖然只有李何華一個人的聲音，但兩個人都很投入。

終於，在連續玩了幾次後，一個稚嫩的、小小的「啊」聲終於出現了。

那是書林的聲音。

李何華的心猛地一跳，不動聲色地看了張鐵山一眼，見他同樣的激動，不過兩人都沒有表現出來，還是假裝淡定的樣子。

李何華裝作沒聽見剛剛的聲音，繼續跟著書林後面發出叫聲。

小傢伙自己也沒發現，依然跟著李何華後面叫喊。這次，同樣地發出了稚嫩清脆的「啊」一聲。

接下來，書林像是發現新大陸一般，發出的聲音一次比一次大，大到堂屋裡的張青山都聽見了。

張青山很震驚，放下手裡的東西，走到房門口往裡看，就見一大一小對坐，一人發出一聲喊叫，書林的聲音清脆又好聽。

張青山激動地眼圈泛紅，除了書林剛出生時，這還是他第一次聽到他主動發出聲音。以前他不是沒有偷偷教過書林說話，可小傢伙怎麼都不肯張嘴，也不理人，幾次過後他便放棄了，沒想到現在他竟能開口說話了。

這是她的功勞，因為她，書林願意說話了。

張青山將視線投向李何華，看她一次次認真地發出叫聲，突然覺得他哥說的沒錯，她現在和以前完全不一樣了，她這樣很好很好呢！

李何華忍不住抱住書林，在他的額頭上親了一口。「書林，你怎麼這麼厲害，娘好愛你！」

小傢伙被誇得小臉紅了，心裡受到了鼓勵，又「啊啊」叫了兩聲。

李何華激動地看向張鐵山。張鐵山眼裡滿是笑意，無聲地表達著激動。

李何華決定打鐵趁熱，對書林道：「書林，剛剛你做得真好，接下來咱們換另一個更好玩的？」

小傢伙興奮地點頭。

李何華張開嘴，發出了一聲。「娘——」

小傢伙有片刻遲疑，在李何華期待的目光下，學著她的樣子，張開嘴，舌頭向上碰上顎，發出了一個聲音。「囊——」
雖然小傢伙的發音不對，但李何華還是很驚喜，因為書林已經能夠發出聲音了。她趕緊又親了他一口。「書林真棒，都會叫娘了，娘太高興了！能不能再叫娘一聲？」說完，又給他示範了一次。
小傢伙試了好多次，終於在最後正確地發出了「娘」的聲音。
第一次，小傢伙叫娘了。
「娘——」小傢伙也發現自己喊對了，小身子激動地往前傾，小手抓住李何華的手，又一次叫了一聲「娘」。
李何華吸吸鼻子，看向張鐵山。「張鐵山，你聽見了吧？書林會喊娘了呢！」
張鐵山點頭，一個大男人，第一次紅了眼睛。
「娘——娘——娘——」
看李何華笑得這麼開心，小傢伙便一迭連聲地叫娘。每叫一聲，李何華便應一聲，整間屋子都是書林喊娘的聲音，聽得外面的張青山眼睛都紅了，就連剛剛從房裡出來的張林氏都沈默地抹著眼睛。
書林會開口說話，對全家來說都是一件高興的事，就連張林氏都難得喜笑顏開，抱著書林一個勁地喊「心肝寶貝」。
不過，書林雖然開口說話了，卻只是喊娘，其他的話還是不愛說。李何華教過，他只說一遍，便不再說了，就連爹也只叫過一次。

李何華心想，這也許是遺傳張鐵山不愛說話的性子，張鐵山除了跟她會多說點話，平時也是能不開口就不開口，做得多、說得少。

父子倆很多地方很相像呢！

第四十四章　吳方氏上門

張鐵山的身體很好，恢復力也強得驚人，剛開始只能臥床不動彈，現在卻可以起來慢慢在外面溜達了；身上的傷口也漸漸癒合，長出新的嫩肉。

書林剛開始天天待在床上，陪著他可憐的父親，現在看他爹能動了，便再也不願意陪著他了，而是像個黏人包，李何華走到哪兒就跟到哪兒。

張鐵山捏捏書林胖嘟嘟的臉蛋。「現在你都不願意陪你爹了是不是？白疼你了！」

書林扭扭頭，掙脫他老爹的大手，抱著李何華的腿將臉埋住。

李何華拍了下張鐵山的手。「去去去，別捏他的臉。」

張鐵山一把抓住她的手，見周圍沒人，迅速在她手背上親了一口，看她瞪他，眼裡帶著笑。

李何華都懶得瞪他了，徑直往家裡走，準備進廚房給他們父子倆做點吃的，結果剛進堂屋，就見堂屋裡除了張林氏，還有找過她麻煩的吳方氏。

吳方氏正和張林氏說話，見李何華進來，眼神立刻變得不屑，對張林氏道：「喲，這不是妳之前的兒媳婦嗎，怎麼在這裡？我記得鐵山不是休——」說到這裡，吳方氏裝作自己說錯話的樣子，趕忙打住話頭，但明眼人都知道她說的是什麼。

張林氏倒沒有跟著附和，主要是她現在很不喜歡吳方氏。之前吳方氏多次想要找她結親，希望把吳梅子嫁給他們家鐵山，她心裡本來是心動的。吳梅子那丫頭雖然臉上留了疤，但是人勤快，幹活是一把好手，看到她也恭恭敬敬的，就連臉上那疤也是為了幫她而傷的，所以要是吳梅子成為她的兒媳婦，她還是願意的。

後來因為張鐵山一直不願意，她才不能點頭答應。

可是誰知道，這次她家鐵山受傷快要死了，一直說想結親的吳方氏連來看一眼都不曾，不就是因為她家鐵山快死了？現在看她家鐵山能下床溜達，這又跑來了。

她算是看清這吳方氏是什麼人了，連帶著對吳梅子也不喜起來。現在吳方氏這麼陰陽怪氣地說李荷花，她一點都不想跟著附和。雖然她也不喜歡李荷花，但人家好歹在她兒子要不行的時候趕來，還照顧她兒子這麼多天，比吳家人好多了。

看張林氏不接話，吳方氏有片刻尷尬，不過很快就重新說道：「唉，老姊姊啊，不是我說，鐵山畢竟和她……她現在住在這裡，難免讓人誤會，到時候鐵山要是再找媳婦，可就成為話柄了。老姊姊，妳可不能不考慮啊！」

張林氏聞言，想起自己兒子的心思，不由氣不順起來，看了眼李何華，哼了一聲。

李荷花簡直要被氣笑了。這老婦人真是夠了，說她的壞話還不避著她，當她好欺負是吧？

李何華將手裡的托盤重重放在桌子上，發出「啪」的一聲，嚇了吳方氏和張林氏一跳。

吳方氏拍拍胸口，怒道：「妳這是什麼態度？這不是妳家吧！一個外人還敢在別人家撒野？」說完，看向張林氏。「老姊姊，妳可要管管啊！她一個下堂妻在妳家摔東西是什麼意思？太不拿妳當回事了！」

張林氏臉色有點不好。

李何華譏笑一聲。「不勞妳操心，我想怎麼樣還輪不到妳來說。我是外人，妳也是外人，妳一個外人在別人家指手畫腳的，臉皮也太厚了，還好意思說別人？」

吳方氏氣得瞪大眼睛，指著李何華，怒道：「妳個小賤人，妳再說一遍！」

李何華無所謂地道：「我就再說一遍怎麼了？妳多管閒事、臉皮厚！」

書林看娘和人吵架了，擔憂地抓緊李何華的褲腿，小聲地喊了一聲娘，只不過被吳方氏的大嗓門蓋住了，李何華沒聽到。

書林看吳方氏的手指都快戳到他娘的臉了，眉頭生氣地皺了起來，鬆開李何華的褲腿，邁著小短腿往外跑，一下子就溜了出去，誰都沒注意到他。

書林看到他爹正站在不遠處的小池塘邊，小拳頭一握，一陣風般地跑過去，還差點摔倒。

張鐵山看見書林跌跌撞撞地向他跑來，神色一凜，顧不得身上的傷不能快走，趕忙上前接住書林。「書林，怎麼了？」

書林大口大口喘著氣，小手指著家的方向。「娘——娘——」

張鐵山臉色沈了下來，趕忙將書林交給趕過來的張青山，大步往家裡走。

張青山也覺得狀況不好，抱起書林跟在後面。

張鐵山一進家門，就聽見吳方氏在罵李何華。

「妳個不要臉的賤婦！都被休了還死乞白賴地賴在人家家裡不走，講出去都要笑掉大牙，人家鐵山都不要妳了，妳還硬扒著不放，簡直沒皮沒臉！」

張鐵山氣得拳頭一握，怒喝一聲。「夠了！」

一聲怒吼，嚇了所有人一跳，吳方氏被嚇得閉了嘴，見是張鐵山，立刻害怕了，吶吶道：「鐵山啊，嬸子聽說你好了，來看看你，順便跟你娘嘮嘮嗑……」

張鐵山臉色黑沈，怒聲道：「我竟不知嘮嗑還要辱罵我的妻子？我們家的事情什麼時候輪到妳插嘴了？」

吳方氏臉色一僵，被張鐵山臉上的怒色嚇得心虛起來，硬撐道：「鐵山啊！她都被你休了，怎麼是你的妻子呢？你說的不對吧？」

張鐵山沈著臉。「是不是我的妻子，難道要嬸子妳來評斷？她就是我的妻子，是這個家的主人！」

吳方氏被這番毫不留情的話說得臉面全無，嘴裡卻無法反駁，只好看向張林氏。「老姊姊，妳不管管？妳可是當家做主的人！」

張林氏動了動嘴，看了眼滿臉怒色的張鐵山，對吳方氏道：「妳回去吧！我們家的事不用妳管。」

吳方氏氣得快要吐血，可知道今天討不了好，一下子站起來，說道：「好好好，好心沒好報，你們不領情就算了，我也不在這裡討人嫌了！」說著怒氣沖沖離去。

經過張鐵山身邊時，張鐵山忽而一腳踢向腳邊的凳子，凳子被甩到牆上，發出一聲巨響，接著又反彈回來，差點砸到吳方氏。

「啊──」吳方氏大叫一聲，嚇得面無人色，一下子便跑得沒影了。

礙事的人走了，屋裡一下子靜了下來，張林氏看張鐵山還沒變好的臉色，有些心虛，坐著不說話。

李何華不想面對這場面，說什麼都不妥當，乾脆不說，從張青山懷裡抱起書林就往廚房去。「書林，走，娘帶你去吃東西。」

書林摟住李何華的脖子，小臉在她臉上蹭了蹭。

堂屋裡其他人看李何華一走，氣氛更加不好了。

張鐵山看向張林氏，沈聲道：「娘，她是您的媳婦，您就這樣任由別人在家裡罵她？」

張林氏吶吶，支支吾吾道：「她是來看你的，總不能趕人家走吧……」見兩個兒子都臉色難看地看著她，吞下接下來的話，嘀咕道：「那……她……她也不是我媳婦啊……」

張鐵山道：「娘，我再說一遍，她是我的妻子，現在是，以後也會是，您可以不喜歡她，但她是我們張家的人，這一點永遠不會變。您要是不承認她，就是不承認我。」說完，張鐵山跟著去了廚房。

張青山坐到張林氏旁邊，抿著唇道：「娘，今天您做得不對，雖然嫂子以前不對，但她現在改了，這段日子您也看到了，她對書林很好，對我們也很好，對大哥更好，就算您心裡還是不舒服，但這段時間我們天天吃人家的、喝人家的，身上還穿著她買的布料做的衣服，您也該在這個時候護著她啊！您這樣不是傷人的心嗎？她要是以後不理大哥了，您讓大哥和書林多傷心。」

經過這段時間的相處，張青山已經過了心裡那一關，決定再給李何華一次機會，重新把她當成嫂子來對待；沒奈何他娘還在氣頭上，對他嫂子還是有不滿。

他知道這樣是不行的，所以決定多勸勸他娘。好在張林氏也不是那蠻不講理的人，心裡知道這段時間李何華為他們做了不少事情，但是一想到她之前被那女人欺負的樣子，心裡那股氣就怎麼也消不掉。所以剛剛她既沒有幫忙欺負李何華，但也沒有轟走吳方氏，此刻被兩個兒子一說，有點心虛，吶吶道：「你們都幫著她說話，我說不過你們，以後幫她還不行嗎！」

張青山這才有了點笑意。他娘雖然說得不好聽，但心裡已經軟化，這就行了。

廚房裡，李何華圍著圍裙在做水果小圓子，看見張鐵山進來，沒說話。

張鐵山走到她身邊，盯著她看了一會兒，輕輕摸了下她的臉。「生氣了？」

李何華轉頭避開他的手，不說話。其實她並不是生氣，她看得出來，張林氏的態度在一步步軟化，今天雖然沒有怎麼幫自己，但相比之前已經好太多了，而且她也沒有立場要求人家一定要維護自己，所以她並沒有生氣，她只是因為逃不開原主的影響而有點煩悶，並不是什麼大事。

張鐵山看她不理他，心裡難受，乾脆將書林抱起來。「書林，娘不開心，爹哄哄娘，你出去玩一會兒好不好？你在這裡爹沒辦法好好哄娘。」

書林本來還要掙扎，結果聽說要哄娘開心，猶豫了，最後還是覺得娘開心最重要，乖乖地被抱出去。

張鐵山將廚房門關上，走到李何華旁邊，二話不說地將她抱起來，走到一邊坐下，將她放到自己腿上。

李何華驚呼一聲，想到他身上還有傷，氣得打了他一下。「你幹什麼？快放我下來！」

張鐵山緊緊摟住她的腰，將她攬在懷裡。「真生我氣了？那妳打我、罵我好了，就是別不理我。」他最怕的就是她不理他，又將他推遠。

李何華被他的語氣弄得心軟，搖搖頭。「沒生你的氣。」

張鐵山勾起她的下巴，看著她的眼睛。「真的？那怎麼不理我？」

李何華摸摸他的臉。「真的沒生氣，沒有不理你，就是跟人吵架了，感覺有點鬱悶而已。」

張鐵山探究地看著李何華，看出她是真的沒有生氣，鬆了口氣，眼裡這才有了笑意，勾著她的下巴道：「我看不出來妳是不是真的不生我的氣了，妳證明一下吧！」

李何華沒反應過來，下意識問道：「怎麼證明？」

張鐵山揚起嘴角。「這樣證明……」

他低下頭，吻上那誘人的唇，在她的唇上反覆輾磨，直把她吻得暈頭轉向，臉色更是紅得滴血，就差不能呼吸，這才被放開。

李何華大口大口喘著氣，內心羞窘，忍不住一拳一拳地捶著他，只不過力道就跟撓癢癢一樣。

張鐵山笑得歡，隨她打，等她打夠了，這才道：「糕糕，我們準備一下，搬去鎮上吧！」

「啊？」李何華顧不得羞澀，訝異地抬頭。「你也要搬去鎮上？」

張鐵山點點頭。「這樣我可以就近照顧妳和書林，遇到什麼事也能第一時間幫妳解決。」以後她開酒樓，事情只會更多，沒有他在身邊保護，怎麼能放心？

而且，村裡也不是多待之地，雖說這次的事情李何華沒有生氣，但張鐵山卻沒有放下。他明白，想要好好和他的糕糕重新開始，就不能待在村裡，村裡的人總喜歡張家長、李家短地說道，這種事阻止不了。

他不想她受委屈。

活。

而且，她的生意在鎮上，不可能拋下生意待在村裡，最好的辦法就是以後都去鎮上生

李何華眨眨眼，有點糾結，也有點為難。

聽張鐵山這話的意思，是想要和她一起住？雖然酒樓是他買下來的，她和他現在也在一起了，但對她來說，他們現在只是戀人，難道這麼快就要像夫妻一樣同居了？她有點接受不了，怎麼辦……

李何華瞅瞅張鐵山，試探著問：「那你娘和你弟弟怎麼辦？你這樣不就照顧不到他們了？」

張鐵山看她小心翼翼又糾結的樣子，眼裡閃過笑意，捏捏她的鼻子。「我娘和青山當然也一起去。」

「啊？」李何華睜大眼睛，難以置信。難道張鐵山現在就想把她和他娘硬湊在一起？她還沒和他成親呢……

張鐵山哪能不知道她在想什麼，無奈地輕嘆一口氣，捏捏她的臉。「想什麼呢？沒有和妳成親，我能這樣做嗎？就這麼不相信我，嗯？」

聽懂張鐵山的意思，李何華有點不好意思。她好像誤會他了，他並沒有要他們一起住的意思。

「糕糕，我說過會解決妳擔心的所有事情，所以就算我和妳成親了，只要我娘對妳的態

度一日沒有轉變，我就不會讓妳們住在同一個屋簷下，妳不需要擔心，都交給我。」

「那你說你娘和弟弟也要一起去鎮上，好好地怎麼……」

張鐵山解釋。「村裡人都知道我和她之前的事情，喜歡說些閒言碎語，妳在這裡住下去，難免會聽到更多的難聽話，我娘也會聽到。我娘這人耳根子軟，如果老是有人在她耳邊說三道四，就更難好好和妳相處了，所以我娘也去鎮上，對大家都好。

「最重要的原因是，青山也不小了，我爹不在了，長兄為父，我要為他的將來考慮，不能讓他一直生活在村裡，以後都為了這一畝三分地面朝黃土背朝天。我打算帶他去鎮上，讓他學手藝，以後在鎮上謀生，不至於不能養家餬口。」

李何華點點頭。伺候一畝三分地，不如學個手藝，張鐵山的打算是對的。

第四十五章　回鎮上

張鐵山輕輕撫摸著李何華的背，將心裡的打算一一說出來。

「青山去鎮上學手藝，我娘一個人在家我也不放心，不如都去鎮上住。我打算在鎮上暫時先租間院子，等到手頭的錢夠了，再買間屋子，以後這屋子就留給青山娶媳婦住，我這個做大哥的就只能為他做到這裡了；至於我……」張鐵山摸了摸李何華的臉。「到時候沒地方住，就得求我媳婦收留我了，行不行，媳婦？」

李何華被他一聲「媳婦」叫得不自在，瞪著他，嗔道：「誰是你媳婦，不要臉！」

張鐵山摟緊她的腰，在她紅通通的臉頰上狠狠親了一口。「妳不是我媳婦，誰是？以後我就無家可歸了，只能求妳收留，給我一點飯吃，到時候為夫任妳差遣，妳要我往東，我絕不往西；妳說打狗，我絕不攆貓，行不行？」

李何華想翻他白眼，可還是忍不住破功笑了出來，伸手扯住他的臉頰往兩邊拉，將他英俊的臉扯成了滑稽的模樣。

張鐵山任由她玩，隨她高興。

李何華玩夠了，才裝作施恩般地道：「好吧！如果你以後表現得好，我就考慮收留你；表現不好，可不要你。」

李何華雖這麼說，但她心裡清楚，張鐵山的錢都拿去為她買酒樓了，手裡應該沒錢，所以才要租房子住；若是沒給她買酒樓，他絕對能在鎮上買一間很大、很好的院子，所以她不可能讓他去租房子，再辛苦攢錢買房子。這錢，她得出。

雖然她現在手上的錢也不夠買院子，但酒樓開張後，賺的錢多了，相信不用多久就能買間院子，到時候就送給張鐵山，算是還他的酒樓錢。

畢竟他們現在不是夫妻，她不能白白要他的錢，更何況他還有弟弟和娘要養。

「張鐵山，你別租房子了，我現在租的小院還沒到期，你們搬進去吧！你們不要放著也是浪費。」等到小院的租金到期後，她也有錢買間院子了，到時候直接給他們住，不需要他們再去租房子。

張鐵山想了想，沒推辭，點頭道：「好，那就這樣，待會兒我就讓我娘收拾東西。」

李何華想起張鐵山之前給她的錢，從懷裡拿出錢袋，遞給張鐵山。「這錢還給你，這是你之前給我買酒樓的，現在你自己收著。」

張鐵山瞅瞅錢袋，搖了搖頭。「給妳的就是妳的，妳收著。」

李何華搖頭。「不行，你都給我買酒樓了，這錢我不能要，你自己拿著。」說著就要把錢袋塞進張鐵山懷裡。

張鐵山卻抓住李何華的手，眼裡帶笑。「糕糕，男人掙錢都是交給媳婦收著，人家媳婦都主動要，妳倒好，我給妳妳還不要，是不是傻？不怕自個兒男人有錢亂花啊？」

李何華又好氣、又好笑，揪著他的耳朵。「我才不是你媳婦呢！誰管你亂花錢啊！」

張鐵山任她擰，眼裡笑意更甚，聲音低沈沙啞。「小嘴都給我吃了，還不是我媳婦，嗯？」

李何華的臉一下紅了，被這男人的不要臉氣到了。這男人平時沈默寡言，私下卻這麼無恥！

「不要臉！」

張鐵山勾起嘴角，臉慢慢往下壓，唇一點點逼近李何華的唇。「既然我都不要臉了，就再嚐嚐我媳婦的小嘴好了。」

李何華嚇得一個勁地往後仰，但她哪是張鐵山的對手，還是被他含住了唇，在唇畔上吮吸輕咬，酥麻的感覺又一次襲上心頭。

咚咚咚——

就在張鐵山撬開她的唇齒，打算深入品嚐時，敲門聲突然響起。

張鐵山進攻的動作一頓，李何華乘機從他腿上滑下來。

張鐵山眼神深深地看著蹦出去老遠的李何華，伸出手。「糕糕，過來。」

李何華瞪他一眼，才不過去。過去不是自找死路嗎？

這時候，敲門聲又響了，伴隨著稚嫩的小嗓音。「娘——娘——」

一聽是書林，李何華趕忙跑過去開門。一打開，門外的小身影就像炮彈般投向她的懷抱，緊緊摟著她的脖頸子，神情委屈極了。

爹爹壞，把他送出去好久好久，都不接他回來。

看這委屈的小模樣，李何華趕忙親親他的額頭，安撫道：「好了、好了，不委屈啊！是娘不好，下次再也不讓書林出去了。」

書林也在李何華的額頭上親了一口，表示不生娘的氣，都怪爹爹。

看著這娘兒倆在他面前「秀恩愛」，張鐵山咬了咬牙，覺得自己的地位差了兒子十萬八千里都不止；要是當初生個女兒就好了，女兒貼心，是爹爹的小棉襖。

想著，張鐵山的視線停在李何華的腹部上。雖然兒子已經生了，無法變成女兒，但還有機會啊！以後一定不生兒子了，生個閨女吧！閨女好……

李何華要是知道張鐵山又不要臉了，絕對會揪他耳朵。

晚上吃飯時，一家人坐在桌上，張林氏表情有點訕訕，幾次想說什麼又說不出口。

張鐵山看在眼裡，直接道：「娘，您這兩天收拾一下，我們搬去鎮上。」

張林氏驚訝地放下筷子。「什麼？搬去鎮上？為啥要搬去鎮上？」

張青山也不解地看向他哥。

張鐵山道：「青山也不小了，總不能一直留在村裡種田吧？我帶他去鎮上學個手藝，以後也能養家餬口。您呢，就跟去照顧他。」

張林氏一聽，覺得很對，趕忙點頭。「是是是，是這個理。種田一年到頭忙，也只能混個肚子飽，咱家田地不多，你弟弟又沒你那本事，還是要學個手藝好。」

說到這裡，張林氏突然想起住處的事，擔憂道：「那咱們去鎮上住哪兒？鎮上哪有房子住？」一套小院可不便宜，哪住得起？

張鐵山面不改色，看了一眼李何華。「糕糕在鎮上租了間房子，房租還沒到期，以後都給我們住，等到期後青山手藝應該也學好了。」

張林氏感到訝異，不由看向李何華，面上的表情有點複雜，有驚訝，有不解；有彆扭，也有感動。

她沒想到李何華願意把一套院子直接送給他們住，就算是租的，每個月也要不少錢呢！他們的關係又不好，要是她可捨不得。

李何華偷偷看向面不改色吃飯的張鐵山，心裡說不出的感動。這男人是在變著法子地為她說好話，他肯定沒跟他娘說他賣老虎的錢都給她買酒樓了，要不然張林氏估計會撕了她，哪還會對她面露感動？

想到這裡，李何華不想浪費張鐵山的苦心，抿抿唇，對張林氏露出一個笑，低下頭繼續吃飯。

張林氏看在眼裡，突然覺得這女人現在真的變了，不光捨得將院子給他們一家住，還不邀功，這是真的變好了呀！

張鐵山看見他娘面上淡淡的動容，眼裡閃過一絲不易察覺的笑意。

第二天，張林氏便忙著收拾家當。因為小院裡什麼都有，只要把鍋碗瓢盆和日常洗漱用品帶去就行，張林氏收拾起來很快，不過兩天就收拾好了。

張鐵山讓張青山去鎮上租了輛驢車，直接將東西全部拉去鎮上。李何華幫忙他們把房間收拾一下，便去謝嫂子家接黑子。

當初走得匆忙，她來不及管黑子，只能把牠送去謝嫂子家裡，這麼多天沒見，不知道黑子好不好？

聽說李何華要去接黑子，書林眼睛一下就亮了，急迫地邁著小短腿朝李何華奔去，伸手求抱抱。「娘——娘——」

李何華將他抱起來。「是不是想跟娘一起去接黑子回家？」

書林趕忙點著小腦袋。他可想黑子了。

李何華點點頭。「好，那你跟娘一起去接咱家黑子回家。」

謝嫂子家院門敞開著，李何華抱著書林一進去，首先看到的便是黑子。

本來還無精打采地趴在地上的黑子，一下子躍了起來，朝兩人撲了過來，在李何華大腿上不停地蹭，嘴裡嗚嗚叫著，還伸著嘴去搆書林的小腳。

書林趕忙從李何華的懷裡滑下來，一下子抱住黑子，將頭和黑子的頭湊到一起，一人一狗像是失散多年的兄弟般親熱。

回家的路上，書林也不用李何華抱，邁著小短腿跟在黑子旁邊，手搭在黑子的身上，輕輕地抓著黑子的毛，看起來頗像兩個手拉手一起走的好朋友；只不過書林的步子太小，沒有黑子的一半大，黑子為了配合書林，每一步都邁得很小，一點都不嫌麻煩。

李何華跟在兩個小傢伙後面，看得心都要化了。

當晚，李何華便搬去酒樓後院住，除了帶著書林，也把黑子帶去。

第二天，李何華第一件事就是送書林去上學。書林的學業已經耽誤半個多月，不能再拖了。

誰知一出大門，就見一道挺拔的身影站在門邊，看見他們出來，微微露出笑容。

李何華驚訝。「張鐵山，你怎麼一大早就過來了？」

「我來陪妳一起送書林去上學。」

李何華聞言皺眉，不贊同地搖頭。「你身上的傷還沒好呢！不好好在家裡養傷，怎麼還到處亂跑？我自己送書林去就行了，你回家吧！」

張鐵山卻道：「我自己的傷我知道，沒事的，送書林去學堂就是走走路的事，我在家也待不住，妳就讓我跟妳一起吧！」說著，將李何華手裡的食盒接過來提著。

李何華拿他沒辦法，再加上只是走走路，的確沒什麼，便答應了。

於是，李何華牽著書林走在前面，張鐵山提著食盒，跟在娘兒倆後面。

到了學堂，遠遠便看見顧之瑾站在門口迎接學生，旁邊還跟著顧錦昭。

顧錦昭眼尖，一下子便看見他們，頓時啥也不顧了，驚喜地衝上前，嘴裡大叫。

「啊——書林，你回來啦！」話還沒說完便撲到跟前，一把熊抱住書林，還把書林抱起來轉了好幾個圈，可憐書林被放下來時都是暈頭轉向的。

顧之瑾也快步走了過來，摸了摸書林的腦袋，眼裡帶著明顯的高興，看著李何華道：「你們回來了？家裡的事情處理好了？」

李何華點頭。「處理好了，所以把書林送回來上課了。」

顧之瑾不著痕跡地從頭到腳打量了下李何華，發現她並沒有什麼事，除了又瘦了一點，精神還是不錯，不由暗暗鬆了口氣，猶豫了一下，說道：「嗯……以後要是遇到什麼事，有什麼需要我幫忙的不要客氣，怎麼說我……我也是書林的老師。」

她和書林一下子消失這麼多天，只說家裡有事，具體的事情他也不知道，心裡一直放不下來，一天比一天焦急。如今看見他們回來，心才回到了原處，但他不想下一次還是什麼都不知道地等待。

李何華只當他客氣，感謝道：「顧夫子，謝謝您了，這次的事情沒事了，下次要是有事，絕對不會跟您客氣的。」

顧之瑾抿唇，點了點頭，又問道：「那妳的生意怎麼樣了，還擺攤嗎？」

李何華正要回答，卻被張鐵山搶先一步。

他突然走上前，緊緊挨著李何華，說道：「攤子不做了，以後開酒樓，酒樓過兩天就開業了，到時顧夫子要是有空，可以來捧個場。」

張鐵山的話明顯將三人劃分成兩個陣營，他和李何華是一家人，對顧之瑾這個外人客套寒暄。在場的除了兩個孩子，三個大人都聽了出來。

李何華有些不自在，張鐵山這話明顯道明了他倆的關係，還有種秀恩愛的既視感，對書林的老師來這麼一齣，莫名讓人臉熱。

顧之瑾瞳孔微縮，嘴角的笑意差點無法維持住。他看向李何華與張鐵山，發現兩人離得很近，幾乎沒有距離，不像之前那般離得遠遠的，一看就是發生了巨大的改變。

瞬間，心裡像是吹進一股涼風，顧之瑾第一次感到手足無措，不知該說些什麼？

張鐵山嘴角勾了勾，突然拉住李何華的手，對顧之瑾道：「顧夫子，那書林就麻煩您了，我們先回去了，等下學我和他娘再來接他。」說完，拍了拍書林的小腦袋，拉著李何華往回走，一言一行完全是一對恩愛夫妻的樣子。

李何華不自在地微微掙脫。大街上人那麼多，而且還當著書林等人的面就這樣做實在不太好；但是張鐵山卻握得很緊，就是不鬆開。

直到走了很遠，李何華才道：「張鐵山，你還不鬆手？」

張鐵山摸了摸鼻子，這才鬆開。

李何華抿抿唇。就算是傻子，也知道張鐵山是故意在顧夫子面前這麼表現的，好像在宣示所有權一樣。可她都已經跟他解釋過，之前說喜歡顧夫子只是拒絕他的幌子而已，她根本沒對顧夫子有什麼想法。

他明明都知道了，為何還像是占地盤一樣，在人家顧夫子面前來這一套？搞的像是別人對她有什麼想法一樣，這多讓人尷尬啊！說不定人家顧夫子心裡正嘲笑他們倆呢！

李何華噘嘴，停下來面對張鐵山。「張鐵山，你剛剛幹什麼呢？我不是都跟你解釋過了，你幹麼故意那樣？人家顧夫子從頭到尾什麼都不知道，你這樣不是顯得很奇怪，你讓人家心裡怎麼想？」

張鐵山此刻是無奈又慶幸，無奈的是自己的媳婦是個遲鈍的，看不出別的男人的心思；但同時也很慶幸她什麼都不知道，既然媳婦不知道，他當然不會蠢得自己提出來。

張鐵山乾脆俐落地認錯。「剛剛是我不好，我只是一想起妳之前說喜歡他的話，心裡就難受，忍不住想告訴他妳是我的。糕糕，對不起，我下次不會這樣了。」反正顧之瑾已經知道了。

李何華哪知道張鐵山深沈的心思，此刻見他這麼誠懇地道歉，也保證下次不再這樣，便道：「那行，你下次可不能再這樣了啊！」

張鐵山眼裡閃過笑意，點點頭，見李何華不在意了，便跟在她後面去了酒樓。

第四十六章　開業

酒樓已經裝修得差不多，接下來只要再打掃一下就好了，兩個人便慢慢打掃起來。

「張鐵山，你現在搬來鎮上了，以後不會再去打獵了吧？」其實李何華不希望他再去打獵，打獵是件很危險的事情，這次還差點要了他的命。

張鐵山搖搖頭。「以後不去了。」這是他受傷後做的決定，他要好好活著，和生命裡最重要的人一直在一起。

李何華聞言，眼裡閃過顯而易見的喜色，繼而想起自己的打算，便先試探著問：「那你以後有什麼打算？」

「我找了一個活，一家賭坊的老闆認識我，想請我去裡面看場子。」其實張鐵山回來後，那賭坊老闆便找上他了。

之前老闆便認識張鐵山，很欣賞張鐵山的為人，也看重他的身手，三番兩次想請張鐵山去給他看場子，沒奈何張鐵山顧忌賭坊裡魚龍混雜，所以一直不願答應。現在他受了傷，不再打獵，又搬來鎮上，總要找個營生養活一大家子人，所以張鐵山便打算應下此事。

李何華聞言，立刻否決。「不行，你不要去賭坊，那裡面都是賭徒，複雜得很，看場子不比你打獵安全，要是惹上了事，麻煩也不少。」

張鐵山抿抿唇。「其實也沒妳說得那麼嚴重，就是帶著人巡視場子，不讓人在裡面鬧事就行，一般沒什麼事的。」

李何華不掃地了，徑直走到張鐵山跟前坐下。「那也不行，那裡面危險得很，難免碰上事情，到時候遇到打打殺殺怎麼辦？所以，不許你去。」

張鐵山被李何華命令中帶著撒嬌的語氣弄得心軟，原本心頭的打算因她的一句話便放棄了。要是糕糕真的不喜歡他到賭坊裡幹活，那就聽她的不去了。

張鐵山點點頭。「好，那我不去了，我重新找個活，行不行？」

李何華心頭歡喜，抓住張鐵山的一根手指頭搖了搖。「你也不用去找其他活了，我這裡有個活給你做，你要不要？」

張鐵山挑眉，示意李何華說出來。

李何華指著這間酒樓，說道：「我這酒樓也缺個看場子的，你都能去給別人看場子，不能不給我看吧？我也付你工錢，而且保證不比那賭坊老闆給的工錢少！」

張鐵山「哦」了一聲，饒有興趣地問：「那糕糕老闆，妳打算給我多少工錢，請我給妳看場子啊？」

李何華張開五指。「一個月給你五兩銀子，年底再給你發一筆過年費，行不行？」

張鐵山笑道：「糕糕老闆對我這麼慷慨啊！一個月竟然給我開五兩工錢？妳不嫌虧啊？」

李何華知道他在故意逗她，問道：「你到底同不同意？給個準話嘛！」說完，怕他不同意，立刻蠻不講理地補充。「不管，不許你不同意，你必須同意。」

張鐵山被她這強買強賣的嬌蠻樣子逗笑了，趕忙道：「妳都這麼凶了，我敢不同意嗎？好吧！我以後就給我家糕糕看場子，以後全靠妳給口飯吃了。」

李何華翹起嘴角。「好說、好說，以後要好好幹啊！」

兩人在半笑鬧中商定好，李何華便認真起來，說道：「張鐵山，我其實是真的需要你幫我。酒樓開業後，我和小青、小紅都在廚房裡忙碌，大河和小遠要跑堂，就他們倆估計都不夠。酒樓裡還缺個掌櫃的，你要是不來幫我，我還得出門去找個掌櫃，這樣的人不好找啊！所以只有你來了。」

張鐵山聞言，仔細想了想。酒樓的掌櫃的確很重要，除了要會算帳、收錢外，還要有能力擺平各種事情。酒樓裡的客人南來北往，難免會發生各種事，到時候沒人出面，就得讓糕糕一個弱女子出面，他可捨不得。

看來這事的確需要他來做，換成別人他不放心；至於工錢，除了給他娘和青山的生活費之外，其他的他也不會要，他的就是她的。

張鐵山問道：「那妳是不是還要再招人？」

「對啊！以後的生意肯定比攤子忙得多，人手之前就不夠，之後更不夠了。跑堂的還得再招一個；至於後廚，靠謝嫂子一個人打雜也忙不過來，所以後廚打雜的也要招一個，不過這人一時半刻還真不好找，還得慢慢挑人品、能力各方面都適合的。」
「那我給妳推薦兩個，妳聽聽？」
「好啊，說來聽聽。」
張鐵山首先推薦的便是羅二。「妳覺得羅二怎麼樣？他這人妳這段時間也接觸過，人品沒話說，幹活也是一把好手，他現在除了農忙，其他時間都在碼頭扛包，妳要是覺得他可以，不如就讓他來這裡做吧！」
李何華想起羅二，對於羅二的人品，她是信得過的，而且張鐵山說他能幹，那就肯定能幹，不過……
「我肯定求之不得，就是羅大哥會願意來嗎？小二的活不輕鬆，而且工錢也不高，一天也就二十五文錢。」
張鐵山笑了，乾脆將李何華拉過來坐在自己腿上。「傻糕糕，羅二在碼頭上一天累死累活，也是二十多文錢，還不包飯食。妳這裡雖說不輕鬆，但總比碼頭上扛包輕鬆吧？而且還包吃喝，這樣的好事誰不想做？妳要是去村裡招人，大家保准搶著做。」
李何華撓撓頭。「好吧，既然這樣，那就跟羅大哥詢問一聲吧！要是他願意，就讓他後天來上工。」
張鐵山道：「行，這事我來安排。」
李何華又問道：「那另一個人呢？還缺個後廚打雜的，你打算推薦誰？」

張鐵山摸摸李何華的頭髮，笑問：「妳覺得我娘怎麼樣？」

「啊？」李何華睜大眼睛。「你娘？你在開玩笑吧？」

張鐵山輕笑搖頭。「沒開玩笑，就是我娘。妳看，我娘天天在家裡沒什麼事，現在青山白天去學木工，不在家吃，我以後給妳看酒樓，也不在家吃，她一個人在家必定無聊，也沒人陪她聊聊天什麼的。要是來了這裡，她幫妳的忙，有事情做不說，見妳這麼能幹，對妳也會漸漸改觀。而且妳可是付她工錢的老闆，她不敢給妳臉色看，這點妳就放心吧！

「最重要的是，我娘在這裡能天天見到書林，她就不會惦記孫子了，也就不會時不時想要把書林接回去住，書林可以一直待在這裡跟妳住，你們娘兒倆也不用每次都依依不捨的。」

李何華聽著，覺得挺有道理的。廚房裡的活計，張林氏還是很麻利，也省得她費勁去招人，且同時能讓張林氏天天見到孫子，的確就不會要求把書林接走，也不會對她搶走她孫子有那麼多不滿。

張鐵山這個提議還真是不錯呢！

李何華越想越覺得可行，點頭道：「那行，你回去和你娘商量一下，如果你娘願意來的話。但我可得跟你提前說好，要是你娘不配合我好好幹活，那我不會一直忍著她哦！」

張鐵山被她的語氣逗笑，點頭。「到時候怎麼樣，全憑妳做主，我沒有任何意見。」

晚上，張鐵山便跟張林氏說起李何華要請她去酒樓幫忙的事，一個月給她六百文的工錢。

張林氏初時挺彆扭的，但想到每個月能賺這麼多錢，還能天天看見自己的孫子，不用自己一個人在家裡無聊，便很是動心，立刻忽略那點小彆扭，欣然答應了。

張鐵山眼裡閃過笑意。

很快到了酒樓開業這天，一大早，鞭炮聲便在酒樓門前響起，熱鬧極了。門前聚集一堆人，其中還有很多李何華的老客人，他們都是特意趕來的。

熱熱鬧鬧地放完鞭炮，李何華帶領所有人站在門口，對門前的人說道：「今天咱們『美味居』正式開業，有的人可能是我家的老客人，很熟悉我家的吃食。前段時間因為家裡有事沒有出攤，在這裡我跟大家說一聲抱歉。現在，我們重新開業，一樓依然是各種美味小食，價格不變；二樓是包廂，可以點菜，絕對讓各位滿意而歸！」

在場不少老客人「啪啪啪」地鼓起掌，心情很是高興。李何華半個月沒出攤，他們可是望眼欲穿，肚子裡的饞蟲早就出來了，本來還怕老闆以後都不做生意了，現在可好，開起了酒樓，價格不變，環境卻更好，這可是天大的好事啊！

李何華繼續道：「再告訴大家一個好消息，今天是咱們第一天開業，為了慶祝開業，今天的吃食一律半價！歡迎大家進來品嚐！」

人群裡頓時爆發出陣陣喝采聲，那些原本就想進去吃飯的人激動了，而那些沒吃過李何華做的東西的人，看旁邊的人如此激動的樣子，瞬間被勾起了好奇心，也想要進去嚐嚐看到底好不好吃？

於是乎，李何華話音剛落，一大堆客人就湧進酒樓裡，一樓的桌子瞬間被占滿，有的人還只能併桌。

李何華看這情形，趕忙吩咐其他人全力招呼，力求讓客人們滿意而歸。她自己也進去廚房忙碌，一切都有條不紊地進行，整間酒樓一片欣欣向榮。

正忙著，小遠跑來說有客人要包二樓的包廂，李何華趕忙去接待，誰知一見竟是老熟人，正是給她介紹酒樓的嚴老爺子，旁邊還跟著幾個人。

李何華驚喜。「老爺子，是您要包廂嗎？」

嚴老爺子佯怒道：「丫頭啊！妳總算回來開業了，我可是等了妳半個多月，天天想吃妳做的東西都吃不到，如今妳重新開業，我能不來嘛！」

李何華趕忙將人往二樓請。「老爺子，都是我的錯，以後不會了。你們快隨我去二樓包廂，今兒個我好好做一頓招待你們，算是賠罪了。」

嚴老爺子這下裝不下去了，哈哈笑了起來，帶著身後的人跟著李何華上了二樓。

李何華帶他們進包廂入座，這才問道：「老爺子，您今天要點菜是吧？」

嚴老爺子點了點頭。「今兒個我本來就是想約人去吃飯的，正好看見妳的酒樓開業，就來嚐嚐妳的手藝。ㄚ頭啊，我可是很期待啊！」

李何華笑道：「老爺子，承蒙您看得起，今兒個我得使出十八般武藝來才行，可不能叫您失望。」

在座的人聞言，都笑了起來。

李何華拿出一份之前特地訂做的菜單讓嚴老爺子點菜，但嚴老爺子擺了擺手，說道：「菜單我就不看了，妳看著上吧！上些拿手的好菜。哦，對了，再給我們拿壺酒來。」

李何華點頭。「好，老爺子你們稍等，菜馬上就好。」說完，對一旁的大河道：「大河，先去端兩盤點心來給老爺子他們嚐嚐，再上一壺茶。」

由於樓上的包廂走的是高檔路線，服務自然要到位，李何華也不會省那點錢，便規定凡是上樓訂包廂吃飯的客人，都能免費上一壺茶和兩盤糕點，這也是一種博取客人好感的商業手法。

將客人安排好，李何華便走進廚房，繫上圍裙，走到專門用來放菜的桌子邊，慢慢地挑菜，同時在腦子裡想著待會兒要做什麼？

嚴老爺子帶了四位客人，加上他一共五人……菜不用太多，做八道菜就好，最好是葷素搭配。

最後，李何華決定做醬皇龍鳳球、虱目魚丸湯、琵琶大蝦、迷你佛跳牆、山藥燉三寶、貝心春捲、什錦燴蔬菜、珊瑚扒三蔬，有葷有素，好吃又高檔，絕對不會讓人失望。

李何華迅速挑好菜，讓謝嫂子在旁邊幫忙洗菜，她則開始做菜。

她像是突然進入另一個境界，一言不發，神情專注，似乎全世界只有自己手裡的菜和鍋子。兩鍋同開，兩手同動，每一個動作瀟灑又俐落，手腕一抄一抖間，調料已經入鍋，不多不少，就像是一場視覺的盛宴，不知不覺便吸引周圍人的視線，讓人轉不開視線。

眾人還是第一次看見李何華這麼認真做菜的樣子，莫名讓人看得心怦怦直跳。要不是還有自己的事要忙，肯定挪不開眼。

張林氏倒是沒有那麼忙，她的視線不由自主地黏在了李何華身上，眨眨眼，眼裡滿是吃驚，還帶著自己都沒發現的嘆服——原來李荷花真的這麼有本事了！

這還是她認識的那個又醜、又懶、又無賴的李荷花嗎？這這這……這還是她那個人見人厭的前兒媳婦嗎？怎麼感覺根本就是另一個人？

很快地，第一道菜就做好了，濃郁的香氣一下子便盈滿整間廚房，往每個人的鼻子裡鑽。在場的人都吞了吞口水，視線定在那一盤漂亮的菜上，眼裡都快要發光了。

李何華覺得好笑，從窗口喊大河過來上菜。

大河聽了，趕忙跑進廚房來端菜，當看見眼前一盤像是在發光的醬皇龍鳳球時，眼睛都快直了。「荷花姨，這菜看著好美啊！味道也好香，看著就想吃，客人肯定滿意！」

李何華拍拍他的頭。「行了，趕快端上去吧！別讓客人久等了，上樓的時候慢一點，別摔了。」

大河「誒」了一聲。「放心吧！我一定小心。」說完像是護著珍寶一般地走了。

接著，李何華便做下一道菜。由於是兩個鍋一起開伙，左右手同時來，一次做出兩道菜，速度快得驚人，不出半個時辰，八道菜便全部完成。最後，李何華還做了份水果拼盤當作贈送的菜色，讓大河端上去。

此刻的包廂裡，原本是來談事情的一群人，此時卻一個個只顧著埋頭苦吃，全然忘了自己只是藉著吃飯來談事情的。

第四十七章 失去機會

「老嚴，你行啊！從哪兒找到這麼好吃的地方？這手藝，比『天下居』的口味都好啊！」其中一位跟嚴老爺子一起來的老者說道。他口裡的「天下居」，就是鎮上最大、最好的酒樓，連縣太爺都常去那裡吃飯。

「那是。」嚴老爺子頗為自得地應了一聲。「你們也知道，我一生沒別的愛好，就喜歡吃，這鎮上能吃的吃食我可是都吃遍了，我敢打包票，誰都沒有剛才那丫頭的手藝好！那丫頭做的東西，我連續吃幾個月都不膩，不過我之前也沒嚐過她做的菜，沒想到這般出神入化。」

在座的人紛紛贊同，這一桌菜用「出神入化」一詞形容，一點都不誇張。

「看來以後再招待貴客，咱們就有地方可以選擇了，來這裡吃一桌，什麼生意都能談成！」

其他人聞言哈哈大笑，紛紛附和。「對對對，的確是這樣，以後招待客人都來這裡，絕對讓人滿意。」

大河在上菜的空檔聽到這些話，表面上表現得寵辱不驚，其實心裡快高興地飛起來了。等一離開包廂，就像隻脫韁野馬般跑下樓，衝到李何華面前道：「荷花姨，樓上的客人們都誇妳做的菜好吃呢！說比什麼『天下居』都好吃，還說以後招待貴客都要來咱們這裡，以後我們家的生意就不愁了！哈哈！」

廚房裡的其他人聽到大河這麼說，也都高興起來，激動之情溢於言表。

李何華勾起嘴角，拍拍大河的肩膀。「好了，高興歸高興，在客人面前可要穩重點，到二樓候著，萬一客人叫人了呢！」

大河「誒」了一聲，又趕忙跑上樓。

樓上的人不談事只光顧著吃，以至於將桌上的菜全部一掃而空，盤子裡只剩下菜湯和菜油。

幾人吃得肚子溜圓，癱在椅子上打飽嗝，絲毫沒有一點老闆形象，互相看看後，都哈哈笑了起來。

「今兒個我可是吃得高興，好久沒吃得這麼痛快了！」

「誰說不是？今兒個大飽口福了，沒想到咱們鎮上也有這麼好的酒樓，看來咱們下次得再約約，接著再來。」

「再來、再來，以後吃飯都來這裡吃！」

幾個人就這麼癱坐著說起話來，滿足得很。

大河見狀，忙走進包廂，問道：「現在幫您們把盤子撤掉，上點茶水可好？」

嚴老爺子聞言，哈哈笑了。「撤了、撤了，現在就需要茶水來消消食。」

大河麻利地將桌上的盤子撤下，又將桌子擦乾淨，然後奉上一壺消食解膩的茶後，便退了出去。

包廂裡的人對此都很滿意，每人手裡端著一杯茶，一邊消食，一邊談起正事來。不知不覺，大半個下午便過去了，等談完才驚覺不早，嚴老爺子趕忙帶著幾人下樓結帳。

此時一樓已經沒什麼人了，來吃飯的人早就吃完走了。

嚴老爺子笑道：「丫頭啊，妳這手藝讓我們幾個老傢伙都忘了回家了！」

李何華微笑。「老爺子，承蒙您誇讚，若覺得好吃，歡迎下次再來。」

嚴老爺子撫撫鬍鬚。「以後保准妳經常見到我。好了，丫頭，給我結帳，我們真得走了。」

李何華拿著手寫的帳單道：「老爺子，零頭給您去掉了，一共四兩銀子，今天開業一律半價，您給二兩銀子就成。」

嚴老爺子一行幾人聞言愣了愣。一桌菜四兩銀子，這價錢可算是貴得很，就算是在京城的大酒樓，一頓飯也是這個價，而在這小小的鎮上，這錢算是太多了。

不過，幾人轉念一回味剛剛吃的那八道菜，又覺得價格很合理。那幾道菜可是人間難尋，隨便拿出一道菜也可賣出不菲的價錢，要是沒這麼多錢，好像都對不起那味道。

嚴老爺子撫著鬍鬚笑了起來，掏出二兩銀子放在櫃檯上，帶著人離去。

李何華淡定地將銀子放進櫃檯後的抽屜裡，讓張鐵山在帳本上記了下來，一點都不覺得二兩銀子要多了；要是在京城，剛剛那桌菜能要十兩銀子，四兩銀子已經算是少的了。

在場的人卻不如李何華這般淡定，除了張鐵山覺得他家糕糕的手藝完全值得起四兩銀子外，其他人都被這要價驚到了。

乖乖，一桌菜就要四兩銀子，可比尋常老百姓一家人一年存的錢都要多啊！要是一桌四兩，一天來個八桌、十桌，一年得賺多少錢啊？

謝嫂子嘖嘖兩聲，不禁讚嘆道：「荷花妹子真是太有本事了，沒幾個男人比得上。」說完，看見旁邊正在喝水的張林氏，眼珠子轉了轉。

她知道旁邊這位就是荷花妹子的前婆婆，也看得出這前婆婆不太喜歡荷花妹子，有心想給李何華找面子，便裝作自言自語道：「女人啊！只要有荷花妹子一半能幹，天下的男人都搶著要。有時候我在想，我要是當婆婆，就想要荷花妹子這樣的兒媳婦，可惜啊！沒那個福氣。」說完重重地嘆了口氣。

張林氏聞言，眼神閃了閃，低頭又喝了一口水，壓下心裡的震驚。

原本她以為她家鐵山是個有大本事的，村裡誰家男兒都沒她家鐵山能掙錢。在她的心裡，李荷花這樣的女人是一萬個配不上她家鐵山的，娶了這樣的女人就是吃大虧，可是現在，她的想法受到了衝擊。

一桌菜就能賺三、四兩，一天少說能賺十多兩銀子，一年下來可壯觀了，她家鐵山一年也賺不到這麼多。

張林氏不得不承認，男人還真的願意娶這樣能幹的女人，就算被休，也有很多男人想娶，所以，李荷花這個女人是真的不愁沒人要。

張林氏偷偷抬眼看向站在櫃檯邊的李何華，看著她現在的面容，心頭再次跳了跳，不由想到張鐵山說他死纏爛打才黏上她的事。

以前她一百個不信，現在看來……

謝嫂子在一旁偷偷觀察張林氏，嘴角勾了勾，心裡舒坦得很。荷花妹子的前婆婆竟然看不上荷花妹子，真是不把寶貝當寶貝，真以為人家非要嫁給她兒子啊？

李何華哪裡知道一桌菜錢的事，已經引起一場心理大戰，要是知道，肯定哭笑不得。

她將帳本收起來，看看天色，對張鐵山道：「你看著店，我去後面換身衣裳，去接書林放學。」

張鐵山抬了抬眼，「嗯」了一聲。

看李何華走去後院，張鐵山對羅二招了招手。「幫我看一會兒，我去後面方便一下。」說著也去了後院。

羅二看著自家好兄弟的背影，意味深長地笑了笑。

李何華脫下身上一身油煙味的衣服，重新換上一件乾淨的後，便打開門準備出去，誰知門口站著一個高大的身影，嚇了她一跳。

她定睛一看，見是張鐵山，鬆了口氣，伸手輕捶了他胸口一下。「你幹麼杵在這裡，被你嚇死了！」

張鐵山沒說話，掃了眼李何華的衣著。一身淡青色簪花羅裙，腰間一圈流蘇做腰帶，將小腰襯得格外纖細；再往上看，在細腰的襯托下，鼓鼓囊囊的胸口格外吸引人，可謂穠纖合度，婀娜多姿。

張鐵山的眼神暗了暗。

李何華莫名地覺得臉熱，在他的注視下都要著火了，不好意思地打了他一下。「看什麼看？快去前面看著，不然扣你工錢。」

張鐵山發出一聲意味不明的笑，在李何華話音剛落時，一把摟住她，一旋身便進了屋裡，同時「啪」一聲，將門關上。

「張鐵山，你幹什——嗚——」話沒說完，便被吻住了。

張鐵山像是一頭飢渴的野獸碰到甘美的獵物，抓住便死死地啃咬，恨不得吸盡對方全身的血肉，絕不給獵物一點反擊的機會。

李何華就是那可憐的獵物，在他手下毫無反抗之力，只能任他為所欲為。

等到終於被放開時，她的腿已經軟得站不住，全靠張鐵山抱著。

李何華恨恨地咬牙。「張鐵山，你這個大禽獸——」

張鐵山被「禽獸」兩字逗笑了，乾脆將李何華橫抱起來放在桌子上，他則站在她面前，雙手緊緊地掐著她的腰。「這就禽獸了？嗯？」

李何華伸腿踢了他一腳，又惹來他的笑聲，頗為愉快。

李何華哼了一聲，在他的腰側重重一擰，這次終於把張鐵山擰得嘶嘶吸氣，不過卻動都沒動，任她擰著。

「你幹什麼啊，我要去接書林放學呢！再不去該遲了。」

張鐵山「嗯」了一聲，抬手替她理了理方才被弄亂的頭髮。「換件衣服吧！這件不好看。」

李何華疑惑，低頭看向自己身上的衣服。這衣服是她新做的，也是現在最流行的款式，不像之前那些寬寬鬆鬆的沒個正經，她自己看著很滿意。

她想著要去接書林，不能穿得太不講究，不然也丟孩子的面子，便換了這身正式一點的，卻沒想到被張鐵山說不好看。

被自己男人說衣服不好看，女人都會在意，李何華確認般地問道：「真的不好看？我覺得還好啊！」

張鐵山睜著眼睛說瞎話。「的確不好看，換一件吧！不然我幫妳挑？」

李何華想了想，點頭。「好吧，那我換一件。」既然他不喜歡，換一件也沒什麼。

張鐵山跟著李何華走到衣櫥邊，看了看她的衣服，最後在裡面挑了一件出來。「就這件吧，挺好看的。」

李何華看看這件衣服，雖然挺新的，款式也還好，但卻有點寬鬆，穿在身上沒有身形可言，她有點不想穿出門。

張鐵山見狀，摟住她，在她的額頭上親了一口，輕哄道：「乖，這件好看，就穿這件好不好？」

李何華努努嘴。「好吧，你出去。」說著推著他的背把人趕了出去。

張鐵山這次倒是配合，乖乖出去了。

等到李何華再次出來，果然換了衣服，這次絕對沒有剛剛那般誘人的模樣，張鐵山滿意了，拍拍她的頭。「好了，快去吧！路上小心點。」

李何華眼看時間不早，匆匆忙忙地趕往書院，等到了書院，果然已經下學，好多孩子都被接走了。

書林被顧之瑾牽著站在門口，眼睛望著大路方向，正在等她。

李何華趕忙跑過去抱住書林。「對不起，娘今天來晚了一點。」

書林搖搖頭，伸手摟住李何華的脖子蹭了蹭，在她耳邊軟軟地喊了一聲。「娘——」

李何華揉揉他的背。「好了、好了，娘馬上就帶你回家。」說完，對看著她的顧之瑾道：「顧夫子，今天麻煩您了，我帶書林回家了。」

顧之瑾點點頭，眼看她帶著書林轉身要走，突然開口叫住她。「書、書林的娘——」

李何華一愣，反應過來顧夫子這是在叫自己，忙回過頭。「顧夫子，怎麼了？」

顧之瑾抿了抿唇。「妳今天酒樓開業，還沒恭喜妳。」

李何華笑了。「謝謝顧夫子，有空就帶錦昭去我那裡吃飯，你們吃飯不收錢。」

顧之瑾微微笑了笑，看著李何華明豔的笑容，很想開口問她是不是真的又和書林的爹在一起了？可這話在嘴裡轉了又轉，吞了又吐，最終還是沒說出來。

他有什麼資格過問呢？太不合乎禮教了，而且那天的事情已經夠明顯了，還需要問嗎？問了又有什麼用？

顧之瑾暗暗吐了口氣。「沒事了，有空我會和錦昭去給妳捧場的。時間不早了，妳帶書林快點回家吧！」

李何華點點頭。「那我們走了。書林，跟夫子再見。」

書林朝顧之瑾揮揮小手。

顧之瑾也跟著揮揮手，看著李何華和書林的身影漸漸走遠，直到看不見。

「二叔，您快別看了，人早就走了，您看也看不回來。」書院大門後冒出顆小腦袋，睜著烏溜溜的眼睛看著顧之瑾。

顧之瑾回過神來，立刻黑了臉。「瞎說什麼，小心我揍你屁股。」

顧錦昭從門後出來，朝他做了個鬼臉。「我才沒瞎說。」

接著他背著小手，一本正經地教訓起人來。

「我當初說什麼來著？讓您把書林的娘娶回來給我當二嬸，您不聽，還說我瞎說。現在遲了吧？您看書林的娘現在多漂亮，還那麼會做飯，人家書林爹爹後悔了，把書林的娘娶回去，您就沒機會了。您喲，早知今日，何必當初呢！」後面這句話是他最近新學的，是他二叔教訓他時用的，現在他也成功用上了，並且用在教訓他二叔身上。

顧之瑾皺眉，在顧錦昭的小腦袋上狠狠敲了一記。「二叔什麼時候說要娶書林的娘了？要是讓別人聽見了，人家該怎麼想？你再瞎說，我可就要關你禁閉了！」

顧錦昭知道二叔這是真生氣了，不滿地噘嘴，狠狠地跺了跺腳。「好好好，您說我瞎說，那我就是瞎說唄！反正誰難受誰知道，我才不管您呢！您以後就一個人吧！等我長大娶了漂亮的小娘子，讓您看著羨慕去，哼！」說完頭也不回地走了。

他決定了，他要冷落他二叔五天……不，還是兩天好了，讓他知道厲害。

顧之瑾看著顧錦昭活力滿滿的小身影，良久，低下頭嘆了口氣，心裡空落落的。

他知道，有什麼東西已經徹底失去了，因為他的後知後覺，因為他的不主動，他沒機會了。

他注定沒這個福氣。以後，她就只是自己弟子的母親而已……

第四十八章　醉酒

晚上，等客人走得差不多，李何華便將門關上，向大家宣佈道：「今晚咱們好好吃一頓，慶祝酒樓開張大吉！」

眾人紛紛喝采一聲，高興極了。

李何華將書林交給張林氏，張林氏抱起書林親熱地揉了揉。「哎喲我的書林啊！跟奶奶說說，今天在書院裡學了什麼啦？」

書林不說話，眼巴巴地看向李何華，想要和娘一起玩。

李何華摸摸他的頭。「娘現在要去做飯，你在外面待一會兒好不好？你看，黑子還在旁邊等著跟你玩呢！」

黑子原本在後院，等到書林一回來就跑來前面，趴在書林腳邊看著他。此時見李何華說到自己，立刻站起來走到書林旁邊，用腦袋蹭蹭他的腿。

書林被蹭得癢，一下子便笑了，這才同意李何華的話，搖搖腿從張林氏懷裡下來，抱住黑子的腦袋拱了拱，一人一狗玩了起來，

李何華笑著搖搖頭，這才進廚房去做飯。

這時，張青山也從學手藝的師傅那裡回來了，只不過臉上有點不高興。

張鐵山見狀，拍拍他的肩膀。

「怎麼無精打采的？有什麼事跟哥說。」

張青山動動嘴，想說什麼，可看著大家喜氣洋洋的樣子，不好意思把自己那點小煩惱拿出來說，顯得自己跟小孩子一樣，便搖搖頭，打起精神道：「沒什麼，就是有點餓了。」

張鐵山也沒在意，笑笑道：「再等一會兒，你嫂子正下廚做飯呢，等等就有得吃了。來，先跟我一起打掃。」

張青山點點頭，捋起袖子跟著一起打掃，不到半個時辰就把酒樓打掃乾淨。

等到他們這邊做得差不多的時候，李何華也麻利地將一桌子菜做好了。頓時，滿屋子都是誘人的香味，等到菜一盤盤被端到桌上，眾人看著琳琅滿目的菜餚，簡直看傻了眼，怕是縣令老爺吃的菜也沒這麼好吧？

「大家別光看了，快動筷子吧！中午不是還羨慕包廂裡的客人嗎？現在這桌菜可不比中午那桌菜差。」這桌菜可全是她的拿手好菜。

聽了李何華的話，大家都回過神來，紛紛舉筷。

第一次筷子下去後，就再也矜持不起來了，一筷子接著一筷子，吃得停不下來，甚至為了多吃幾口還搶了起來，為了爭那一口吃的也是拚了。

「荷花姨，我終於知道中午包廂裡的人是什麼感受，太好吃了，怪不得他們那麼滿意！」大河一邊往嘴裡塞吃的，一邊說道。嘴裡的菜差點因為說話而掉出來，結果又被他趕忙吞下去。

曹四妹在他的腦袋上拍了一下。「你這死孩子，少你吃還是少你喝了？跟八百年沒吃過東西一樣，丟不丟人！」

大河揉了揉被打疼的腦袋，委屈道：「那是因為荷花姨做的東西太好吃了，我什麼時候吃過這麼好吃的菜……娘您還說我，您自己不也是吃得噴香嗎？」

曹四妹眼一瞪。這個死孩子，盡說大實話。

眾人看曹四妹碗邊的骨頭、殘渣，看得出來她也吃得很盡興，紛紛哈哈大笑，氣氛一時熱鬧極了。

羅二說道：「光有好菜沒好酒可不行，不然就浪費這桌菜了，今兒個酒樓開張，我們都喝一杯吧！慶祝慶祝！」

李何華拍拍腦袋。她都忘了，大喜的日子怎麼能沒有酒？當下趕忙站起來去櫃檯拿酒。「我都忘了，今兒個是要喝點酒高興高興的，大家都喝點！」

李何華一口氣拿來三壺酒，揭開封口，往每個人的酒杯裡倒酒。

羅二見狀，連忙接過她手裡的酒。

「我來、我來，妳坐著。」

李何華也不推辭，乾脆坐下，看著羅二給大家倒酒。除了書林，每人面前的酒杯都滿上了。

李何華端起自己的酒杯，站了起來，笑著道：「今天是咱們酒樓第一天開張，今兒個大家都辛苦了，咱們舉杯慶祝一下，能喝的就喝，不能喝的意思一下就行了。」

眾人端著酒杯站起來，紛紛乾了一口，幾個女人只簡單抿了一口；男人們就不一樣了，一下子乾了一杯，喝完後覺得痛快極了。

李何華趕忙對大河、小遠還有張青山三人道：「你們三個別喝那麼多，還小呢！小心傷胃。」

三個小少年不服氣了，紛紛表示自己不小了，可以痛飲，然後便被自家母親敲腦袋，不得不乖乖放下杯子。

羅二哈哈大笑。「你們幾個毛頭小子悠著點，等過幾年再好好喝。」說完，向張鐵山舉杯。「鐵山，來來來，咱們倆今兒個好好喝一杯！」

張鐵山端起酒杯跟羅二碰了一下，仰頭就要喝下。

李何華見狀大驚，趕忙按下他的手。「你少喝點，身上的傷還沒好全呢！喝酒不利養傷。」

張鐵山動作一頓，笑了，乖乖放下杯子。「行，不喝了。」雖然對他來說喝酒不算什麼，但媳婦說話必須要聽啊！

羅二看他那副媳婦說啥就是啥的模樣，揶揄地笑了，朝張鐵山擠擠眼，意思是說：你個妻管嚴。

張鐵山不以為意。他很樂意當妻管嚴，他家糕糕願意管他，他高興還來不及呢！

李何華端起自己的酒杯和羅二碰了一下。「羅二哥，我敬你一杯，謝謝你之前的幫忙，鐵山現在有傷就不跟你喝了，等到他好了，你們倆再好好喝一頓。」

羅二趕忙喝下，然後道：「沒事、沒事，我跟鐵山這麼多年好兄弟，哪在意這個，隨意就好。」心裡卻為張鐵山找到這樣的女子感到高興。

就這樣，一群人熱熱鬧鬧地吃了個肚子溜圓，覺得人生圓滿了。

飯後，大家一起動手將桌子收拾好、碗筷洗刷好，這才紛紛回家。

張鐵山倒沒急著走，而是留了下來，二話不說開始燒水。

「張鐵山，你幹什麼呢？」

「幫妳和書林燒點洗澡水。」

聽他要幫她燒洗澡的水，李何華咧開嘴笑了，只覺得一股甜蜜湧上心頭。原來這就是有男朋友疼的感覺啊！怪不得她那些閨蜜天天都要秀恩愛，嘴上時刻離不開自己的男友，原來是太幸福了嗎？

要是她現在有手機，肯定也會在社群媒體上發文，讓她的朋友們吃狗糧。

李何華被自己的想法逗笑了，真的呵呵笑了出來。

張鐵山空出一隻手，捏捏她的臉蛋。

「什麼事讓妳笑得這麼開心？」

李何華搖搖頭，聲音有點撒嬌的意味。「不告訴你。」

李何華從來沒有這麼撒嬌過，張鐵山驚訝，看她紅通通的臉頰，再看她水潤卻略顯迷濛的眼睛，頓時無奈又好笑。

這是醉了？才喝那麼點酒就醉了？難道這就是傳說中的沾酒就倒？

晚上李何華被大家敬酒，因為高興便沒有推拒，雖然每次只抿一小口，但加起來也有兩杯酒。此刻雖沒有醉得多嚴重，卻也開始不清醒了。張鐵山當時看她只喝一點點，便沒有阻止，誰知道已經喝上頭了。

李何華只感覺腦子越來越暈，意識也漸漸不清楚，渾身不想動，乾脆抱著書林坐在張鐵山旁邊看著他燒火。

看著看著，她忍不住笑了起來，覺得雖然張鐵山只是在燒火，卻比現代那些開跑車、戴名錶的帥哥帥多了！

她忍不住伸手摸向張鐵山的臉，先摸眉毛，再摸眼睛，然後是鼻子、嘴巴、下巴，能摸的都摸了，邊摸還邊呵呵笑。

張鐵山被那雙小手摸得雞皮疙瘩都要起來了，趕忙抓住這隻作亂的手，警告道：「糕糕，別亂動。」

李何華動了動，掙脫不開，有些不開心，噘起嘴。「幹麼不讓我摸，你是我男朋友啊！」

張鐵山疑惑。「男朋友？什麼是男朋友？」

李何華意識深處還是清楚的，知道張鐵山清楚她的來歷，便解釋道：「男朋友就是我們那邊沒成婚的女性對對方的稱呼，男的叫男朋友，女的叫女朋友。」

張鐵山挑眉。原來還有這樣的稱呼。

他感興趣地問：「那稱呼夫妻呢？」

李何華迅速回答。「如果是夫妻，男的就稱呼女的為老婆，女的則稱呼男的為老公。」

老公？老婆？

「老婆？」張鐵山試探地叫了一聲。

李何華此刻腦子暈乎乎的，沒什麼心眼地應了一聲，應完後還呵呵笑，簡直傻透了。

張鐵山眼裡的笑快要溢出來，只覺得此刻的她可愛非常，恨不得把人抱進懷裡揉一揉才好。

這時正好水開了，張鐵山摸摸李何華的頭。「糕糕，妳乖，妳帶著書林坐在這兒別動，我去給你們準備洗澡水，好了我再來叫你們，好不好？」張鐵山怕她頭暈站不穩，要是娘兒倆摔倒就不好了。

李何華聽話地點頭，乖乖地抱著書林不動。等到張鐵山準備好水回來的時候，就看見娘兒倆抱在一起，差點睡著了。

張鐵山搖搖頭，上前將李何華懷裡的書林抱起來，李何華和書林因為他這舉動一驚，書林更是下意識地要去抱李何華的脖子。

張鐵山安撫地拍拍小傢伙的腦袋。「好了、好了，爹抱你去洗澡睡覺，娘今天累了，不要纏著娘了。」

書林一聽，不再掙扎了，乖乖地改抱著張鐵山的脖子，讓他帶著去洗澡。

張鐵山的動作很快，不到一刻鐘就把書林洗好，再加上此刻時間已經不早了，書林被放上床就睡了過去。

張鐵山給書林蓋好被子，這才返回廚房去接李何華，誰知她已經靠著灶臺睡著了，臉蛋紅通通的，格外好看。

張鐵山靜靜地看著她好一會兒，才伸手打橫抱起她，將她抱去洗澡間。只不過抱起來的時候，李何華便醒了，但她卻不想下來，伸手摟住張鐵山的脖子，親暱地在他的臉邊蹭了蹭，跟書林的小動作一模一樣。

張鐵山頓時笑了，他家這一大一小都可愛得不行。

喝醉的李何華格外不同，平時親她一下都要臉紅，現在卻主動和他親近。張鐵山突然覺得喝醉酒也不錯，以後說不定還能增加夫妻間的情趣，不過以後要喝只能他們兩人單獨喝，絕不能讓她在外面喝酒。

張鐵山將李何華抱到洗澡間的板凳上坐下，蹲到她面前道：「糕糕，洗澡水給妳準備好了，妳自己進去洗可以嗎？」

李何華模糊間聽到「洗澡」兩字，點點頭，想著要脫衣服，根本沒想到張鐵山還在這裡不能脫。

先是腰帶，再是上衣，然後是裙子，在張鐵山還沒反應過來時，已經脫到只剩下裡衣了；可是裡衣太薄，身形絲毫遮掩不住，張鐵山一眼便被那呼之欲出的豐滿吸走了心神。

他的呼吸一下子急促起來。

偏偏李何華的腦子被酒精影響了，脫完外衣接著要脫裡衣，衣服滑落肩頭，露出紅色的帶子，在雪白皮膚的映襯下，格外誘人。

張鐵山全身的血液立刻往一個地方流，這一刻，很想什麼都不顧地撲上去，可是理智告訴他不可以，他此刻最應該做的就是立刻離開，不然後果不堪設想。

張鐵山緊緊握拳，在心裡一遍遍地告訴自己不可以，終於在李何華脫得只剩肚兜時轉過身，狼狽至極地跑出去，「砰」地一聲關上門。

李何華瞅著門看了看，不明所以，繼續脫自己的衣服。

張鐵山一口氣跑到井邊，打起一桶水從頭澆下去，這才感覺那股蠢蠢欲動被壓了下去。

他就這麼穿著濕淋淋的衣服坐在井邊，看著洗澡間的方向發呆，直到過了快半個時辰，見裡面還沒動靜，這才感覺不對，跑到門口敲門。

「糕糕、糕糕？妳洗好了嗎？洗好了就出來，別著涼了。」

裡面卻靜悄悄的，沒有任何動靜。

張鐵山皺起眉，又敲了幾遍，還是沒有動靜，他這才確定，她一定是在裡面睡著了，醉酒的人不容易被叫醒。

張鐵山頭疼地捶捶腦袋，不知道該不該進去？要是他的小女人在浴桶裡睡著了，他進去就什麼都看光了，明天她會不會怪他占便宜？可是不進去，水都涼了，這麼泡下去該生病了。

張鐵山糾結了一瞬，咬了咬牙，伸手推開門。反正她未來會是他的妻子，他一輩子的女人，現在看一下罪不致死吧？明天要殺要剮隨她便是。

果然一進去，入眼的就是浴桶裡睡得正熟的李何華，披散著的頭髮，紅通通的臉，還有裸露在外的肩頭好似白雪。

這一切都讓張鐵山的心狂跳不止。

他僵硬著四肢走過去，眼睛只盯著李何華的臉，其他地方完全不敢亂看。到了跟前，閉起眼、伸出手將裡面的人兒一撈，把人抱了出來，只不過那滑膩的觸感和沁人的香氣，讓他的心跳得快要蹦出來，額頭上也滿布細細密密的汗。

等到終於將人放進被子裡時，張鐵山身上的衣服已經不是水而是汗了，感覺比打了幾天的獵還累。

此刻罪魁禍首正自顧自地睡得香甜，時而還努努嘴，跟書林睡覺的樣子簡直一個模樣。

張鐵山無奈地笑，伸手刮刮她的鼻子。「妳啊！以後不能讓妳沾酒了，不然受罪的是我啊！」

李何華皺皺鼻子，轉過頭繼續睡。

張鐵山勾起嘴角，又靜靜地盯著她的睡顏看了許久，這才在她額頭上輕輕一吻，將屋子裡的蠟燭吹滅，關上門走出去。

第四十九章　做油紙袋

第二天，李何華像往常一樣醒來，可卻感覺頭有點疼，口也有點渴，正打算起床，一掀開被子，就見被子下的自己一絲不掛，嚇得她又趕緊拉上被子。

怎麼回事？她的衣服呢？

李何華想了想。昨天晚上大家吃晚飯慶祝，最後人都走了，張鐵山給她和書林燒洗澡水，然後她便……

「哦……」李何華臉一下子紅了，忍不住伸手摀臉，哀號一聲。

她昨晚竟然就這麼醉了？以前她好歹酒量不錯啊，現在怎麼變成傳說中的一杯倒？

李何華對昨晚的記憶統統都在，可她寧願此刻什麼都不記得才好，這樣就不會尷尬了。雖然最後她睡著了，可用腳趾頭想都知道最後是誰抱她回床上的。

李何華蒙住頭在被子裡滾了幾圈，最後不得不冒出頭來呼吸。

算了，生活還是得繼續，這樣的事情誰沒遇過呢！該面對的總得面對。

李何華忍不住自我安慰。在現代，男女朋友同居都是正常的，現在她和張鐵山這樣看一下，也不需要大驚小怪的，對吧？

嗯，對的。

完成了自問自答後，李何華才從床上爬起來，發現床邊擺著一套乾淨的衣服。她心情複雜地穿上衣服，磨磨蹭蹭地出了房間，很不巧地，一出門就看見張鐵山正抱著書林給他洗漱。

看見李何華出來，張鐵山眼裡帶笑。「起來了？」

李何華一看到他就忍不住臉發熱，伸手理了下耳後的頭髮，故作自然道：「嗯。我去洗漱、做早飯。」說完便匆匆進了廚房。

張鐵山眼裡的笑意更甚，將書林收拾好，便讓他在院子裡和黑子玩，而他則跟著進了廚房。

李何華正在做蒸餃，心情還沒平復過來，餘光見張鐵山進來，繼續低頭看著鍋裡的餃子，好像它們多可愛一般。

張鐵山見她不理自己，笑著走過去，站在她身後將人抱住，在她耳邊親了親。「頭疼不疼？」

李何華頓了頓，抿著唇搖搖頭，眼睛繼續看著她可愛的餃子。

「昨晚的事……」

見他還是提了，李何華跺跺腳。「哎呀，你趕快出去啊！不許提昨晚的事，我忘了！」

「呵……」張鐵山笑起來，知道她這是不好意思了，要是再提真的會把人惹毛，便識趣地不再說。原本他還怕她醒來會生氣，想著早早過來任打任罵，可她沒有生氣，他的心情特別高興。

這是不是說明，他的糕糕在心裡已經完全接受了他，所以不介意呢？

張鐵山越想越開心，忍不住在李何華後頸連連親了好幾口，被李何華踢了出去才甘休。

因為這事，張鐵山這個不苟言笑的人難得地一整天臉上都掛著笑。

今天酒樓的生意一如既往地好，二樓包廂也是熱鬧得很。

嚴老爺子又來了，他還把鎮上的何員外也帶來了。何員外和嚴老爺子一樣都是十足十的吃貨，本來不信這小小的酒樓有嚴老爺子說的那麼好吃，結果今天一來，立刻就被折服了，一個勁地誇李何華的廚藝。

除了嚴老爺子和何員外，還來了一桌客人，正是之前常常來李何華攤子上吃飯的商人。

這商人姓王，是專門跑絲綢生意的，常常在鎮上的碼頭上歇腳，之前發現李何華做的東西特別好吃，便愛上了這味，每次經過這裡，都要來李何華的攤子吃飯。現在聽人說李何華開起了酒樓，眼睛便是一亮，立刻帶著同行的幾個人一起來。

他聽說現在還有包廂，便毫不猶豫地要了一個包廂，一口氣點了八道大菜，讓李何華好一通忙，整整忙了兩個多時辰才將三桌菜做完，累得胳膊都疼了，不過生意好還是很讓人高興。

張鐵山心疼壞了，倒了杯水，細細吹涼，餵到她嘴邊。「來，喝點水。」

李何華懶得抬手，便就著他的手喝了。
張鐵山又摸摸她的臉頰。「餓不餓？要不要先吃點東西？我讓小青給妳做點飯？」
李何華其實不太餓，可是最近張鐵山管她管得嚴，中午必須要吃得飽飽的，堅決不讓她再瘦下去，一到飯點就催她吃飯，還會親自看著。
李何華想著自己現在不胖，也就隨他去，乖乖地點了點頭。「那你讓小青給我做一份蓋飯。」
張鐵山走進廚房，不一會兒就端來一份小份的蓋飯，也不讓李何華動手，直接拿著勺子餵她吃。
李何華發現張鐵山對她比對書林還細心。書林現在吃飯他都不會餵了，讓他自己吃，美其名曰「男子漢要學會獨立」；到了她這兒，他總是愛餵她，像是對孩子一般。
不過不得不說，這種被細心寵愛的感覺還是很甜蜜的。
李何華吃下一口飯，便和他隨意說起了話。「這鎮上有錢人還真不少，只要好吃，不愁沒客人。今天便來了三桌，以後估計會更多，但我們一天最多接待六桌，多了你就和人家說不接待了。」
張鐵山又舀起一勺飯遞到李何華嘴邊，說道：「我知道，要不是妳說六桌，我覺得每天四桌最好。」
李何華瞋了他一眼。「四桌太少了，就六桌吧！不過以後要是天天都能超過六桌，咱們就要實行預約制，就是前幾天預定包廂，先來先得，這樣方便又公平。要是有那實在想吃又沒有預定的，便加錢吧！一桌加五兩銀子，不過這錢估計沒人願意多付。」

張鐵山沒有多說什麼，反正她想怎麼做他都支持。

就這樣，兩人一個餵、一個吃，慢慢將一碗蓋飯吃光了。

這時，王姓商人那桌正好吃完下來結帳，見到李何華，眼睛都是亮的，別提多滿足了。

「老闆，以前覺得妳做的小吃好吃，沒想到妳做的菜更好吃，我吃遍大江南北，都沒吃過這麼好吃的菜，今天真是沒白來！」王姓商人讚不絕口。

李何華被他如此誇讚，心裡也很高興，笑道：「承蒙誇讚，要是覺得好吃，以後常來。」

王姓商人點頭。「那是肯定的，以後有時間就來。」就是可惜他不是這裡的人，沒辦法常常過來，只能每次路過時來吃一次。唉，吃過了這家的菜，以後吃別家的估計都索然無味了。

王姓商人沒急著付帳，而是對李何華道：「老闆，待會兒我們就要上船了，再給我拿點你們家的糕點和乾糧吧！你們家的東西都特別好吃，我家孩子愛吃，乾糧也吃得下去。」

「沒問題。」李何華笑著點頭。「那您每樣要多少呢？我去給您包。」

王姓商人想了想。「糕點每樣給我包八塊吧！乾糧給我來二十份。」下次上岸要五天後，必須要多帶點吃的。

他要得太多，李何華不知道還有沒有剩這麼多的糕點和乾糧，便道：「您稍等一下，我去給您打包，但是不知道有沒有這麼多的糕點和乾糧？要是不夠的話……」

「那有多少就給我包多少吧！」

李何華點點頭，走到賣糕點的區域，問曹四妹道：「大姊，糕點每樣還有八塊嗎？」

曹四妹給一位買糕點的客人包好她要的糕點，這才有空回答李何華。「今天上午糕點賣得多，雞蛋糕和紅豆糕都快要沒了，其他的還有八塊。」

李何華便道：「那有八塊的就給我每樣包八塊，其他不夠的剩多少給我包多少，用其他多的湊數也行，那邊的客人正等著帶上船吃。哦，對了，還有乾糧，給我包十份肉夾饃和十分醬香餅出來。」

曹四妹一聽有人一下子要那麼多，很是高興，立刻就去打包糕點。

李何華也拿起夾子和油紙包，幫忙打包乾糧。幸好她之前怕有人一次買得多，便特意做了大一點的油紙包，一個油紙包可以同時裝很多糕點和乾糧，方便很多。

因為王姓商人要的東西實在太多，就算用最大的油紙包來包，也還是包了十幾包，兩隻手拎不過來。李何華看他們一群人什麼都沒帶，要是拎著好幾個紙包也不方便，想了想，便去後院拿了個籃子，將油紙包放進籃子裡，提著籃子遞給王姓商人。

「這是你們要的東西，有的糕點不夠，我就用其他的補齊了，您看行嗎？」

「行行行，謝謝老闆，不過這籃子……」

李何華道：「你們的東西太多了，拎著紙包不方便，用籃子方便一點。這籃子借你們，下次過來吃飯再還我就好；忘了也沒關係，一個籃子值不了幾個錢。」

看李何華行事這麼大方，王姓商人心裡對李何華更是欣賞了幾分。這老闆雖是女流之輩，卻毫無女人家的扭捏小氣，處事更是大方周到，絲毫不比男人差，最重要的是手藝還這麼好，她家的生意不好才怪。

他決定以後要多跟相熟的行商之人說說，讓他們也來她家吃東西，算是給老闆拉生意。

等王姓商人一群人離開，剩下的兩個包廂的人也陸續吃完付錢走了，每一桌客人都不約而同地覺得這錢花得值。

顯然，李何華的手藝征服了所有人的胃。

等到下半午，吃飯的人潮少了許多，大家才能歇一歇。

李何華讓小青和小紅給大家做點飯吃，她則站在櫃檯後面清點今天的帳目。

今天二樓包廂一共四桌，共收到十八兩零四百文錢，取整數是十八兩。

一樓的小吃則收了約二兩銀子，再加上今天做的糕點和乾糧，一共賣了一兩半銀子，到目前為止差不多收了二十一兩，這還不包括晚上那一頓飯的錢。

總體來說，去掉人力和成本，酒樓一天能賺十六兩銀子左右，這個價錢李何華算是滿意了。雖然不能大富大貴，但是也算小康，這樣的日子正好。如果照這個速度下去，很快就能攢夠錢，再買間住宅給張林氏他們住，她這心也算是能放下了。

李何華正喜孜孜地想著，臉頰就被捏了一下。

「怎麼笑得這麼開心？」張鐵山低沈的聲音在耳邊響起。

李何華揚揚手裡的帳本。「我在算今天賺了多少錢。」

張鐵山勾起嘴角，覺得她這一副小財迷的樣子挺可愛的，跟喝醉酒時有得比，他忍不住又捏捏她的臉。

李何華在心裡算了下帳，跟張鐵山道：「你幫我找間房子吧！」

張鐵山疑惑。「找房子？幹什麼？」

李何華知道她若說是買給他們的，張鐵山肯定要生氣，也絕對不會收。她現在算是瞭解這個男人的脾氣了，壓根兒不是肯靠女人的人，所以她只好說道：「我想再買個院子，以後要是有需要可以去住。」

張鐵山抿抿唇，想了一會兒才道：「行，我去找人打聽一下。」

李何華笑起來，知道這男人做事可靠，事情交給他保准行。

「這事不急，可以慢慢找，但是院子起碼要能住得下一家人，最好有三、四個房間，少於三個房間的不能要。」既然是打算以後給張青山娶妻生子的，自然要考慮到房間的數量。

張鐵山以為李何華是想著以後他們一家人住，然後他們兩人還會有其他孩子，所以要求房間多一點，心裡不由高興起來，嘴角帶著笑，點頭道：「行，這事交給我。」

這時，曹四妹吃完飯走了過來，對李何華道：「妹子，今天糕點賣得特別快，已經賣完了，我下午沒事做了。」

李何華道：「既然賣完了，大姊下午就帶著大丫先回去吧！明早再過來。」

曹四妹點頭答應，收拾東西便準備帶著大丫回家。這時，李何華的腦子靈光一閃，開口又叫住了曹四妹。

曹四妹疑惑。「妹子怎麼啦？」

李何華突然想起剛剛送給王姓商人的那個籃子，腦子裡便有了個想法。

現在來這裡買糕點的人不少，許多人因為她的糕點好吃又好看，不光買回家給家人吃，還有許多人是買來送人的。

當然，還有不少像剛才的王姓商人那樣，一買就是一大堆，每次都要用一個個油紙包包起來，十分不好拿。

所以，他們何不推出一種糕點袋子，就像現代的紙袋那樣，可以放很多東西，還可以直接拎著，方便又好看。

李何華對曹四妹道：「大姊，我想做一種油紙袋用來裝咱們的糕點，但咱們自己肯定沒時間做，我想讓妳回去跟村裡心靈手巧的婦人們說說，讓她們幫我做，我給她們錢，品質什麼的就請妳幫我把關，妳看行嗎？」

曹四妹雖不知油紙袋具體是什麼樣的，但她認為只要是李何華說的，那就不會有錯，肯定又是賺錢的東西，絕對無條件支持，當下就保證道：「完全沒問題，村裡的婦人們要是知道能掙錢，肯定搶著做，保證給妳做得好好的。」

李何華聞言，點點頭。「那行，我晚上先做個樣板出來，妳再帶回去給其他人看，讓她們照著我這樣做。」

第五十章　發工資

晚上打烊時，李何華點了兩盞油燈放在桌子上，用買來的油紙做了個紙袋，將幾塊糕點放進去，再用手指穿過頂部留下來的洞，一拎，就像是拎籃子一樣拎起來了。

「怎麼樣，不錯吧？」李何華晃著手上的紙袋子問道。

張鐵山捧場地點頭。

書林也跟著他爹點頭。娘最棒了！

一大一小這麼給面子，李何華拿出紙袋裡的糕點，一人給一塊。「給你們的獎勵。」

書林快速地接過，喜孜孜地吃了起來；倒是張鐵山頗為哭笑不得，不過在李何華的「鼓勵」下，還是接了過來，跟著兒子一起吃起來。

算了，她高興就好。

等到兩個人吃完，李何華便對乖乖待在一邊的書林招招手。「書林過來娘這邊。」

書林小嘴一咧，往李何華跟前跑來，一下子抱住她的腿，聲音糯糯的。「娘——」

李何華在他額頭上親了一口。「書林啊，娘現在想要你幫個忙，行不行啊？」

書林毫不猶豫地點頭、點頭，再點頭，眼睛閃閃發亮。對於能幫娘的忙，小傢伙興奮極了。

李何華指著做好的油紙袋，說道：「娘想請你在這一面幫娘畫個糕點的樣子，然後在下面寫上『美味居』三個字，可以嗎？」

書林點頭，小短腿一邁就跑進書畫間，一會兒又跑回來，手裡拿著他的筆墨，俐落地在做好的油紙袋上畫了一個盤子，盤子上擺著三塊糕點。雖然只有寥寥幾筆，卻將糕點畫得維妙維肖。

盤子的下面，還用楷書寫著三個大字：美味居。

李何華喜愛得不行，捧著書林的小腦袋印了幾個吻。「寶貝，你畫得太好了，娘好喜歡，謝謝寶貝！」

書林眼睛都快笑瞇了。

「嗯哼！」一聲咳嗽聲在旁邊響起。

李何華朝發出聲音的大男人看去，這人正沈著眼睛盯著她，眼神明晃晃地表達某個意思。

李何華想笑。有時候男人真的跟孩子一樣，說他成熟，他比誰都成熟，但在某些方面幼稚起來，也很讓人受不了，比如現在。

李何華嘆了口氣，傾身過去，在男人臉上也印下兩個吻，男人這才滿意。

幼稚！

第二天，李何華就將做好的紙袋交給曹四妹，讓她帶回去分給村裡的女人做。同時，她還推出古代版「禮盒」，就是用紙袋裝著幾樣不同的糕點，在排列和顏色上用心搭配，然後將之放到展示架上。

如果客人想買來送人，可以推薦客人，因為糕點種類多又好看，送人的話最好。這個「禮盒」還真吸引不少人買，有的人懶得選，聽到有搭配好的，就乾脆直接買下。至於其他客人，不管買多、買少，李何華都用紙袋細心包好，這一舉措得到客人們的一致誇讚，賣的數量自然也提高不少，小紅每天做的糕點數量增加了近三成。

不光糕點生意好，現在到樓上包廂吃飯的客人也越來越多。剛開始是兩、三桌，漸漸地變成五桌、六桌，李何華不得不使用提前預定的方法，前一天來訂第二天的包廂，來遲了就只能往後排。

生意這樣好，大家都挺累的，李何華給每個人漲了五十文的工錢，樂得大家咧嘴直笑。

很快就到了發工資這天，曹大姊和大丫她們倆是按照提成分配的，這個月一共分到一兩零四百文錢；至於謝嫂子、張林氏、大河、小遠和羅二這個月得到六百五十文錢，而小青和小紅一人則是一兩半銀子。

大家得到的工資不可謂不高，各個樂得見牙不見眼。

待大家拿著工錢回家後，張鐵山哼笑一聲，捏著李何華的下巴。「媳婦啊，我的工錢呢？」

現在私下沒人時，張鐵山就會喊她媳婦，原本李何華對於他親暱的稱呼，還會不好意思，現在聽著也習慣了，臉皮被他帶厚了，也會反擊他了。「還要工錢？你見過媳婦給相公發工錢的嗎？」

「呵……」張鐵山一下子笑開了，李何華的一句話勾得他心癢。他用一隻手摀住書林眨巴著的眼，突然湊過去，在她的唇畔上重重吮吻起來，直到吻夠了才放開她，同時放開摀著書林眼睛的那隻手。

書林現在已經很不好糊弄了，之前還疑惑他爹老是摀他眼睛幹麼，現在他總算是明白了，他爹這是要親娘，不願意讓他看，所以老是摀著他眼睛。

真是氣死寶寶了！

書林很不高興，噘起小嘴，滿眼指責地看著他爹。誰知他爹絲毫沒意識到自己的錯誤，還愉悅地笑了起來，這讓小傢伙更是生氣，再也不想坐在爹懷裡了！

小傢伙氣呼呼地從他爹懷裡爬下來，改往李何華腿上爬，直接窩到李何華的懷裡埋住自己，還難得地說了一個字。「壞——」

「哈哈！」李何華被逗笑了，瞪了張鐵山一眼後，便拍拍小傢伙的背脊輕哄。「爹爹壞，爹爹是大壞蛋，我們不要理他了。」

書林在李何華懷裡蹭了蹭，輕輕點了點頭，表示贊同。

張鐵山無奈地笑看著母子倆，眉眼輕鬆。

哄完書林，李何華又說起了正事。

她打算給酒樓裡的人每個月兩天的休息日，其中每個月十五號是公休日，大家都休息，剩下的一天自由選擇。這樣可以勞逸結合，也免得家裡有事照顧不過來。

十五號這天也是學堂的休沐日，李何華打算每個月的這天都帶書林出去玩。小孩子的童年可是很重要的，孩子不快樂，賺再多錢都沒用。

張鐵山沒想到李何華能為書林想到如此地步，甚至比他這個父親做的都好，今生他們父子倆能遇到她，真是三生有幸。如今說什麼謝都是多餘的，他和她也不用說謝，他會記在心裡，全心全意對她好。

張鐵山摸摸李何華的臉頰。「好，到時候我們一起帶他出去玩。」

書林聽到這裡，不埋著頭了，轉過頭來看著李何華和張鐵山，很是興奮。

果然，孩子只要聽到出去玩，總是能激起他們的興趣。

說完這事，李何華從放錢的匣子裡拿出五兩銀子給張鐵山。「喏，你的工錢，可沒有剋扣你的。」

張鐵山笑，捏捏她的臉。「哪有媳婦給相公發工錢的？嗯？」

李何華「噗哧」一下笑了，伸手打了他一下。「給你錢你還有意見啦？快點拿著啊！」

張鐵山笑著搖搖頭，只從李何華手裡拿了一兩銀子出來。「我拿一兩就行了，其他的不要了。」一兩銀子是回家給張林氏的，算是他養母親和弟弟的錢，其他的則要交給自己媳婦，當然不能拿了。

「幹麼只要一兩？說好的給你五兩。」

張鐵山搖搖頭。「我只要一兩就行了，其他的就算給我，我也會交給妳收著，所以以後給我一兩就行了。」

李何華眨眨眼。難道這就是傳說中的上交薪水？雖然老公上交薪水給老婆挺正常的，但他們現在還不算夫妻，這樣不好吧？

李何華又把錢推了過去。「我們現在不是夫妻，這錢你自己拿著，我不要。」

張鐵山笑著揉揉她的頭。「我說給妳，妳就拿著。」說完怕李何華不同意，便玩笑道：「我的事情比其他人都輕鬆，可工錢高出其他人一大截，妳就不怕其他人有意見？」

李何華將在她頭上作亂的手拿下來，嗔道：「我是老闆，我想開多少工錢還不行啦？再說了，你可是酒樓的掌櫃兼護衛，真的有事可是要出拳頭的，這可是大工作，工錢能少嗎？只不過咱們酒樓暫時很安全，所以你還沒發揮作用。」

張鐵山被她的說辭逗笑了。「哈哈，行，掌櫃的加護衛，很重要！」

與此同時，走在回家路上的張林氏嘆了口氣，嘀咕起來。

「你哥啊，現在完全是被迷得家都忘了，每天晚上都要留到三更半夜才回，要是時間長了，難免被人說閒話。」

張青山道：「大哥和嫂子本就是夫妻，夫妻間這樣有什麼好說道的？」

張林氏卻不贊同。「他們倆現在哪是夫妻？連婚書都沒有。」

張青山皺了皺眉。「娘，婚書只是件小事，大哥隨時都能去辦一張，關鍵是在大哥的心裡，她就是妻子；而且書林都這麼大了，外人哪知道內裡的這些？您就不要操心了，只要對嫂子好點就行了。」

張林氏見張青山現在如此維護李何華，心頭梗了梗，無奈道：「好好好，你們倆現在都是站在她那邊的，我不說了行吧？」

張青山搖搖頭，知道母親還沒有完全消除之前的疙瘩，心裡還彆扭著，並沒有把嫂子當成真正的家人，所以話語間就沒有對待親人的親暱和包容，什麼事都能拿出來說一說。

好在現在他娘已經一步步地接受了，只要再等等就好。

張青山現在時不時地在他娘面前幫李何華說好話，此時也是如此，他道：「娘，大哥現在可不得好好對嫂子，不然嫂子不嫁給哥了怎麼辦？嫂子現在漂亮得很，做菜又好吃，還自己開酒樓賺錢，性子也變得很好，這樣的女子哪會沒有男人娶？要是嫂子真想找，保准很多男人會娶。現在說起來，還是哥哥配不上嫂子呢！」

張林氏氣得拍了張青山一下。「有你這麼說自己哥哥的嗎？你哥哪裡配不上她啦？」

張青山卻被拍得「嘶」了一聲。

張林氏察覺到不對勁，忙問：「怎麼了？」

「沒事、沒事。」

張林氏不信，立刻拉著他回家，就著燭火一看，發現張青山的衣服破了，破了好大一個口子，口子下的皮膚還青了一塊。

「你這衣服怎麼弄的？」

張青山臉色沈了下來，支支吾吾半晌後還是說了實話。

「這是跟我一起做學徒的人弄壞的，他故意推我，害我撞到木材上，這才弄成這樣的。」

張林氏一聽，生氣了。「那人怎麼回事啊？怎麼故意弄破你的衣服？太壞了，不能就這麼算了，你找他賠了嗎？」

張青山鐵青著臉，搖頭道：「我找他了，他不承認，我跟他打了一架，可是卻被師傅教訓了。」

「怎麼回事？你師傅沒有給你做主嗎？」

「那人是師傅家的親戚，師傅很偏心，幫著他說話，還反過來罵我惹麻煩。」

這段時間他受了不少委屈，每次都被那人主動找碴，師傅還向著那人，被欺負的人反而挨罵，他每次都忍了下來，可是心情天天都不好。

而且師傅還不太願意教他們木工活，只把他們當成苦力來用，他都不知道這樣下去能不能學成？

張青山也是積攢了太久的委屈，為了不讓家人擔心，一直忍著沒說，但現在既然說了，他便想把這段時間受到的委屈都說出來。

張林氏本來也很氣憤那人欺負兒子，但聽說那人是張青山師傅的親戚，心裡就有點猶豫了。

「青山啊，他既然是你師傅的親戚，那你師傅肯定是向著他的，你要是和他鬧起來，吃虧的肯定是你，到時候你師傅要是因為這事對你不喜，不教你木匠活了怎麼辦？」

「娘，我每次都忍著，可那人越來越過分，而且他不光欺負我，同當學徒的人都被他欺負，老愛占別人便宜，別人不給就找碴，他這人實在太壞了。娘，我都不想幹了！」

張林氏大驚。「這怎麼行！你哥好不容易給你找這學徒工的活，這家可是鎮上最好的，你要是不學了，你以後娶妻生子怎麼辦？青山啊！你可不能亂來，你聽娘的，不要和那人計較，躲著他點，聽話啊！」

張青山抿了抿唇，心裡很難過。他還以為母親會安慰他，可卻讓他再繼續忍。

這一刻，他眼睛酸酸的，為了不丟臉，匆匆丟下一句「我去睡覺了」，便跑回了房。

「真是小孩脾氣……」張林氏搖搖頭，也去睡了。

很快到了第一個休沐日，這天，忙得快暈了的眾人都忍不住心裡的雀躍，書林也是樂得不行，因為李何華和張鐵山要帶他去郊外的向華寺玩耍。為此，他特別期待，一大早便醒了，跟在李何華屁股後面轉，弄得李何華哭笑不得，只好早早地出發。

向華寺除了寺廟出名，風景也很優美，山清水秀，很適合遊玩，許多文人雅士都喜歡相邀一二好友來這裡遊山玩水、做做詩詞。不過，李何華並沒有急著去玩，而且先到向華寺裡拜拜，上了一炷香，算是跟佛祖打個招呼。

上完香後，一家三口剛出寺門，一聲稚嫩孩童的叫聲便傳了過來。「書林——」

李何華三人向聲源處看去，只見不遠處，顧錦昭正咧著嘴，揮舞著小胳膊，他的旁邊是顧之瑾。

李何華沒想到會在這裡看見顧夫子和顧錦昭兩人，不由也笑了，低頭對書林道：「書林你快看，錦昭也在這裡呢！快跟他打招呼。」

不用說，書林的嘴巴早就跟顧錦昭一樣咧了起來，也揮舞著小胳膊使勁招手。

顧錦昭抬頭與顧之瑾說了句什麼，接著便往他們這邊跑來。李何華見狀，也抱著書林迎了上去。

到了跟前，書林晃晃小腿示意要下去，李何華便將他放到地上。一下地，書林便撲向顧錦昭，兩個好朋友抱在一起，別提多高興了。

第五十一章 郊遊

顧之瑾從後面慢慢走過來，對李何華和張鐵山點頭致意。

李何華笑問：「顧夫子，您今日是帶錦昭來上香的嗎？」

顧之瑾搖了搖頭。「是錦昭聽書林說今天下午要來這邊玩，便也想過來，非讓我帶他來。」本來顧之瑾是不想帶他來的，沒奈何小傢伙在家就差一哭二鬧三上吊，非來不可，他只好妥協。

李何華能想像得到顧錦昭這個活潑的小傢伙是如何鬧他二叔的，而他二叔又是如何頭疼，覺得這叔姪倆莫名地萌，想想挺好笑的。

李何華便道：「那正好，我們準備去後山玩，咱們可以一起去。」

「哦耶！」顧錦昭聽到這話，激動起來。「好啊、好啊！荷花嬸嬸，你們帶我一起吧，我還買了風箏呢！」說著指了指他二叔手上拿著的風箏。

「行啊！咱們一起，我還帶了很多點心，正好你和書林一起吃。」

顧錦昭聽到吃的，眼睛一下子亮了，目光不由自主移到張鐵山拎著的大包袱上，咽了咽口水。他覺得書林的娘簡直是世上最好的娘了。

他和二叔什麼都沒帶，現在他的小肚子已經又渴又餓。看吧！他二叔一個男人就是不會照顧小孩。唉，本來還想把書林的娘變成二嬸的，但現在不行了，那就只能努力把書林的娘變成乾娘了。

不過，顧錦昭沒有把這個想法跟他二叔說，因為憑他對二叔的瞭解，他要是說了，他二叔絕對會揍他一頓。

事實上，要是顧之瑾知道他家姪子被美食誘惑得要去認人家當娘，還真的會揍人。

李何華一隻手牽著書林，另一隻手牽著顧錦昭，對顧之瑾道：「顧夫子，咱們走吧！」

顧之瑾笑著搖了搖頭。「我就不去了，我想去寺裡聽寂圓大師講經。」說著拱了拱手。「錦昭就麻煩你們照顧了。」

李何華覺得顧夫子很適合坐在蒲團上聽人講經，便道：「那好，您不要擔心錦昭，我會好好照顧他的，等我們回來，就在這裡集合吧！」

顧之瑾又施了一禮。「好，你們快去吧！」

李何華便帶著兩個孩子跟著張鐵山一起往後山而去，等途經一個涼亭時，李何華道：「咱們先在這兒歇一會兒，吃點東西，都中午了，還沒吃午飯呢！」

書林和顧錦昭早就餓了，聞言立刻點頭，渴望地看著張鐵山手上的包袱。

李何華好笑，將包袱打開，拿出她準備的吃食。因為沒有保溫的東西，所以帶來的都是些小食，沒有熱飯、熱菜。

李何華帶了些糕點，還帶了自己炸的薯條；當然，還有她做的番茄醬。除此之外，她還做了雞塊，類似KFC的上校雞塊，雖然都是垃圾食物，但偶爾吃沒關係，小孩子們都喜歡吃這些。

果然，一拿出來，兩個孩子都「哇」了一聲，雖然不知道是什麼，但看著很誘人的樣子，聞起來也好香。

不論在哪裡，這些吃食都很受孩子們的青睞。

李何華將密封的小瓷罐打開，露出裡面的番茄醬，接著拿出兩根薯條，在番茄醬裡面蘸了一下，一手一根餵到兩個小傢伙的嘴裡。

兩個小傢伙嚼了嚼，眼睛都亮了，小嘴巴快速蠕動起來。

「荷花嬸嬸，這個是什麼？好好吃啊！」

書林在旁邊點著小腦袋。是的，很好吃。

李何華回答。「這個叫薯條，是用馬鈴薯做的；這個是雞塊，你們自己拿著試試。」

兩人忙不迭地點頭，就像是埋頭苦吃的小倉鼠般，嘴巴動個不停。

看兩個小傢伙吃得開心，李何華拿起一個雞塊，蘸了點醬送到張鐵山嘴邊。「你也嚐嚐。」

張鐵山的眼睛慢慢盈滿笑意，就著李何華的手吃了下去。

「好吃嗎？」

「嗯，好吃。」雖然他平時除了吃飯，很少吃這些東西，但李何華做的東西，在他看來都是好吃的，更何況是她親自餵的。

李何華難得見他吃零食吃得這麼香，便又拿了根薯條餵他。

顧錦昭吃著東西，可眼睛卻沒閒著，看著兩人之間的動作，眨了眨眼。

書林的娘和書林的爹感情真好，怪不得書林的娘看不上二叔。唉，沒辦法，他只能再想辦法重新給二叔找個媳婦，要是靠二叔自己，估計一輩子都娶不到，真是愁死他了！

李何華又將昨晚做的壽司拿出來，兩個小傢伙看著花花綠綠的壽司，立刻就喜歡上了，拿起來就往嘴裡塞。

「哇，荷花嬸嬸，這個也好好吃呀！您做的東西天下無敵好吃，誰也比不過。」顧錦昭吃完一個壽司後，立刻豎起大拇指表示誇讚。

李何華感嘆顧錦昭的高情商，笑著摸了摸他的頭。「好吃就多吃點。」

四人在亭子裡吃完午飯，稍微歇息一下後就繼續出發，直找到一處地勢平坦、依山傍水之處才停了下來。

張鐵山將李何華帶來的大油布鋪在地上，把包袱放了上去。

顧錦昭拉著書林的手，兩人像是剛出籠的鳥兒，快樂地奔跑著。

李何華笑道：「一出來玩，書林就變得這麼活潑，瞧他高興的，看來以後要多帶他出來。」

張鐵山看著書林臉上的笑容，也勾起嘴角。「嗯，以後只要沒事，咱們就帶他出來玩。」

李何華拿出帶來的兩只風箏，走向兩個小傢伙。「走，我們去教他們倆放風箏！」考慮到兩個小傢伙太小，拉著風箏線跑不起來，李何華便安排兩個小傢伙在後面舉著風箏。

「你們倆準備好了，待會兒我說放，你們便放手，風箏就會飛上天了，知道嗎？」兩個小傢伙自覺肩上責任重大，都十分嚴肅地點頭，嚴陣以待。

李何華和張鐵山一人拿著一個線軸，站在兩個小傢伙前面，李何華一說「放」，兩個小傢伙便同時放手。

不一會兒，兩只風箏便迎著風升上天空，李何華和張鐵山兩人一點點放線，風箏便一點點升高。

顧錦昭激動地跳了起來。「書林，快看，咱們的風箏飛上天啦！好高、好高啊！」

書林咧著小嘴看著風箏，眼睛都捨不得眨，看風箏飛遠了一點，便邁著小短腿跟在後面跑。「風箏——風箏——飛——」

他一直跑到李何華身邊，一把抱住李何華的腿，仰著頭樂道：「娘，高高——高高——」

李何華低頭看他。「風箏是不是飛得好高好高？」

書林點頭，指著天上的風箏。「娘——風箏——高高——」

起放。

「來，書林，你來試試看。」說著，李何華將手上的風箏交到書林手上，握著他的手一

書林握著線軸，都快高興壞了，兩隻小腿一跺一跺的。

顧錦昭也跑了過來，看著書林握著風箏線軸，也想試試。

張鐵山看小孩眼巴巴地看著，便對他招了招手。「過來，我這個給你玩。」

「啊？」顧錦昭眨巴眨巴眼，確定真的是給自己後，屁顛屁顛地跑過去，從張鐵山手上接過線軸，甜甜地道謝。「謝謝伯伯，伯伯最好了！」

好小子，嘴還挺甜。

兩個小傢伙放著風箏，互相比誰放得高。李何華和張鐵山在後面看著，一旦發現誰的風箏有掉下來的跡象，便上去拯救一把；看誰的風箏比對方低，便上去幫他放高一點，反正兩個小傢伙最後也沒比出來誰的風箏高。

玩了一個多時辰，李何華才將風箏收起來，把兩個小傢伙叫到油布上，給兩人細細擦了汗，再將食盒裡的吃食分給他們。

一邊歇著一邊吃東西，等到把東西吃完，人也歇得差不多了。

李何華和張鐵山帶著兩個小傢伙重新返回向華寺，在門口的大樹下看到已經在那裡等候的顧之瑾。

顧錦昭像個小炮彈般朝顧之瑾飛去，一下子撞到顧之瑾身上，樂道：「二叔、二叔，我

們今天放風箏了，飛得可高了，比鳥兒飛得高多了；我們還吃了好多好吃的東西，有壽司、薯條，還有雞塊，可好吃了，二叔您肯定沒吃過！」

顧之瑾看著自家姪兒神采飛揚的笑臉，也笑了，對李何華和張鐵山道：「謝謝你們，今天沒少麻煩你們。」

李何華搖搖頭。「錦昭和書林是好朋友，沒什麼麻煩的，兩個孩子一起玩，樂趣還多一點。」

顧錦昭轉了轉眼珠子，臉上揚起大大的笑容。「那，荷花嬸嬸，以後您若再帶書林出來玩，能不能也帶上我啊？」

怕李何華不答應，他趕忙補充道：「我會很乖、很聽話，雖然我吃得有點多，但我會讓二叔給您銀子，好不好？」

「嘖！」顧之瑾捏了捏顧錦昭的小耳朵。「你的臉皮是越來越厚了！」

顧錦昭被拎著耳朵，也不在意，還翻了翻小白眼。「哎呀，您不懂，男人的臉皮可不能薄，要不然不是像個小姑娘一樣了嗎？」而且臉皮厚才能娶到媳婦，像他二叔，可不就是臉皮薄才沒媳婦的嗎！

「噗哧！錦昭你說得太對了。」李何華被顧錦昭這小傢伙逗得忍不住噴笑。

顧錦昭看李何華笑，給他二叔一個得意的表情。看，荷花嬸嬸都說我說得對呢！

顧之瑾無語地捂了捂額頭，不想跟自家這活寶再說話了。

李何華止住笑意，答應道：「以後我們帶書林出來玩，一定帶著錦昭一起，不過不用給錢，你能來，嬸嬸就已經很高興了。」

顧錦昭咧嘴笑著，跑過去一下子抱住李何華的腿。「謝謝荷花嬸嬸，您最好了！」

晚上，書林一回到家便鑽進書畫房裡。

畫板上鋪著一張宣紙，小人兒拿著筆在紙上不停描繪著，全神貫注。

李何華和張鐵山沒有出聲，悄悄地走到他身後，視線向畫板上投去，頓時呼吸一滯。

畫板上，一幅栩栩如生的山野風景圖躍然紙上，一花一木、一草一樹都像是摘來的一般，簡直身臨其境。最重要的是，這上面的景色正是他們今日去放風箏時所待的地方，簡直一模一樣，就連上面的四個小人，也讓人一眼就能看出，正是她、張鐵山、顧錦昭還有小傢伙自己。

太漂亮也太真實了！

李何華不知道書林的畫功已經好到如此地步，簡直可以用驚豔來形容。

兩人誰都沒有出聲，就這麼靜靜地看著小傢伙畫著，一直等了半個多時辰，書林才收筆。

小傢伙小心地將筆放到筆架上，這才打了個小呵欠，伸出小手揉了揉眼睛，顯然是累了。不過，他手上沾了墨汁，這一揉，便將兩隻眼睛染黑，成了隻小貓熊。

李何華心都要化了，上前抱起他，攔住他還要繼續揉眼的小手。「娘的小貓熊，可不能再揉了，娘去給你洗臉、洗手。」

書林看娘來了，立刻露出小白牙，聽話地放下小手，等走到門口的時候，突然回頭指向他的畫。「娘——」

李何華拍拍他。「娘知道，娘讓爹給你收起來，明天帶去給夫子看看，好不好？」

書林使勁點點頭，這才放心地摟著她的脖子去洗臉。

李何華給書林洗臉，又順便幫他把澡洗了，等洗完後，小傢伙已經累得睡著了。

李何華在他的額頭上吻了吻，將他抱到床上。

書畫間裡，張鐵山坐在椅子上，靜靜地看著畫板上的畫，異常專注。

李何華笑了笑，悄悄走過去，伸出手搭上他的肩膀，陪著他一起看。

「他真的很棒，是不是？」

張鐵山勾起嘴角，點了點頭，笑容裡有著自豪與欣慰。

李何華拍拍他的肩。「以後咱們可要多多掙錢，小傢伙在這方面這麼有天賦，必不能荒廢，不論花多少錢都得支持他畫下去。」

張鐵山點點頭，眼裡滿是動容，轉過身來抱住她的腰，將臉埋在她的腹間，無聲地說了一聲謝謝。

要不是她，書林不可能變得這麼開朗，不可能發掘出繪畫天賦，不可能畫得像現在這麼好，不可能成為這麼優秀的孩子。

因為遇見她，他們父子倆才徹底改變了人生。也許上輩子他做了什麼好事，老天爺才給了他如此好運，讓他遇到她吧！

第五十二章　拜師南宮先生

第二日，李何華去學堂接書林回來時，顧之瑾開口留她說話。

顧之瑾拿出書林昨天郊遊的畫，眼裡滿是欣賞之意。「書林拿來的畫我看了，畫得很好，我畫的都比不過他。」

顧之瑾略帶慚愧地笑了下。「書林的天賦在我之上，我能教他的都教了，他現在已經全部學會，可以說，我現在能教他的不多了，繼續教他是耽誤他。」

顧夫子這話是什麼意思？難道是不想教書林了？

李何華臉色微變，忙問道：「顧夫子，您是不打算教書林了嗎？您知道，書林還這麼小，我們也教不了他，您要是不教他，我們沒辦法給他找其他老師。顧夫子，還請您繼續教書林吧！」

看李何華急切的樣子，顧之瑾知道她誤會了，暗怪自己不會說話，忙解釋道：「不是這樣的，我的意思不是說不教書林了，而是我能教的都教了，書林本身的天賦就在我之上，我教給他的只不過是一些基本的知識。現在他都懂了，我的作用不大，我今天想跟妳商量的是，重新給書林找一個教他書畫的老師。」

「重新找老師？」李何華有點懵。

顧之瑾點點頭。「是這樣的，我的老師很看重書林的天賦，我想請他收下書林，親自教導他。老師是一代書畫大家，我的畫都是他教導的，不過說來慚愧，我的天賦不夠，沒有達到老師的期望。

「老師原本是京城最大書院的院長，堪稱一代大儒，現在歲數大了，便退了下來，來到這裡打算頤養天年。今日他來我的書院，恰好看見書林的畫，大為讚賞。老師他很少這麼誇人，於是我便請老師收書林為弟子，專門教導書林的書畫，老師也同意了，便讓我問問你們的意思。」

原來是這樣。李何華雖然不知道顧之瑾的老師是什麼人，但能作為京城最大書院的院長，又是教導顧夫子的，想來肯定很厲害，不然顧夫子不會請求他收書林為弟子。

這麼厲害的人物要教書林，對她來說當然是好事，但……

「如果書林當了老師的弟子，以後要去哪裡學習？是不是就不來您這裡了？」

事關書林，李何華便想問清楚。

顧之瑾能理解，耐心地給她解答。「我的老師現在住在華安大街上，離這裡不遠，要是書林由他教導書畫，不用每天過去，一個月過去十天即可，其他時間還是在我這裡，我教他其他知識。」

李何華聽完，覺得太好了。書林還小，其他知識不能落下，這樣對他來說是最好的安排，顧夫子是真心為書林好，她哪有拒絕的道理，便道：「那我和書林的爹哪天抽空親自上門拜訪一下您的老師吧！這是該有的禮節，還麻煩您幫我們安排一下。」

「沒問題，我看不如就下次休沐吧！我帶你們親自上門拜訪，妳看如何？」

「這樣再好不過，謝謝顧夫子。」

回家後，李何華便將這事情跟張鐵山說了。

張鐵山也很高興，第二天就去準備拜師禮，就怕失禮。

很快就到了書林再次休沐的日子，李何華將酒樓交給其他人打理，她則和張鐵山帶著書林去找顧夫子，然後再一起去拜訪顧夫子的老師。

顧夫子還帶了顧錦昭這個小傢伙，小傢伙一見書林就和書林玩了起來，兩個人倒是一點都不緊張。

顧錦昭的老師住在華安大街的盡頭處，入眼就是一間占地頗大的宅子，門前兩隻石獅子比人都高，裡面裝飾更是不凡。假山怪石，花草鳥木，樓閣亭臺，一景一色都充滿詩意，就連書林都被吸引住了，眨巴著眼睛好奇地看著，一臉驚嘆。

顧之瑾帶著幾人徑直來到待客大堂，大堂上方坐著一位頭髮灰白、滿身儒氣的老者，旁邊坐著一位華服男子。

顧之瑾恭敬地給李何華和張鐵山介紹道：「這位就是我的老師南宮先生。」

李何華和張鐵山趕忙朝上頭的老者拜了一下。「拜見南宮先生。」

顧之瑾又介紹在場的另一位男子。「這位是我的師弟，霍易，也是咱們鎮的縣令。」

什麼？縣令大人也是南宮先生的弟子？李何華和張鐵山都很驚訝，不過沒有表現出來，只正常地打了招呼。

南宮先生滿意地點了下頭，招呼他們坐，看得出來是個很和氣的老者。

南宮先生對書林的畫技很是讚賞，出於愛才之心，打算以後就只培養他一個，算是他收的最後一個弟子。

李何華和張鐵山感激不盡，趕忙奉上帶來的拜師禮，希望他不要嫌棄，誰知南宮先生卻搖手拒絕了。

「這些虛禮就免了，我不喜歡這個。」

顧之瑾也道：「你們帶回去吧！老師從來不收弟子禮物的。」

看南宮先生是真的不要，李何華只好收回禮物，想了想，道：「這樣吧，南宮先生如果不嫌棄的話，我下廚給大家做頓飯，算是我們的一點心意。」

顧錦昭一聽，眼睛立刻亮了，說道：「師爺爺，荷花嬸嬸做的吃食天下無敵美味，可好吃了，您快答應吧！」

南宮先生被顧錦昭的話逗笑了，也不禁來了興趣。「這麼好吃啊！那我可要嚐嚐，麻煩夫人了。」

李何華跟著管家去了廚房，用了半個多時辰就準備出一桌豐盛的飯菜，等到坐上桌的時候，顧錦昭朝她豎起大拇指，使勁誇讚。「荷花嬸嬸，您做的菜都好好吃哦，您太厲害啦！」

霍易擦了擦嘴，笑呵呵地對李何華拱拱手，表達感謝。「夫人，妳的手藝實在是好，吃得人停不下筷子呀！」

眾人紛紛點頭贊同。

這時，南宮先生對李何華道：「夫人，多謝妳給我們做如此佳餚，老夫不勝感激，在此敬妳一杯。」

「南宮先生客氣了。」李何華不能喝酒，張鐵山便站起身，舉起酒杯抱歉道：「南宮先生，真是不好意思，內子不能喝酒，沾酒便會醉，在下替內子喝了這一杯，還望先生見諒。」

南宮先生笑著擺手。「沒事，我的謝意表達到了便是，你們隨意。」說著乾了自己那一杯。

張鐵山一仰頭，也乾了杯中酒，等南宮先生坐下來，這才坐下。

南宮先生將張鐵山和李何華的一舉一動看在眼裡，心裡暗暗點頭。雖然這夫妻倆不是大富大貴之人，但是為人真誠有禮，進退有度，想來教導出來的孩子也是不差的。本來他是看中書林這孩子的天賦，可以說是百年難得一見，他不想浪費這麼好的苗子，但孩子父母的為人也很重要，現在見過張鐵山和李何華後，他徹底放了心。

一頓飯吃得賓主盡歡，飯後，李何華和張鐵山便準備告辭，顧錦昭眼珠子一轉，拉住顧之瑾的手。

「二叔，咱們也走吧，天色不早了呢！」

顧之瑾看看天色，才剛午後，怎麼就不早了？這小混蛋想跟書林一起回去玩才是真的吧！

顧之瑾拒絕。「不行，二叔有事要跟你師爺爺商量，現在沒空回去，再等一會兒。」

顧錦昭癟了癟嘴，想了想又道：「那二叔，您在這兒忙，我先隨書林他們回去，也好先一步回府裡打點一下。」

打點一下？有什麼好讓他打點的？顧之瑾氣得想揍他一頓，但這小魔王今日要是不如願，估計偷跑也會跑掉，只好道：「行了，我知道你想要隨書林去玩，但你去了要有禮貌，不要亂跑，等著二叔去接你，知道嗎？」

知道二叔這是同意了，顧錦昭高興地跳了起來。「荷花嬸嬸，你們帶我一起走呀！」

顧錦昭跟著李何華回酒樓，高興得不得了；書林也高興，兩個小傢伙湊在一起嘀嘀咕咕，也不知道在說什麼？當然，都是顧錦昭在說，書林在一邊點頭、搖頭，但卻能順利溝通。

李何華用手指戳了戳張鐵山的胳膊，下巴往兩個小傢伙的方向抬了抬。「欸，你看兩個小傢伙在一起總是有說不完的話，書林跟錦昭一起玩總是特別活潑。」

張鐵山眼裡帶著笑意，點了點頭。小孩子少不了玩伴，他們家就書林一個，青山也沒有孩子，書林難免寂寞，現在有顧錦昭陪他，倒是挺好的。

李何華以為兩個小傢伙在說什麼玩具和好吃的，其實兩個小傢伙的談話很嚴肅，更正確地說，是顧錦昭在套書林的話。

「書林，我很喜歡你，也很喜歡你娘，很喜歡、很喜歡。」

書林認真地點頭。是，他娘特別好，他也很喜歡娘。

顧錦昭見書林點頭，高興起來，咧著嘴道：「是吧？我好羨慕你，我都沒有娘。你娘太好了，我也想要有這麼好的娘，要是你的娘也是我的娘，那我也有這麼好的娘了，然後你就是我的弟弟，我是你的哥哥，我們就能經常在一起玩了。」

書林眨巴著眼睛，有點疑惑。可是他的娘要怎麼變成錦昭的娘呢？就算他們不是兄弟，也經常在一起玩呀！

書林看顧錦昭神情可憐，摸了摸他的頭安慰道：「一起玩——」我們一直一起玩，天天陪你玩。

顧錦昭撓了撓腦袋，乾脆地問：「你想不想讓我當你的哥哥啊？我當你的哥哥，咱們倆的關係就更好了，以後你有什麼事，我幫你擺平！」

書林也跟著撓撓腦袋，不明白怎麼就當哥哥了？但看顧錦昭很希望他答應的樣子，還是點了點頭。

「真的？你答應了？」

書林點頭。

顧錦昭樂壞了，忙道：「既然我是你哥哥，那你娘就是我娘了，是不是？」

書林頓住，眼睛眨巴不起來了。他的娘怎麼就是錦昭的娘了呢？那他怎麼辦？他不能沒有娘。

顧錦昭這下終於說到點上去了。「我可以認你娘當乾娘。你知道乾娘嗎？就是不是親生的，但是也能當娘，然後我和你就是兄弟了。」

書林有點猶豫了。

顧錦昭急了，說道：「書林，你剛剛不是還說要我當你哥哥嗎？我是你的哥哥，你的娘就是我的娘了，我們兩個一起的娘，你知道嗎？」

一起的？書林在腦子裡想了起來。

「書林，你不能讓你娘也當我娘嗎？要不然我就是沒娘的孩子了，沒娘的孩子很可憐的，你看大街上撿垃圾吃的乞丐就是沒娘的孩子。」

書林驚疑地睜大眼睛。乞丐很可憐，他不要顧錦昭跟乞丐一樣。

書林忍著心裡對娘的不捨，終於點了點小腦袋。好吧！把娘也分給錦昭一點，不要讓錦昭當沒娘的乞丐。

看書林終於點頭，顧錦昭咧開嘴。「那我晚上就去找荷花嬸嬸說，你要幫我哦！」

書林認真點了點頭。

到了傍晚，顧之瑾來接顧錦昭回家，顧錦昭抱著柱子死都不回去。

「二叔，我才剛來沒一會兒呢！您讓我再多玩一下吧！求求您了，二叔。」他的大業還沒完成呢！

顧之瑾拉著顧錦昭的胳膊，板起臉。「不行，你已經玩了一下午，都快天黑了，這時候不回去，你想什麼時候回去？」

顧錦昭癟起嘴。「二叔，回家就我一個小孩，都沒有人陪我玩，現在好不容易有書林陪我，難道您連這點樂趣都要剝奪嗎？」

「……」顧之瑾十分無語。

他深吸一口氣。「顧錦昭，你到底想怎樣？你若再不聽話，我揍你了啊！」

顧錦昭委屈地眼睛泛紅。「我沒想怎麼樣啊，我就是想在這裡多待一會兒，這樣都不行嗎？」

李何華忍不住為他說情。「顧夫子，您就讓他多待一會兒吧，我會照顧好他。」

顧之瑾嘆了口氣，揉了揉額頭。「顧錦昭，你自己說，你到底想怎麼樣？要待到什麼時候？」

顧錦昭低下頭，嘴角露出一個得意的笑容，很快就消失不見，吶吶道：「我今晚想跟書林睡一晚，明早和書林一起上學。」

說完看他二叔拳頭都握起來了，趕忙道：「人家都是和兄弟一起睡的，我這麼小就要一個人睡，我也想體會有兄弟姊妹的感覺，這麼點要求都不行嗎？荷花嬸嬸也不介意，對不對，荷花嬸嬸？」

李何華哭笑不得，說道：「顧夫子，我這邊留錦昭住一晚沒問題，我也很樂意留錦昭，您不用顧慮我。」

顧之瑾覺得他以後肯定不是老死的，而是被這小魔星氣死的，偏偏他還拿他無可奈何。大哥和大嫂到底給他留了個什麼樣的孩子啊……

最後顧之瑾妥協了，讓顧錦昭留在這裡。

顧錦昭和書林對視一眼，彼此交換了個眼神。

第五十三章　認乾娘

晚上，李何華多做了兩道顧錦昭愛吃的菜，兩個小傢伙吃飽喝足後，便去跟黑子玩，一直鬧到睡覺。

李何華將兩個小傢伙帶到她隔壁房間睡，床鋪是新鋪的，睡起來很舒服。兩個小傢伙都是第一次和同齡小孩一起睡覺，感覺很是新鮮，在床上滾來滾去、嘻嘻哈哈，興奮得不行，最後還是李何華講了好幾個故事，才總算消停下來。

李何華給他們蓋好被子。「好了，明天還要上學呢，快睡覺！」

書林和顧錦昭對視一眼，乖乖地閉上眼睛。

李何華正打算走，哪知剛轉身就被一隻小手拉住。

她回頭一看，是顧錦昭又睜開眼睛拉住她。

李何華又回過身來。「錦昭怎麼了？」

顧錦昭眨巴眨巴眼睛，臉上第一次出現不安的表情，想說什麼又不太敢說。

書林也睜開眼睛，看看顧錦昭再看看他娘，神情有點急切不安。

李何華不解，坐在床邊摸了摸兩人的臉，聲音輕柔。「兩個小寶貝怎麼了？有什麼事情跟我說就是，沒關係。」

顧錦昭終於期期艾艾地說出自己的想法。「荷花嬸嬸，我能認您當乾娘嗎？」

「啊？」李何華被說得有點懵。

顧錦昭搖搖李何華的手。「荷花嬸嬸，您當我乾娘吧！這樣我就是您的兒子了。您放心，以後我會孝敬您，您說好不好？」

李何華沒想到顧錦昭竟然想要認她當乾娘，這小傢伙怎麼想起來的啊？

怪不得今天非要跟她回來，晚上又不肯走，就是因為想說這件事吧？估計那會兒跟書林嘀嘀咕咕的也是在說這事。

看李何華沒有點頭，不光顧錦昭急，書林也急了。

書林爬起來，鑽進李何華的懷裡，雙手抱住李何華的脖子搖了搖，撒起嬌來了。

「書林也希望錦昭認娘當乾娘？」李何華問。

書林點點頭。

李何華哭笑不得。看來這兩個小傢伙已經商量好了。

可這事不是她點頭就能成的事，她很喜歡顧錦昭這個小傢伙，對他跟對乾兒子也差不多了，但錦昭不是無父無母，他有二叔，她不能不問過顧夫子的意思，就擅自做決定。

李何華摸摸顧錦昭的笑臉，認真道：「錦昭，荷花嬸嬸很喜歡你，你要是能當嬸嬸的乾兒子，嬸嬸也很歡喜。但是，這事情不能這麼擅自做決定，得問問你二叔的意思，你二叔要是不同意，嬸嬸也不能答應。」李何華說完，問道：「錦昭，你沒和你二叔說這事吧？」

顧錦昭被問得愣住了，垂下眼不說話。

果然沒有和顧夫子說。

李何華嘆了口氣，但又不忍見他這麼失望的樣子，便道：「這樣吧，你回去問問你二叔，如果你二叔同意，我就答應，好不好？」

顧錦昭眼睛又亮了起來。「真的？那說好了，要是二叔同意，嬸嬸您就是我乾娘了。」

「好，就這麼說定了。好了，你們倆現在必須睡覺了。」

書林咧開嘴，和顧錦昭交換了個眼神，兩人趕忙爬進被窩裡，閉上眼睛。

李何華等了好一會兒，直到確定兩個人真的睡著了才回房間。

一進門，就被一雙臂膀攔腰抱起，李何華驚呼出聲，趕忙抱住對方的脖子。

「你嚇死人了，快放我下來啊！」李何華捶了張鐵山一拳。

張鐵山神情愉悅，將李何華抱到床上，他則翻身壓在她身上，居高臨下地看著她，嘴裡還嘀咕了一句。「太輕了，一點肉都沒有。」

李何華哭笑不得，垂頭看看自己的身體，哪裡像他說的一點肉都沒有，只不過該沒肉的地方沒肉而已，該有肉的地方還是很有肉的。

自從張鐵山不許她再瘦了之後，她已經沒有天天晚上練瘦身瑜伽了，但是不知是吃得少還是太忙了，體重還在下降，現在算是達到了她的理想體重。

李何華不滿地嘀咕。「哪裡一點肉都沒了，有肉的啊！」

張鐵山頓了頓，視線不由自主往她身前的兩座山峰看去，頓時呼吸滯了滯，聲音微微有點啞。「嗯，我說錯了，還是有肉的。」

李何華趕忙抓著他的腦袋。「喂，你看哪兒呢？臭不要臉！」

張鐵山絲毫不以為意，還笑了。「我看我媳婦好看，哪裡不要臉了？」反正以後哪裡都是他的。

李何華臉熱，雙手捏住他的臉頰往兩邊扯，將他扯成個奇怪的樣子，滑稽極了，忍不住笑了起來。

張鐵山隨她去，等她玩夠了放開手，定定看了她片刻，突然低下頭含住她的唇，狠狠品嚐，雙手還不老實地覆上他之前欣賞的美景，盡情揉搓。

李何華毫無反抗之力，脖子都快被啃下一層皮，明早沒撲兩層粉是遮不住的。

直到下面有個滾燙的東西抵住她，她才知道糟糕，趕忙推身上的人。「嗚……張鐵山……快起來……」

現在要是不制止，等等就危險了，她現在還沒準備好呢！

張鐵山雖然想得發瘋，但不會在這個時候要她，他會再次等到她心甘情願嫁給他的那一刻。

張鐵山用盡全身自制力爬了起來，坐到床邊大口喘息，平復心情。

李何華拉好身上的衣服，抿了抿唇，摸了摸脖子，不用看都知道上面又滿是草莓了，每次都這樣。

李何華恨恨地捶了張鐵山兩拳。「大混蛋，你又把我的脖子弄成這樣！」

張鐵山已經平復得差不多了，看那白皙脖子上的斑斑紅痕，內心奇異地滿足，心裡都是笑意，但是臉上不敢顯露出來，唯一的選擇就是認錯。

「對不起，我錯了，下次不會了。」

李何華聞言，乾脆踹了他一腳。她要是相信他，她就是豬。

張鐵山抓住小巧的腳，哈哈笑了。

笑鬧過後，李何華躺在他懷裡，說起剛才顧錦昭想認她當乾娘的事情。

張鐵山聞言，沈思了片刻道：「孩子是好孩子，要是實在想認，咱們高高興興地認下也好，和書林做對乾兄弟挺不錯的，但要看看顧夫子那邊的意思，人家要是不同意，咱們的確不能亂答應，這事還是看看顧夫子怎麼說吧！」

李何華不知道顧錦昭這個小傢伙是怎麼跟顧夫子說的，反正幾天後，她去書院接書林回家時，錦昭興沖沖地從大門後衝出來，投入她的懷抱。

「荷花嬸嬸，我要告訴您一個好消息！」

李何華抱住奔進自己懷裡的小傢伙，笑著摸摸他的小腦袋。「怎麼啦？」

顧錦昭咧著嘴，高興道：「我二叔已經答應我了！您說過只要我二叔答應，您就當我乾娘，您沒忘吧？」

李何華看向顧之瑾。自從那天以後，顧錦昭就沒有提過這事，她都以為是顧夫子不同意，現在這是同意了？

顧之瑾看著像猴子一樣掛在人家身上的姪兒，再看看仰著頭眼巴巴看著自己娘親的書林，再次無奈地嘆了口氣。

他家這皮猴，為了磨他答應，都不知道跟他打了多少滾、裝了多少可憐，他要是再不答應，就得被他煩死了。

顧之瑾覺得不太好意思，但還是硬著頭皮點了點頭，眼含羞愧。「夫人，真是不好意思，這個皮猴兒太磨人，非要認妳當乾娘，妳沒被他煩擾吧？」

聽他這樣說，李何華便知道他這是答應了，便道：「沒有的事，我很喜歡錦昭，他能認我當乾娘，我很高興呢！」

「以後錦昭有麻煩的地方，還請多多包涵。」顧之瑾給李何華施了個禮，算是正式認下了這件事。

「夫子不要這麼客氣。」

李何華笑了笑，摸了摸顧錦昭的小腦袋。「好了，我的乾兒子，乾娘現在要帶書林回去了，明天來給你帶好吃的。」

顧錦昭樂得瞇起眼，抓住李何華的手搖了搖。「那，乾娘，以後我可以常常去您那兒吃飯，然後和書林一起睡覺嗎？」

李何華笑著點頭。「當然可以，你想什麼時候去都行，乾娘隨時歡迎你，但你來要跟二叔說好才行哦！」

顧錦昭心裡樂滋滋的，揮舞著小手。「我知道，我這人最懂事了。」

李何華又揉了揉他的小腦袋，這才帶著書林回家。

李何華牽著書林的手慢慢走，想到自己這個一次婚都沒結的大姑娘一下子就有了兩個兒子，感覺還挺讓人哭笑不得的。不過兩個小傢伙都非常可愛，也是她的幸運。

這時，牽著的小人兒突然不走了，還扯了扯她的手。

李何華回頭看他。「怎麼了，書林？」

書林仰著腦袋看她，大眼睛眨巴著，小嘴抿得緊緊的，莫名有種委屈感。

李何華趕忙在小傢伙面前蹲下，摸摸他的小臉。「怎麼了？有什麼要跟娘說的嗎？」

書林想了想，點了點腦袋，突然張開小手鑽進李何華的懷裡，雙手緊緊摟住她，撒嬌般地在她的脖頸子蹭了蹭，久久不願起來。

李何華笑了。「是不是想要娘抱啊？」

懷裡的小腦袋頓了一會兒，輕輕點了點頭。

李何華挑挑眉。之前來接書林的時候，都是抱著小傢伙回家的，後來張鐵山跟小傢伙說抱著累，娘抱不動，自那之後，小傢伙就很少讓李何華抱了，都是牽著她的手，認真地邁著小腳跟在她後面，有時就算很累也不說，總是自己堅持著走完。

今天還是這麼多天來第一次，小傢伙要她抱著走。

李何華很樂意滿足小傢伙，將他抱進懷裡，在他額頭上親了親。「好，娘抱著你走。」

書林將小腦袋枕在李何華的肩膀上，一隻手緊緊地圈著她的脖子。

快要走到酒樓的時候，一直安安靜靜的小人兒突然開了口。「娘——要抱書林——」

李何華被小傢伙的話說得一愣，低頭朝小傢伙看去，就見小傢伙突然將臉埋起來，不看她了。

李何華愣了愣，想了好一會兒才明白小傢伙是何意，頓時哭笑不得。

這麼個小豆丁，還知道吃醋呢！剛剛一去只抱錦昭沒抱他，他難過了，這才撒嬌著要抱。

李何華頓時忍不住笑起來，顛了顛懷裡的小寶貝，在他的小耳朵上親了親。「娘不會忘了書林的，娘最愛書林了。」

小傢伙耳朵動了動，小臉微微側了一下，露出一點眼睛偷瞧她，嘴角也有了弧度。

李何華抿唇笑，又道：「但是呢，錦昭哥哥以前都沒有娘親抱抱，現在他是你的哥哥了，娘也抱抱他好不好？」

書林聽著，慢慢咬起了唇，片刻後，抬起頭，向李何華點了下頭。

李何華在他的額頭上又親了一下。「咱們書林真棒，娘好喜歡你！」

書林頓時不好意思地笑了。

到了酒樓，李何華正準備抱著人進去，書林踢了踢小腿，小手也在她的肩膀上拍了拍。

「娘，要下去。」

「要下去？不要娘抱了？」

書林點點頭，瞅了瞅酒樓大門，認真道：「娘抱，爹打——」

「……」

小傢伙現在還學會在他爹面前好好表現了呢！知道他爹不喜歡他老要她抱，到了門口知道要下來裝裝樣子了。

李何華將小傢伙放下來，改為牽著他的手。「好，那跟娘牽手。」

書林偷笑，邁著歡快的小腳步進門。

剛進門，李何華便被站在櫃檯後的羅二叫住了。

「老闆妳回來啦，妳快去看看青山吧！出事了！」

「出什麼事了？」李何華一驚。

羅二急得頭都出了汗，急切地道：「妳剛剛去接書林，就有人來咱們酒樓報信，說是青山打死人了，被扣了下來，讓家裡人趕快去木匠鋪子，剛剛張嬸和鐵山已經去了！」

打死人了？李何華心漏跳了一拍，下一秒，趕緊把書林交給曹四妹，她則匆匆往外趕。

剛跑出門，便急急停下腳步，又匆匆回轉過身，跑進後院房間裡，拿出五十兩銀子，這才往木匠鋪子趕去。

第五十四章　張青山出事

李何華抵達時，木匠鋪子外面已經圍了不少人，都在指指點點著什麼，李何華費盡力氣才擠進去，剛進去就聽到一陣叫罵聲。

「我的兒啊！你怎麼這麼可憐，被個小畜生打成這樣，簡直沒有天理了啊——

「兒啊！你要是出了什麼事，你要我和你爹怎麼活下去啊！我們一家都要被逼死了啊……

「兒啊！你娘沒法活啦，你快醒醒啊……」

伴隨著此起彼伏的哭聲，場面很是混亂，裡面隱隱約約還有張林氏的哭聲。

李何華更是著急，用盡全力擠到後院裡，這才看到現場的情況。

只見張青山低垂著頭，張林氏站在張青山旁邊抹眼淚，而張鐵山則皺著眉在跟一個小老兒說著什麼。

李何華將視線移向地上躺著的人，只見此人緊閉著眼，躺在中年男人懷裡，頭上包著白紗布，上面滲著血，地上也有不少血，看著很是嚴重。

李何華想起剛剛羅二說的打死人了，哆嗦了一下，眼睛一眨不眨地盯著此人，當看出這人還有呼吸，這才鬆了口氣。

沒死便好，事情沒有那麼無可救藥。

李何華讓自己冷靜下來，走到張鐵山旁邊，小聲地問：「怎麼回事？」

張鐵山見她來了，便將事情跟她說了一遍。

「青山跟地上這個學徒發生矛盾，打了一架，不小心將人推倒，腦袋砸了個洞，現在人昏過去了，不過這人的家人現在扣著人不給走，要討公道。」

李何華看了眼張青山，張青山也在看他們，見李何華看他，眼裡閃過不安，盯著地面不說話。

李何華收回目光，對張鐵山道：「那家人有說事情要怎麼解決嗎？」

張鐵山眉頭更緊了幾分。「大夫說失了不少血，好在沒有生命危險，好好休養就行了，但這家人想鬧大，說是要報官，抓青山去坐牢。」

李何華挑挑眉。「那報官了沒？官差怎麼還沒到？」

張鐵山抿抿嘴角，眼裡閃過冷意。

李何華了然。看來這家人說是這麼說，但沒有立刻去報官，這麼說無非是想要脅罷了。

「這是想要銀子擺平，不然就報官？」

張鐵山無聲點頭。

李何華在心裡嘆了口氣。今兒個這事不太好收場，不管一開始是誰不對，但張青山將人打成這樣，錯方就變成張青山了，就算是官府來人，眾目睽睽之下也會讓張青山賠償，不然就抓進大牢。

不過，別人可以這樣認為，他們卻要弄清楚誰對誰錯才是。

李何華朝張青山招招手。「青山，你過來。」

張青山一僵，抬眼看了她一眼，又低下頭，一步一步走過來，一直低著頭不敢看人。

李何華嘆了口氣。還是個小少年呢！此刻心裡也很害怕吧？

她儘量放柔嗓音。「青山，跟我們說一下是怎麼回事好嗎？」

張青山吸吸鼻子，沒有說話。

「青山，我相信你不是魯莽不懂事的孩子，一定是有原因才和他發生衝突，你和我們說說，我們心裡有數，才知道待會兒該怎麼解決，你說是不是？別怕，我們不會怪你，有什麼委屈直接說。」

張青山眼睛一下子紅了，一直忍著沒掉的眼淚也掉了下來。

他哥忙著和那家人交涉，他娘一個勁地埋怨他，只有嫂子說相信他，說他委屈，他的眼淚一下子就忍不住了。

李何華拍拍他的肩膀。「好了，沒事的，我們都相信你，不用擔心，別哭了啊！你可是男子漢呢！」

張青山不好意思，用袖子擦擦眼淚，這才將事情娓娓道來。

「嫂子，這真的不能怪我，是張大偉誣衊我將師傅剛給人家訂做的家具弄壞了，可根本不是我弄壞的，我氣不過，說他栽贓我，他便來打我，我和他就打起來了，然後不小心將他推到木材的拐角上去了。」

張青山說著，又吸了吸鼻子。「他平時就喜歡欺負我，我都忍了，可是這次我要是還忍下，這罪名就得我擔了，但我沒想到他會撞到頭……」

張林氏在一旁聽著，眼淚又流了下來，伸手捶了捶張青山。「你怎麼這麼衝動？你不能和你師傅解釋，幹麼要打架，這下可怎麼好！」

張青山心裡一酸，忍不住低聲叫道：「娘！我和您說過，他是師傅家的親戚，師傅偏心他，根本不會主持公道，肯定讓我賠錢，而且是他先打我的，不是我打他的。」

「可……可……可你也不能打人啊……」

張青山閉了閉眼，說不出話來。

李何華微微皺了皺眉，說道：「別再說青山了，青山不是故意的，有什麼事我們回去再說，現在當務之急是把事情解決。」

張林氏趕忙擦擦眼淚。「是是是，先解決事情，不能老這麼拖著。」

李何華想了想，看了看周圍的人，用極小的聲音對張鐵山道：「今兒個這事我估計我們占不到便宜，你覺得呢？」

張鐵山點點頭。「就算官府來了，也是要判青山賠償對方銀子的，而且弄壞家具這事，只要青山的師傅和其他學徒都說是青山弄壞的，就算不是青山的問題，也得揹這個黑鍋，官府不會去調查，只會讓青山擔責任。」

李何華何嘗不知道這一點。如果青山的師傅真的向著那家人，其他學徒就算知道不是青山做的，也會因為顧忌師傅而一起指認青山，甚至不承認是對方先動手的，到最後他們還是討不了好。

他們這次估計得認栽，就看錢多錢少的問題了。

張林氏聞言，嗚咽了一聲，緊緊抓住張鐵山的袖子。「鐵山，你們一定要幫幫你弟弟啊！你弟弟不能坐牢啊！」

張鐵山緊抿著唇，沈思著。

李何華拉了拉張鐵山的袖子。「今天這錢是少不了要給的，誰讓人家傷得這樣嚴重呢！就連那家具估計也要賠了，但是吃點虧就算了，就是青山以後不好再待在這裡。」

張鐵山皺起眉，聲音極沈。「這樣的地方我也不會再讓青山待了，之前聽別人說不錯，想著又是鎮上數一數二的木匠師傅，便將青山送來這裡，誰想到會有這樣的事情。」

李何華點點頭，很贊成張鐵山說的。

從張青山說的話來看，他在這裡沒少受委屈，他那師傅也偏心，從來沒有幫過他，這樣的學徒還有什麼好當的；而且經過今天這事，這裡也待不下去了。

李何華與張鐵山兩人對視一眼，心裡已經有了決斷。

張鐵山出面，找到張大偉的爹和師傅，開始談判。

張家人提出要是不想報官，那便賠銀子，張大偉的爹開口就要一百兩銀子；而張大偉他們的師傅則要求張青山賠償被弄壞的家具錢，要二十兩銀子。

張家人這是在獅子大開口，而張青山他們的師傅則把弄壞家具的責任推到張青山的身上，胡亂開價。

一切和李何華預想的一樣，但事情就壞在張大偉的家人如果咬死要這個數，估計沒有談價的可能，因為他們可以用報官來威脅他們家，除非他們家不在乎張青山的生死，不然最終還是會妥協。

所以主導權在對方，而不在他們家。

李何華頭疼地拍拍額頭。

張鐵山的神情越發陰沈，沈默了一陣子，對張大偉的家人說道：「事情並不是我們家青山主動挑釁動手，而是你們家孩子先動手的，且造成的傷害也並不是我家青山有意為之，誰都不想這樣的事情發生。當然，你們家的孩子受傷了，這治療的費用我們會出，但一百兩銀子太多了，這個價錢你拿去問任何人，都是不合理的。」

聽聞張鐵山這話，張大偉的娘不樂意了。「什麼合不合理的，我們家大偉被你家小子打成這樣，你們難道還有理？這錢你們不該出？我家大偉受了這麼大的罪，一百兩銀子都不值？我看你們是看不起我們家吧！我看這話不必說了，直接報官算了！」

張林氏聽聞「報官」兩字，嚇得又嗚嗚哭了起來，開口懇求道：「不要報官……有事好商量啊……」

張大偉爹娘兩人的神情越發得意。

李何華一把拉住張林氏的手，將她往後扯了扯，輕聲道：「您不要說話，事情我們會解決，您要是說錯了，青山反而麻煩。」

張林氏不知道自己哪裡說錯了，但此刻她心慌意亂，莫名就相信李何華和張鐵山，所以李何華這麼說，她擦著眼淚點點頭，退到後面不說話了。

李何華見她沒再開口哭求，輕輕吐了口氣，走上前去對張大偉的家人說道：「咱們大家都是講道理的人，辦事情也是按照道理來，這賠償多少錢，不是你們說多少就多少吧？一切得按照實際情況來，你們說是不是？」

李何華說著，給張大偉的家人算起了帳。「你們看，你家的孩子受傷了，大夫說是失了血，要好好休養三個月，那我們就用最好的藥、看最好的大夫，多去醫館幾次，這最多也就十兩銀子。」

李何華接著道：「你家孩子這三個月不能當學徒，雖然學徒每個月沒有工錢，但我們家講理，耽誤的時間我們用一天二十文錢來算，三個月也才二兩銀子不到。咱們再算算給你家孩子補身體的錢，就算每天買肉、買精米，一天也花不了二十文，那咱們就算二十文，算起來才二兩銀子不到。」

李何華看對方家人臉色不對勁了，當作沒看到，繼續道：「你們可以說孩子吃虧，要補償，咱們可以補償，但這樣的傷按照正常情況來說，頂多只會補償十兩銀子，不信你們去打聽打聽。你們一開口就要一百兩，這讓人怎麼賠？」

李何華一項項將錢羅列出來，合情合理，有理有據，讓人挑不出毛病，旁觀的人都覺得能給二十四兩就很不錯了，這家人一開口就是一百兩，也不怕閃了舌頭。

張大偉的家人見旁觀的人都指責他們獅子大開口，心裡又急又怒。雖然他們知道自己的確是存著獅子大開口的心，但被人這麼說出來很丟面子，且他們也不願意就這麼縮水到二十四兩。

總之他們家孩子被打了，他們有理，要是不給這麼多錢，他們就報官，誰怕誰？

張大偉的家人一點也不怕李何華他們，便道：「我們家大偉是三代單傳，咱們家就這麼一個獨苗，現在被打得這麼嚴重，以後還不知道會怎麼樣，我們要一百兩還是少的呢！既然你們連一百兩都不願意出，那咱們也不必談了，直接報官好了！」

張大偉的家人現在開口閉口就是報官，威脅的意思不言而喻，目的就是讓他們妥協。

但是，李何華不是這麼容易就妥協的人，她不怕報官，就算真的報官，她也可以保張青山不受罪。她算起來和那位知縣大人有點交情，畢竟書林也算是他的師弟，這點面子他會給，只要官府公平辦案，判的錢絕對不會是一百兩銀子這麼多。

李何華看著對方自信滿滿的神情，淡淡笑了笑。「既然你們非要這麼獅子大開口，那咱們就去見官吧！讓官老爺給咱們判到底要賠多少錢才行，咱們現在就去縣衙吧！」

此話一出，張大偉的家人都愣住了，滿是難以置信。

他們明明看到那小子的娘哭得很是傷心，一看就是著急孩子的，怎麼可能捨得孩子被抓？

這家人下意識地看向張林氏。

張林氏的確捨不得，一聽李何華真的要去見官，嚇得立刻就要哭著說不行，最後還是被眼疾手快的張青山攔住，才沒有哭叫出來。

張青山不想就這麼被那家人訛詐，而且他相信李何華有辦法，不會真的不管他，所以他拉住了他娘，不讓她說話，告訴她，這事情全權交給大哥和嫂子處理。

張林氏被兒子攔住，流著眼淚不說話了。

對方一看張林氏不反對，心裡急了，最後還是張大偉的爹站了出來。

「既然你們不在乎你們家孩子進大牢，那咱們就去衙門，正好也給我兒討個公道！」其實他不信李何華他們會不管張青山，就想賭一賭，說不定進了衙門一嚇，他們就乖乖掏錢了。

李何華和張鐵山沒說什麼，反而主動往前走，要帶張大偉一家人往衙門去。張大偉一家沒辦法，只好硬著頭皮跟在李何華後面。

到了縣衙，知縣霍易出來時，看到李何華，挑了挑眉，但下一秒就像不認識一般，讓來人解釋事情的來龍去脈。

張大偉的爹站出來解釋了一遍，但略過是張大偉先動的手，特別強調張大偉被打得多慘。

李何華靜靜聽著，也不插嘴，等他說完了，看向坐在上首的霍易。

霍易淡淡地聽完，沒有任何表態，說道：「張青山，你可有什麼要說的？」

張青山抬起頭，眼裡帶著驚懼，但還是鼓起勇氣道：「大人，剛剛張大偉的爹說得並不完全，我沒有主動打人，是張大偉誣陷我弄壞師傅新做的家具，我和他辯駁起來，然後他便來打我，我迫不得已才還手，不小心推了他一下，他的腦袋撞到桌角，這才撞破了頭，但我真的不是有意的。」

第五十五章　雜貨鋪子開張

張大偉的娘立刻指著張青山叫罵。「呸！你個小兔崽子少找藉口，我兒什麼時候誣陷你了？是你自己想脫罪！」

霍易臉色冷峻，「啪」一下拍了下驚堂木。「大膽，公堂之上豈容妳隨意叫罵？來人，將此藐視公堂的婦人拉下去打二十大板！」

張大偉的家人都嚇傻了，趕緊給霍易磕頭，額頭撞在地上咚咚響，嘴裡一個勁地求饒。

霍易看了一會兒，這才淡淡道：「念你們是初犯，板子就算了，但要是再如此，別怪本官不客氣了！」

「是是是，小人再也不敢了，謝大人、謝大人！」

經此一嚇，張大偉一家人是再也不敢囂張，恭恭敬敬地跪著，話都不敢說。

霍易這才問張青山。「你所說的都屬實？有什麼人可以作證？」

張青山此時已有了底氣，說道：「回大人，當時很多學徒都在場，張大偉說的話以及主動動手，他們都聽到、看到了，大人可以問他們。」

霍易點點頭，直接傳這些人。

因為大家都跟來了衙門，就在公堂外站著，此時一被傳召就出現了。

這幾個人心裡怦怦直跳，腦門上冒汗，只因為他們被張大偉的爹娘差點被打板子的事情嚇到了。本來他們是打算幫張大偉說話，堅決不承認張青山所說的，誰教張大偉是師傅家的親戚，要是不幫張大偉，被師傅不待見怎麼辦？

可他們看到張大偉爹娘差點被打板子，內心嚇得不輕，就怕說謊被打板子。

幾個學徒戰戰兢兢地跪在地上。「參見知縣大人。」

霍易開門見山地問：「剛剛你們在堂外聽見了張青山的話，他所說的是否屬實？」

幾人面面相覷，不知道到底該不該說實話，眼睛不由自主瞅向跪在一邊的木匠師傅。

霍易一看，冷笑一聲，又一次拍了下驚堂木。「本官問你們話，你們只要如實回答就行，要是有一點說謊包庇，一人五十大板！」

幾人被嚇得臉都白了，哪裡還敢說謊？一五一十將現場的事情說了，不敢有絲毫隱瞞。

事情與張青山說的一模一樣。

還有一個膽子特別小的學徒，被霍易嚇得什麼都招了，將家具其實是張大偉弄壞、故意栽贓張青山的事情也說了，這下什麼都清楚了。

事已至此，李何華鬆了口氣，和張鐵山對視一眼，眼裡如釋重負。

既然真相大白，這事便好判，霍易便道：「此事乃張大偉主動嫁禍於人，事後又主動挑釁動手，這才招致張青山還手，不小心致人受傷，雖情有可原，但也導致張大偉受傷，故本官判張青山賠償張大偉家二十兩銀子，此事到此為止，你們兩家可有異議？」

李何華他們當然沒有異議，這個決斷他們可以接受。

但是張大偉家有異議了，他們就是為了一百兩銀子來的，現在跪了半天，還差點被知縣大人打板子，卻只能拿到二十兩，還不如不來公堂。

張大偉的爹鼓起勇氣，結結巴巴地道：「大人……小兒流了好多血，大夫說、說要休養三個月呢……這才值二十兩銀子啊？」

霍易笑了笑。「那你說值多少銀子？」

張大偉的爹以為有戲，立刻回答。「一百兩銀子！」

霍易當下就笑了，只是那笑讓人頭皮發麻。

「照你這麼說，是想要多少就要多少了？那以後誰家缺錢，讓家人出去挑釁人家，然後動手受傷，要他個幾百兩銀子，一家人好幾年都不用愁了，還能吃香喝辣，多好是不是？」

公堂外的人笑了起來，紛紛點頭說這個辦法好，以後也這麼做。

李何華也暗暗憋笑。這霍知縣嘴挺厲害的呢！

張大偉的爹被說得臉脹紅，支支吾吾地不知道怎麼說。

霍易拍了下手中的驚堂木，對張大偉的爹娘道：「你們若是不服本官的宣判，本官也可以打張青山三十大板給你們兒子出氣，但這錢你們是一分也拿不到，你們自己想想要哪種解決方法，盡快給本官一個回覆。」

張大偉的爹娘一聽一分錢都沒有，哪還會猶豫，這二十兩銀子夠他們過兩年好日子，還能給兒子娶個好媳婦，兩人立刻道：「大人，我們不想打人出氣了，直接給錢就好，二十兩就二十兩吧！」

霍易勾唇一笑，將這案子結了。

李何華當堂掏出二十兩銀子給張大偉的爹娘，這事情就算正式結束。

等到一家人走出公堂的時候，張林氏的腿一軟，就這麼倒了下去。

「娘！」

張鐵山上前一把抱起張林氏往醫館而去，大夫說是心情起伏太大，受了驚嚇，這才暈倒，只要回去多休息兩天就行。

一家人這才鬆了口氣。

李何華本來想先回酒樓，但張林氏還沒醒，就這麼走了不好，便跟著他們回了院子。

此時天色已經不早，大家都沒來得及吃晚飯，李何華便進了廚房，找到麵粉，給幾人做了一鍋麵條端了出去。

「來，先吃飯，吃完飯再說。」李何華一人發了一個碗，招呼張鐵山和張青山吃飯，至於張林氏的分則留在鍋裡。

張青山吃不下，但李何華的好意他不忍拒絕，乖乖地拿過碗筷，在吃第一口前，忍不住將心裡憋了好久的話說了出來。

「嫂子，對不起；還有，謝謝妳。」對不起給她添麻煩，謝謝她不光相信他、安慰他，還幫他解決事情、幫他出了銀子。

這份恩情，他都不知道如何報答？

李何華抿抿唇，點了點頭。「好了，先吃飯吧！」

張青山眼眶發熱，「嗯」了一聲，低下頭大口吃起來，滾燙的眼淚落在麵碗裡，微苦。

張鐵山偏頭看了眼靜靜吃飯的李何華，眼裡的溫柔快要溢出來，伸手握住她的手，在她看過來的時候，對她微微一笑，一切盡在不言中。

李何華勾起嘴角，低下頭繼續吃麵。

他們吃完沒多久，張林氏便幽幽轉醒，李何華將做好的麵條端給她，見沒什麼事了，才提出告辭。

在走之前，她拉了拉張鐵山的袖子。「你今兒個不用去酒樓了，那裡有我，你別操心，陪你娘和青山在家休息吧！明兒個也讓你娘好好休息，等休息好了再說，中午你們不會做飯，就去酒樓拿點飯菜回來吃。」

張鐵山摸摸她的小臉，在她額頭上吻了一記，這才點了點頭。

等到李何華走了，張青山坐到張林氏的床邊，看著他娘吃飯。「娘，嫂子現在是好人，對我們比親人還好，她的恩情，我們還不掉。」

張林氏頓住，良久嘆了口氣，眼圈再次發紅，低低地「嗯」了一聲，無聲嘆息。「是啊……是啊。」

她老婆子不是那眼盲心瞎之人，她看得到。

第二天，張林氏在家休息，但是張青山代替她來了。

張青山撓了撓頭，不好意思地道：「嫂子，我娘不舒服在家休息，我來給妳幫忙，反正我現在不去木匠鋪子那邊了，正好有時間。」

李何華點點頭，沒有跟他客氣。

幫忙可以，但只是暫時的，他這個年紀正是學東西的時候，在她這裡幫忙是沒有什麼前途，要想以後有所發展，還是要學個立身之本才行。

李何華問道：「你以後有什麼打算？」

「打算？我不知道能有什麼打算？」張青山十分沮喪，都不敢看李何華了，生怕看見她眼裡對他的失望與看不起。

他總是不如大哥，大哥做什麼都很成功，還沒他大的時候就能賺錢養家了，很多人都想請大哥去幫忙辦事，大哥總是不愁賺錢；而他呢，學個手藝沒學到不說，還賠進去那麼多錢，現在手藝也學不成了。

他真的很沒用。

李何華看他垂頭喪氣的樣子，沒說那些空洞的鼓勵，也沒有怪他沒有任何打算，因為多數人在他這個年齡都是迷茫的，不知道該去做什麼、學什麼，他這樣是正常的。

這個時候就需要有人引導。

於是，李何華換了個方式對張青山道：「那你就不要想什麼打算的事情，你想想自己喜歡什麼好了。比如說，你對什麼事情比較感興趣，喜歡學什麼事情，或者做什麼會讓你覺得有趣？就拿我來說，我很喜歡做好吃的，於是我開酒樓賺錢，這樣我既能做我喜歡做的事，又能賺錢，不就挺好的。那麼你呢？」

張青山愣了愣，開始想自己喜歡做什麼？

第一反應是想起在酒樓裡看到過的那些行商的人，心怦怦跳了起來。

把東西賣給別人，不是很有趣嗎？

張青山眼神發亮。「嫂子，我喜歡賣東西，就跟那些商人一樣。」

「商人？」

「嗯，我想自己開間鋪子，賣各種各樣的東西給別人，就跟鄉下見到的貨郎一樣。」

李何華明白了，原來他想開間雜貨鋪，就跟現代的超市一樣。這個主意很不錯，畢竟這個時代的雜貨鋪很少，大部分賣的東西都很類似，開雜貨鋪子生意肯定不會差，因為人們可以直接在一家鋪子裡買齊所有東西，不用一間一間鋪子去找，很方便省事，就像現代人都喜歡去超市囤貨一樣。

「不過，你知道怎麼進貨、去哪兒進貨？這可是最重要的問題。」

張青山被問傻眼了，眼神暗了下來。「嫂子，我沒想到這個。」

李何華看他蔫了，笑著拍拍他的肩膀。「我有辦法，咱們的客人裡就有現成的。」

於是，李何華在王姓商人再一次來酒樓吃飯時，親自帶著人上二樓。「請入座，我等你們好多天了。」

王大洋聽出她話裡的意思，疑惑地問：「老闆妳有事找我們？」

李何華也不繞圈子，直接道：「還真是找您有事，想跟您商量個生意，所以今兒個這頓我請，咱們坐下來好好商量商量？」

王大洋如何會說不？生意人從來不會將任何一個機會推出去。

李何華先做了頓豐盛的菜餚，接著奉上美酒，和張鐵山、張青山坐下來和他們邊吃邊聊，將想從他手裡進貨的想法說了，希望他每次來鎮上都能給張青山的鋪子供一次貨。

王大洋聽完後，笑道：「老闆，別人的忙我能不幫，妳的忙我一定會幫，畢竟每次來還指望到妳這裡打打牙祭呢！」

在座其他人聞言都哈哈笑了。可不是？他們現在每次到這兒，都要來這裡吃頓飯再打包一大堆食物離開，跟老闆也算是老熟人了，這點忙肯定要幫的，而且價格上也會讓一讓。

王大洋說著，又給李何華介紹和他同行的幾人，這幾人做的都是生活必需品的生意，他們要是同意每次來鎮上都給張青山送貨，這雜貨鋪的生意基本就算是成了。

張鐵山顯然也是這麼想的，端起酒壺給王大洋和其他幾人斟上酒，執起杯子感謝道：「謝謝諸位，多的就不說了，我敬你們一杯！」

幾人端起酒杯各自乾了。

酒過三巡，張鐵山又問：「不知你們同行可還有賣其他商品的？要是可以的話，還請王老闆替我們引薦一下，我們也想跟他們商量，看以後他們在鎮上停船時，能不能順便賣貨給我們？」

王大洋笑著擺擺手。「咱們船上的確有不少賣其他用品的，像是香胰子、皂角、蠟燭、香油這些，都是你們開雜貨鋪用得著的，不過你們不需要親自去談，我可以幫你們直接跟他們說，那些人是我們順帶帶著的，這點面子還是會給的。」

沒想到王老闆會這麼幫忙，這樣說來，進貨的事情可以一次解決，事情也等於成功了一大半。

張鐵山和張青山站起來，給他們一行人又敬了酒表示感謝；李何華也以茶代酒，向他們表達感激。

接下來，兩方便就價格、類目詳細探討，最後，事情就這麼說定了。

李何華借給張青山一筆資金，張青山十分感激，到處在鎮上找適合的鋪子，渾身都是幹勁。

等王老闆他們又一次來鎮上的時候，張青山的鋪子找好了，裝修得也差不多，正好將王老闆他們帶來的四十多種貨物擺在鋪子裡。

三天後，雜貨鋪正式開張。

李何華特意請了個舞獅隊在鋪子門口耍一耍、鬧一鬧，吸引客人，增加人潮。張青山也在李何華的提醒下，做了開張優惠活動，每滿三十文就減去三文錢。

自古老百姓就愛看熱鬧，而且滿三十文減三文這樣的優惠很吸引人，等到看到鋪子裡的東西那麼齊全，且價格跟其他鋪子的一樣，自然明白減去三文錢是他們賺了，哪有不動心的道理？

就這樣，雜貨鋪第一天生意頗為不錯，幸好李何華讓酒樓裡的人都去捧場，順便幫忙，這才忙得過來，不然張青山一個人光收錢都收不過來。

等到夜幕降臨，鋪子終於關門，大家都累得不輕，但是臉上卻都是笑，因為鋪子今天可謂是開門紅。

張青山算了算，今天賺的錢差不多有三兩銀子，喜得嘴都合不攏了。

第五十六章 成婚

要說今天最開心的就數張林氏。親眼看見張青山的鋪子生意這麼好，原本讓她最不放心的小兒子有了出息，以後也不用她憂心了。

她知道小兒子有今天，大部分的功勞都是李何華的。此刻她心裡滿滿都是感激，再沒之前的不滿，現在她只希望李何華能夠再一次和張鐵山成親，再給她多生幾個孫子、孫女。

唉，不過不知道兩人怎麼想的，現在都不急，也不知道要等到什麼時候？她忍不住將張鐵山拉到一邊，催他上心點，早點把人娶回家。

張鐵山不由好笑。他娘本還不同意他娶糕糕，現在誰都沒她急，生怕兒媳婦不是她的，還催他們多生幾個。

其實，他比誰都想娶他的糕糕回家，夢裡都在想，但他卻從來沒在嘴上提過，因為他知道，他和她從來沒有所謂的前緣，他是她的第一個愛人，她需要時間來瞭解他，需要時間化解心裡的顧慮，更需要時間確認可以嫁給他。

這個時間，他給。

但是現在，時機似乎已經到了，不光是他娘和弟弟徹底接受她，更重要的是，他感覺到他在她心目中的位置越來越深，感覺她對他的觸碰沒有絲毫的抵觸，感覺到每次親熱時她的情動，感覺到她的心也想要靠近。

她是真心喜歡他的。

所以，他可以正式求娶她成為他的妻子了吧？

張鐵山想著，嘴角露出連他自己都不自知的傻笑。

李何華哄睡兩個小傢伙，一出來就看見張鐵山一個人在笑，不由納悶，上前拍了拍他。

「你幹什麼呢？笑什麼啊？」

張鐵山看著站在自己面前的女人，只覺得一股濃烈的感情噴湧而出，再也壓不住，將手上的東西放下，一把將人打橫抱了起來，徑直往房間而去。

李何華嚇得大叫一聲，趕緊摟住他的脖子。「你幹什麼啊？快放我下來！」

張鐵山嘴角掛著輕笑，腳步輕快地好像手上沒有任何重量。一進房間，就用腳將房門關上，將人放到床上，他也跟著翻了上去，居高臨下地看著身下的女人，從額頭、眉毛，再到眼睛，一寸一寸地看。

李何華被他熾熱的目光看得頭皮發麻，身上好像要著火似的，忍不住推他，沒奈何雙手被他扣在頭頂，不疼，卻動彈不得。

「張鐵山，你是不是酒喝多了，發酒瘋呢！」

張鐵山沒有回答，眼睛盯著近在眼前的紅唇，咽了咽口水，頭一低就將這抹紅吞進口中，也將身下人嘴裡的話全部吞了進去，只剩下微微的呻吟。

李何華只感覺自己要被吞下去了，容不得她一絲絲反抗，熾熱又瘋狂。

李何華伸手摸摸他的臉。「你怎麼了？」

張鐵山緊盯著她，聲音嘶啞。「糕糕，我真的好愛妳。」

李何華睜大眼睛眨巴著，對於張鐵山第一次這樣說情話有點反應不過來。

他這人一向做得多、說得少，她可以從他的眼裡看到滿滿的愛，卻從來沒有聽他說過，今晚是第一次。

李何華納悶。「你到底怎麼了呀？」

張鐵山勾勾唇，低下頭，將臉埋在她的脖頸子。「我娘剛剛悄悄將我拉到角落訓了我一頓。」

「訓你什麼了？」

張鐵山輕笑。「指責我還不娶妳回家，這樣不清不楚地是在耽誤妳。」

「啊？」李何華驚呼一聲。沒想到張林氏竟主動催起他們來，她原來可是不喜歡她呢！不過，這段日子張林氏的確對她很好，而且是越來越好，衣服幫她做了好幾身，入冬的棉衣、棉鞋也是她做的，還常常囑咐她這個、那個，顯然越來越喜歡她。

看來，張林氏現在完全將原來的李荷花在她身上的影響抹去了。

李何華不由自主勾起嘴角，覺得整個人都輕鬆了。從今以後，她就是她，在別人眼裡也只是她了。

真好。

張林氏他們住的小院租金到期了，張林氏打算續租，但李何華阻止了，因為正好有個院子要賣，可以買下來。

這個院子在李何華酒樓後面不遠處的胡同裡，布局跟之前的院子差不多，但是面積大了不少，足夠一家人住了。

李何華親自去和房主簽了契約，不過刻意沒帶張鐵山，她找了個理由把他支開了。

但紙是包不住火的，張鐵山最後還是知道了，氣得一整天都沒理她。李何華為了哄好發脾氣的男人，又撒嬌、又賣乖的，最後還被男人壓著欺負了一通，這才終於求得了原諒。

這時候快過年了，李何華便讓張林氏他們收拾收拾搬進新屋子，正好可以在新屋子裡過年。

學堂裡的課也停了，到處都是過年的氣氛。酒樓裡的人也漸漸少了，於是李何華大手一揮，宣佈放假，給大家結算工錢，還額外給了每人二兩銀子的紅封當作年終獎金，喜得大家合不攏嘴。

大家領了錢，便各自準備回家。

曹四妹領著大丫和大河急著趕回村裡。「妹子，咱們家還沒有準備年貨，大河他爹自己弄不好，我們得抓緊時間回去忙活，這就走了。」

謝嫂子也帶著小遠回家；同樣地，羅二也趕忙走了。

李何華本打算讓小紅和小青在她這裡過年，但出乎意料的，小紅和小青拒絕了。「師傅，我們回家去過年，雖然家裡沒人了，但是那畢竟是我們兄妹的家，過年還是回家過得好。」

李何華雖然心疼兄妹倆，但他們說得也有道理。人們總是喜歡在自己家過年，在別人家難免不自在，李何華便沒有再勸，只是多拿了點好吃、好用的讓他們帶回去。

轉眼，酒樓裡就只剩張林氏和張鐵山了。

張林氏清了清嗓子，看了眼張鐵山，眨了下眼，跟著道：「荷花啊，時間不早了，我也得回去準備年貨，新房子剛搬進去沒幾天，什麼東西都要好好置辦，過年的餃子、菜啊啥的還沒弄好，肉也沒買，新衣服也還沒做完，這一想事情還真多，不行，我得回家去忙了。」

張林氏越說越覺得事情緊急，說著就拿著東西回家了，不過臨出門前又頓住，回過身來對張鐵山說道：「鐵山，家裡的柴還沒劈呢，灰塵也沒掃，我一個人不行，你趕緊回家幫幫我。」

張鐵山聞言點了點頭，看了眼李何華，伸手握了握她的手。「妳自己在家鎖好門，我先回去忙活。」說著就走了。

李何華眨眨眼，看著張鐵山和張林氏遠去的背影，心裡突然很難受。這個臭男人就這麼走了，都不關心她怎麼過年的嗎？她一個人帶著書林，他就這麼放心地走了？

李何華癟了癟嘴，揉了揉有些酸澀的眼，走到玩鬧在一起的黑子和書林身邊，將兩個小寶貝都抱進懷裡。

「大家都走了，就剩咱們了，今年咱們娘兒三個一起過年，雖然人不多，但是娘會好好準備的。明天咱們就上街去買年貨，然後回來給你們做好吃的，好不好？」

聽到好吃的，書林眼睛亮晶晶的，連連點頭。

黑子也嗚咽一聲當作回答。

李何華給一人一狗一個親親。「我知道，你倆最乖了。」

大年二十八，李何華去街上買了各種過年要吃、要用的東西，煙花、炮竹、糖果、瓜子，應有盡有，連續去了好多趟才買齊。

等到大年二十九這天，她帶著書林在家裡包了餃子，還有各種要準備的食材，一通忙活，直到夜深了才忙完。

這下可以好好過個年了。

李何華伸了個懶腰，在熟睡的書林額頭上吻了吻，然後又替黑子順了順毛，這才洗漱回房間。

整個房間靜謐極了，像是全世界只有她一個人。

李何華突然覺得有點孤單。她長這麼大，從來沒有過過如此冷清的年，要是在家裡，一定是一家人一起包餃子，然後說說笑笑的，爺爺肯定還要給她一個大大的紅包，說她永遠是小孩子，永遠都要有紅包。

那樣的年，真是熱鬧又溫馨。

也不知道爺爺、爸媽、哥哥他們過得好不好？沒了她，他們是不是還在傷心？李何華想著想著，眼睛就濕了，意識到自己快哭的時候，趕忙用袖子擦了擦，不讓眼淚掉下來。

李何華，妳不能老是緬懷過去，不能哭，要堅強，要好好地過日子，要每天都開開心心的。

爸媽、爺爺、哥哥他們肯定也希望她永遠都開心。

李何華默默安慰自己許久，這才慢慢睡去。

大年三十，李何華早早起床，給書林換上新衣服，又拿了好吃的擺在桌子上讓書林和黑子吃，她則將年夜飯要用到的食材都整理出來。

可她速度太快了，全部弄好之後，時間還早，突然就沒有事情做。

她太無聊了，最後只好跟書林一起吃起了零食。

最後還是謝嫂子上門拯救無聊的她。

謝嫂子不太好意思地道：「荷花妹子，嫂子是想來請妳幫個忙，妳現在有空嗎？」

李何華趕忙點頭。「有空，妳要我幫什麼忙？」

謝嫂子說道：「我想做一點妳教我的魚丸，家裡兩個孩子都很喜歡吃呢！可是我怎麼都做不出妳做的那樣，味道也不對，想請妳去幫我看看，不然我這魚丸就白準備了。」

李何華當然不會推辭，反正現在離吃年夜飯還早，她也沒什麼事，便帶著書林和黑子去謝嫂子那裡，幫謝嫂子重新調了餡料，又順便幫謝嫂子做了魚丸，還幫她做了其他圓子還有年夜飯的菜。

這一通忙活下來，天也不早了，眼看就要到做年夜飯的時候，李何華這才驚覺，連忙拒絕謝嫂子一起吃年夜飯的邀請，帶書林和黑子趕回家。

「書林，你餓不餓？娘馬上就來做飯，很快咱們就能吃年夜飯了。」李何華一邊拿鑰匙開門，一邊問書林。

書林搖搖頭。「娘，不餓——」書林飽飽的呢！

李何華微笑。「那就好，那娘——」話還沒說完，她就被眼前的景象驚住了。

她走的時候還好好的屋子，此刻卻是一片喜慶，到處都是點燃著的紅燈籠，房角、屋簷都掛著紅綢緞，窗戶上還貼著喜字，一副明晃晃喜堂的裝飾。

李何華揉揉眼，以為自己走錯了門。

她再三確定沒有走錯，這才戰戰兢兢地牽著書林走進去。

當踏進屋門的那一刻，屋子裡突然有了聲響，接著竄進來一群人，定睛一看，有曹四妹一家、謝嫂子一家，還有小紅、小青、羅二，加上張青山和張林氏，除了張鐵山，所有人都到齊了。

「這……這……」李何華很懵，不知道這是怎麼一回事？

所有人都笑看著她不語，臉上滿是喜悅的深意。

這時，身後突然傳來一陣熟悉的腳步聲，李何華轉頭，就看見張鐵山身穿一身大紅喜服，眼含笑意地朝她一步步走來。

李何華突然說不出話來，直到張鐵山走到她面前，說道：「糕糕，我們成親吧！」

李何華眨眨眼，再眨眨眼，突然明白了。原來他們早就安排好了，不是急著要回家，不是不管她、不是不關心她，一切都是因為他想要在今天給她一個驚喜的婚禮。

大家都在忙著這件事。

李何華不由自主鼻酸了。「張鐵山，你……」她說不下去了，怕一出口就是哽咽。

張鐵山勾起嘴角，眼睛裡是最溫柔的笑意，手輕輕撫上她的眼睛。「糕糕，妳願意嫁給我嗎？」

李何華吸吸鼻子。這人不是已經問過她願不願意了嗎？現在還問……

她笑著打了他一下，嬌嗔道：「之前不都答應你了，現在幹什麼呢！」

張鐵山輕笑。「我想讓大家替我們見證今日正式成為夫妻，希望妳成為我堂堂正正的妻子。李何華，可以嗎？」

李何華聽得出來，他問的是李何華，不是李荷花。他在向她李何華求親，想要她成為他的妻子……

其實還要問什麼呢，她早已將心給了他呀！

李何華抿著唇輕笑，輕輕點頭。

「答應了、答應了！趕快開始吧！」周圍人都炸開了，紛紛吆喝起來。

張鐵山勾著嘴角，從謝嫂子手裡拿過早就準備好的紅色喜袍和蓋頭。「糕糕，穿上衣服，咱們成親吧！」

李何華也不扭捏，伸手接過。

片刻後，身穿大紅嫁衣的她被張鐵山用一條紅綢牽了出來。

李何華從沒想過，她會在這裡成親，在這個特殊的日子，用這樣的方式。

當羅二用鏗鏘有力的聲音喊完「一拜天地、二拜高堂、夫妻對拜」後，她和張鐵山便正式成為了夫妻。

從此，她就是張鐵山的妻了。

夜深人靜，紅燭灼灼，李何華靜靜坐在滿是喜慶的新房裡，當紅蓋頭被張鐵山掀開，入眼的就是他溫柔含笑的眉眼。

張鐵山伸手撫上李何華嬌豔的臉龐，心裡流淌著滿滿的暖流，一顆心又酸又軟。「糕糕，妳是我的娘子了。」

李何華堅定地回視他。此刻她無比確定，她是他的妻了，她會和他白頭到老，直到走到生命的盡頭。

張鐵山看著她柔美的微笑，一把烈焰突然在心裡熊熊燃燒起來，他等了這麼久、忍了這麼久，今晚，他終於徹底擁有她了。

烈焰灼身，張鐵山伸手將嬌美的人兒攔腰抱起，放到床上的那一刻，衣衫盡褪，取而代之的是大掌的溫熱。

「糕糕，妳是我的了，我一個人的。」張鐵山在唇齒相依間喃喃。

李何華伸手摟緊身上人的脖子。從此，他也是她一個人的了。

「娘子，我不想再忍了，好嗎？」因忍耐而格外沙啞的嗓音顯得格外性感。

李何華無聲笑了，用行動回答他的話，她重重地吻上了他的唇。

張鐵山的心在這一刻到達了天堂，他不再隱忍，釋放出他此生所有的渴望。在這一刻，徹底擁有了她，他的妻……

——全書完

番外

婚後一年，李何華和張鐵山便生了個可愛的小女兒，李何華給她起名為張柔柔，希望小丫頭可以溫柔一點，原因無他，實在是小丫頭在她肚子裡的時候太鬧騰了。

但是事與願違，小丫頭還是長成了活潑調皮的性子，鬧騰得不得了，但大家都很喜歡她。

就連顧之瑾都特別喜歡這個小丫頭，每次書林帶小丫頭去學院，顧之瑾都要抱著小丫頭餵她各種好吃的，弄得小丫頭可喜歡顧之瑾了，覺得他跟自家爹爹一樣好。

其實顧之瑾待小丫頭真的就跟親生女兒一樣。他沒有成親的念頭，誰想給他保媒牽線，他都笑著拒絕，整副心思都投入到做學問與教書育人上，自得其樂。至於兒女，反正顧錦昭就像是他的兒子，他對孩子也沒什麼念想，唯一的遺憾就是沒有個可人疼的女兒。

現在小丫頭出現了，彌補了他的女兒夢，足矣！

周圍的人對他的固執無可奈何，連顧錦昭也勸不動，只能隨他去了。

其實顧錦昭也喜歡這個小妹妹，疼愛的心不比書林少，導致小丫頭年紀小小就有兩個帥氣的哥哥寵著，別提多神氣了。

可惜的是，顧錦昭在十五歲便考中舉人，接下來要去京城參加會試和殿試，不得不離開；而顧之瑾無兒無女，就這麼一個姪子，自然要跟著一起去。

這一年，李何華一家含著淚，送走了叔姪倆。

書林和小丫頭為此心情低落，悶悶不樂許久，還是顧錦昭高中狀元的報喜書信傳了過來，才讓兄妹倆高興起來。

顧錦昭雖然在京城不便回來，但他和書林之間的書信從沒斷過，兩人始終是最好的兄弟，將彼此放在心上，從不曾忘記。

顧錦昭二十五歲這年，已官拜戶部尚書，成為史上最年輕的朝中重臣。這一年，顧錦昭成親，妻子是當朝丞相家的獨女，為此，李何華全家赴京去給顧錦昭慶祝，一直待了近一年才回來。

這時，張柔柔也長成了大姑娘，她自己看中了一個無父無母卻武功高強的男孩，之後便把人帶了回來，在張家成了親。李何華和張鐵山便把酒樓交給兩人，他們則過起了悠閒的退休生活。

不過，他們也不是全無煩心事，他們最愁的就是書林的婚事。

妹妹都成親了，身為哥哥的書林卻連感情的影子都沒有，整天沈浸在書畫中，對成親沒有絲毫興趣，讓李何華和張鐵山頭疼不已。

就在李何華和張鐵山都已經做好書林這輩子要孤身一人的準備時，竟然有姑娘自己主動上門來提親了，還是鎮上最大書店墨香齋的老闆——方雅雲。

墨香齋的名氣大，裡面專門賣各種琴棋書畫、筆墨紙硯等文雅之物，讀書人平時最喜歡去的地方就是墨香齋。

原本墨香齋的老闆是方雅雲的父親，但不幸的是，方父在方雅雲十四歲時生病去世，與方父恩愛異常的方母因接受不了這個打擊，跟著上吊去了，只剩下方雅雲三姊弟。

方雅雲是老大，下面一對龍鳳胎弟妹才八歲，面對虎視眈眈的親族，年僅十四歲的方雅雲，為了留住爹爹一生的心血而站了出來，以一人之力撐起書齋。

也因為如此，方雅雲到了出嫁的年紀卻沒有嫁人，今年已經是二十二歲的老姑娘了。

李何華認識方雅雲，對於這個小小年紀就站出來獨挑大梁，並且養大弟妹的小娘子非常敬佩，在後來為數不多的相交中，更是對這個進退有度、落落大方的小娘子喜歡不已。

沒想到，這個讓她喜歡不已的小娘子，今天竟然自己上門提親了。

方雅雲給李何華和張鐵山恭敬地行了一禮。「伯父、伯母，雅雲今日不請自來，失禮之處還望伯父、伯母見諒。」

李何華趕忙將人拉著坐下來。「好孩子不要多禮，快坐著說話。」

方雅雲抿了抿唇，在袖子下的手緊緊握成拳。誰也不知道此刻她的內心有多麼失措羞澀，更沒有人知道她是花了多大的勇氣才踏進張家的門。

可她必須來，她怕她再不來，他就是別人的，她這輩子都沒有機會了。

她想盡所有的努力試一試。

死命掐著自己的手心，方雅雲儘量讓自己說話不要結巴，將在心裡演練過千百遍的話說了出來。「伯父、伯母，雅雲今日前來，是想為我自己提親，望伯父、伯母給雅雲一個機會。」

李何華和張鐵山對視一眼，心情複雜，連自己都形容不來。

他們如何能想到，這樣一個小娘子竟然上門來替自己提親，想要嫁給書林呢？

「雅雲，妳……妳認識咱們家書林？」

方雅雲臉上有著薄薄的紅暈，難掩羞澀地點點頭。「伯父、伯母，書林公子的書、筆墨紙硯和顏料都是在我家買的。」

李何華和張鐵山恍然大悟。原來是這麼認識的，怪不得呢！不然就靠書林那個不喜出門交際的性子，怎麼可能引來小娘子的喜歡？

「伯父、伯母，雅雲知道此舉不合禮數，也沒有女兒家的矜持，但雅雲實在是沒有辦法了，雅雲擔心不這樣做，就會錯過書林公子。實不相瞞，雅雲喜歡公子很多年了，從雅雲十五歲時就喜歡了，每次公子去書齋都是雅雲最開心的時候。」

方雅雲因為吐露女兒心事，臉紅得不成樣子，但還是努力表達自己的真心。

「雅雲戀慕公子，可雅雲這麼多年都不能說出來，雅雲要支撐書店、要養大弟妹，因此無法嫁人，所以只能將感情埋在心裡，但是雅雲沒想到公子一直沒有成親，也就一直抱有一份希冀在心裡。」

李何華內心的震驚難以描述。原來在他們不知道的時候，有個小娘子這麼喜歡他們家書林，要不是小娘子自己說出來，誰能知道呢？

張鐵山眼裡也有些微動容，握了握李何華的手，嘆了口氣。

方雅雲眨去不由自主泛起的淚，繼續道：「可是雅雲是幸運的，公子至今還沒有成親，雅雲等到了。現在雅雲的妹妹已經嫁人，弟弟也娶了媳婦穩定下來，家裡的書齋弟弟也能經手了，雅雲已是自由身，所以雅雲想試試，試試看能不能……」

後面的話沒有說出來，但李何華和張鐵山卻都明白。他們心驚於這份不為人知的感情的同時，也為這個小娘子的隱忍感到心疼。

能讓一個女子親口說出這些難以啟齒的話，並且親自上門提親，到底是需要多大的勇氣。這份孤注一擲的決絕，不是一般人能做到的。

但書林的事不是他們能做主的，一切還得看書林的意思，如果書林不願意，就算這個小娘子的感情再深也沒用。

李何華將事情跟書林說了，讓書林單獨跟方雅雲談一談。

兩人在堂屋裡談了大半個時辰，最後方雅雲先走出來，只不過眼睛紅紅的，她朝李何華和張鐵山行了一禮。「伯父、伯母，雅雲今日叨擾了，雅雲先告辭了。」

看方雅雲這個樣子，李何華和張鐵山還有什麼不明白的呢？只能親自將人家送出了門，然後無奈地嘆了口氣。

堂屋裡，書林呆愣愣地坐著，直到李何華和張鐵山進來才回神，低著頭說道：「爹、娘，我對人家沒有感情，我這樣會耽誤人家小娘子的，嫁給我會不開心，所以我拒絕了。」

李何華拍拍他的肩，沒有多說什麼。這是書林自己的選擇，他們不能干涉。

李何華雖然理解，但內心還是很遺憾。那麼優秀的小娘子喜歡她家書林，要是能成她的兒媳婦該有多好，可惜啊……

但事情的發展還是出乎他們意料，方雅雲並沒有放棄，而是「追」起了書林。

書林出門去寫生，方雅雲就準備各種吃的、喝的跟著去，也不打擾書林，就靜靜地跟在他身後看著，等他畫完後便將帶來的東西遞給書林吃，就算書林拒絕也只是笑笑，並不在意。然而，下一次還是會認真地準備，然後繼續跟著書林。

書林不出門的時候，方雅雲就會帶著禮物上門拜訪李何華和張鐵山，也不要求見書林，只是跟李何華夫妻倆說說話而已。

李何華心裡很佩服方雅雲的勇氣和決心，所以樂見其成，既不插手也不阻攔，只是會在方雅雲過來拜訪時留她下來吃頓飯，等方雅雲要離開時再給她打包親自做的吃食帶回去。

書林每次見到方雅雲，眼裡都是無奈，也曾苦口婆心地勸說過，但見她並不聽勸，也就放棄了，直接無視。

對於書林無視的態度，方雅雲也不惱怒，只是淡淡地笑著，該幹什麼還是幹什麼，不驕不躁。

李何華看著兩個孩子的樣子，笑著搖搖頭，隨他們去。

就這樣，方雅雲成了書林的追隨者，跟著書林走遍山川大河，看盡天下美景，嘗遍世間風情。書林的身後永遠都有個單薄的身影追隨著，風雨無阻。

就在書林二十八歲這年，他主動找到李何華和張鐵山，開口說了一句話。「爹、娘，我要娶她，你們幫我上門提親吧！」

李何華又驚又喜。「書林，你說的是真的？」

書林點頭。

「你是因為喜歡方雅雲而娶她，還是被方雅雲纏得受不了才娶人家？」

書林淡淡笑了笑，眉宇間有著從來沒有過的情愫。「娘，我只會因為喜歡而娶。」

李何華和張鐵山對視一眼，從彼此的眼裡都看到了感動。

李何華笑著問道：「你之前不是還說不喜歡她，怎麼現在又喜歡了？」其實她是疑惑書林是如何開竅的，她還以為他一輩子都不會明白什麼是喜歡和愛呢！

書林抿抿唇，眼裡閃過一絲不好意思，聲音低低地說道：「之前我不覺得我喜歡她，可是，她因為弟妹生孩子難產，沒有跟著我，我……我……」

在她沒跟著他的那兩個月裡，他老是會下意識尋找她的身影，發現她不在身邊很不習慣，做事情也靜不下心來，就連一向最愛的畫畫都畫不下去了。

他以為他是不習慣她突然不在身邊跟著，於是重新去習慣沒有她跟著的日子。可是兩個月過去了，他還是不習慣，且越來越想她，想她的一舉一動，想她的一顰一笑。

他到現在才發現，原來關於她的一切，他都記得那麼清楚。

他，很希望她在他身邊。

到了此時，他才終於知道，這個說要嫁給他的小娘子，已經成功走進他的心裡，再也離不開。

不用書林說出心裡話，李何華和張鐵山就明白了他的意思。

他們家書林終於開竅了，懂得了什麼叫做愛。

李何華高興得全身都是勁，什麼都不管了，和張鐵山一起張羅起書林和方雅雲的婚事。終於，在書林二十九歲這年，他將雅雲小娘子娶回家。次年三月，雅雲為書林生下了一對龍鳳胎。

李何華和張鐵山兒孫齊全，每日不操心別的，就給書林和柔柔帶孩子，偶爾老兩口相攜一起出去玩，日子過得十分悠閒。直到最小的小孫子也成了家，已經白髮蒼蒼的李何華在這天早上沒有起床，靜靜地閉著眼，永遠離開了這個人世，享壽八十歲。

身子骨還算硬朗的張鐵山，在李何華下葬的這一天，脫去鞋子躺到愛了一輩子的妻子身邊，握住妻子不再柔軟的手，也笑著閉上了眼睛。

——全篇完

2018年11月出版

禍害成夫君

文創風 690

【重生之一】新系列再開！

她的任務是暗殺這男人，可他太狡詐，
九次任務皆失敗，她還命喪他手下。
這次再度重生，她決定要天涯海角躲著他，
誰知命運不由人，她從那禍害他的人，變成他心尖上之人……

幽默風趣的文筆，意想不到的情節／莫顏

苗洛青痛恨冉疆，因為這男人宰她的手段，讓她九世都忘不了。
她也很怕冉疆，這男人耍起陰謀狡詐，她重生九次還是鬥不過他。
第十次重生，她不幹了！
管他什麼刺殺、什麼奉命行事，她不當刺客了行不行？
什麼都比不上保住自己的小命重要，她實在被他殺怕了。
這一世，她立誓絕不讓自己落到慘死他手中的下場！
命運之輪果然轉了方向，冉疆不死，她也不死；冉疆生，她也生。
放棄與他作對後，她的小命果然保住了，
但詭異的是，她改變的是自己的命，怎麼他也跟著變得不對勁？
他看她的眼神，沒了冷酷，多了熾熱；
他對她的態度，上世無情，這世熱情。
當逃走的她再度落到他手中時，他吃人的眼神，彷彿要生吞了她。
「你想幹麼？」她嚇得簌簌發抖。
他含笑摸著她的身子。「乖乖聽話，把衣裳脫了……」

文創風 698

胖妞秀色可餐 下

國家圖書館出版品預行編目資料

胖妞秀色可餐 / 一筆生歌著. --
初版. -- 臺北市 : 狗屋, 2018.12
冊 ; 公分. -- (文創風)
ISBN 978-986-328-939-5 (下冊 : 平裝). --

857.7　　　　107018143

著作者	一筆生歌
編輯	王冠之
校對	沈毓萍　簡郁珊
發行所	狗屋出版社有限公司
地址	台北市104中山區龍江路71巷15號1樓
電話	02-2776-5889～0
發行字號	局版台業字845號
法律顧問	蕭雄淋律師
總經銷	知遠文化事業有限公司
電話	02-2664-8800
初版	2018年12月
國際書碼	ISBN-13　978-986-328-939-5

本著作物由北京晉江原創網絡科技有限公司授權出版

定價250元

狗屋劃撥帳號：19001626

網址：love.doghouse.com.tw　E-mail：love@doghouse.com.tw